Marion Petznick

Avas letzter Tanz

»Tanze und dein Körper wird die Seele vom Geist befreien.«

Unbekannt

Prolog

Beide bewegten sich fast allein auf der großen Tanzfläche im roten Salon der Villa *El Gato.* Leidenschaftlich und hingebungsvoll wie kaum jemand vor ihnen. Vor wenigen Minuten hatten sie große Mühe, den langen Schritten ihres Tanzes gerecht zu werden, so eng war es auf der Tanzfläche. Tango war beliebt und machte in der Villa am Rande der Stadt nicht halt. Erst nach Mitternacht wurde es ruhiger, wenige Paare blieben und ihre Zeit begann. Sie tanzten durchdrungen von dem Gefühl, sich dem anderen hinzugeben. Selbst der nun ausreichende Platz hielt sie nicht ab, ihre Körper fest aneinander zu schmiegen. Die Musik saugten sie wie im Rausch mit allen Sinnen auf. Die Frau ließ sich fallen, um sich gleich wieder eng an ihn zu schmiegen. Lange, schleichende Gehschritte wechselten sich mit kleinen, zackigen Bewegungen ab. Die waren zwar fließend, doch manche wirkten abgehackt. Das ruhige Dahingleiten ihrer Oberkörper stand im Gegensatz zu den ruckartigen Drehungen der Köpfe, die eine kühle Leidenschaft voller Distanz ausdrückten.

Wer die Beine des Tanzpaares betrachtete, sah die gleichmäßigen Schritte und würde meinen, dass nicht nur diese Beine eine Einheit zwischen ihnen bildeten. Der Rumpf blieb ruhig, doch ihre Haltung verriet mehr. Der Mann führte seine Partnerin mit dem gesamten Körper. Dabei nutzte er nur den rechten Teil seines Brustkorbes und Beckens. Mit seinen Armen gab er den Rahmen, in dem sich seine Partnerin verlässlich bewegen konnte. Sie blieben ganz bei sich. Zwei Seelen verschmolzen wortlos mit der Musik, zwei Herzen, die synchron schlugen, und die Umgebung existierte für sie nicht mehr. Er hatte mit vielen Frauen, auch Männern getanzt. Bei ihnen waren es immer nur lange Schritte, die sie miteinander tanzten. Mit ihr dagegen erlebte er zum ersten Mal die besondere Erotik des Tangos. Ihm reichten nur wenige Minuten, dann war ihm, als kenne er sie seit vielen Jahren. Nie zuvor hatte er ein so starkes Gefühl erlebt; sich völlig im Tanz zu verlieren. Er nahm ein Gefühlchaos mit nach Hause.

Anstatt die wertvollen Erlebnisse als Momente des Augenblicks anzunehmen und zu genießen, spürte er die einzigartige Intimität zwischen ihm und dieser Frau.

Bereits während der ersten Schritte schlangen sich zuerst die Beine umeinander, dann ihre Körper. Das waren schnell keine Anfängerschritte mehr.

Seit Monaten gelang es ihm nicht mehr, einfach aufzuhören oder nur eine einzige Nacht ausfallen zu lassen. Das wäre weit mehr als nur verlorene Tanzstunden. Ein Tag ohne sie würde in ihm eine Leere zurücklassen, die durch nichts anderes gefüllt werden konnte. Sie ahnte seine aufgewühlten Gefühle, doch es gelang ihr von Mal zu Mal besser, die Gedanken an sein erotisches Verlangen von sich zu weisen. Es gab Nächte, in denen er sie besonders spüren ließ, wie groß seine Sehnsucht war. Dem stillen Beobachter entging kaum der hungrige Blick des Mannes. Sie selbst bekam seine Lust zu spüren. Ihr gelang es, diese Erfahrung gut zu verdrängen, und ihre Befürchtungen wischte sie einfach weg. Sie beruhigte sich damit, dass sein Begehren allein ihren Bewegungen galt.

Der Mann fühlte anders. Er wollte sie ganz und gar, sein Wunsch, sie zu besitzen, wuchs mit jedem Tanz. Einmal blieb sie für einige Abende weg, doch er fand sie wieder. Sofort spürte er, wie die Musik den gesamten Raum mit ihren melancholischen Klängen übergoss. Ein Zauber, von dem er wusste, dass er nur vom Tango ausging. Dieser Zauber wirkte täglich ein bisschen mehr, sobald sie die Tanzfläche betraten und die rot-bläulichen Lichter mit den Klängen der Musik verschmolzen. Der Rhythmus floss von selbst in ihre Beine. Eine Stimmung, die er früher einmal erlebt hatte, berührte seine Seele. Er wusste, dass nur sie ihn mit ihrer Sinnlichkeit retten konnte.

Der frühe Morgen brach an, ohne dass die beiden den nahenden Tag überhaupt bemerkten. Erste Lichtstrahlen schimmerten durch die großen Fenster der Villa. Sie ließen das rot-bläuliche Licht im Raum flacher erscheinen. Nun würde es nicht mehr lange dauern, bis der letzte Ton sie beide in den kühlen Morgen entließ. Auch heute verabschiedete sie ihn in den frühen Morgenstunden mit den lapidaren Worten: »Es ist früh, ich muss mich beeilen.« Weg war sie.

Für sie war es nur ein Spiel, in dem sie und dann wieder er sich fallen ließen. Ein Spiel, in dem es nur Gewinner zu geben schien. Zumindest sah es von außen so aus. Dabei wünschte er sich täglich aufs Neue, ihr gemeinsamer Tanz möge nie zu Ende gehen. Jede Nacht träumte er von der Fortsetzung des Tanzes bei sich zu Hause. In seinen Träumen empfing er sie dort, gierig und immer mit demselben Lied: »*Dance me to the End of Love*«.

Die Wahrheit war anders: Er ging jeden Morgen allein nach Hause. Dort hatte er, bevor er ins *El Gato* gefahren war, allerhand vorbereitet, wie an jedem Abend. Selbst in der Realität lag immer dieser Titel von Leonard Cohen bereit. Er brauchte nur die On-Taste drücken und das Lied ertönte. Sie tanzte besonders gern zu solcher Musik. Das wusste er. Er hatte gespürt, wie leicht sie sich, während das Lied erklang, von ihm führen ließ oder sich selbst traute, zu improvisieren. Das gab ihm Hoffnung, sie einmal bei sich zu Hause zu empfangen. Dort stand Mate-Tee bereit, der anregend wirkte und zugleich beruhigend. Der Tee brauchte nur erwärmt zu werden. Seine Lieblingsvariante war es, ihn mit Milch oder Zimt zu trinken. Für sie beide würde er ihn mit feinstem Rum zubereiten. Sie würde mit einem kleinen Schwips wild und lustvoll mit ihm tanzen. Und vielleicht …?

Jedenfalls würde er ihr zeigen, dass sein Führungsstil zur Vollendung gebracht werden konnte. Ihre vollkommene Hingabe würde seine Erfüllung bedeuten.

Erneut blieb er mit seiner Sehnsucht allein. Ging enttäuscht nach Hause, trank seinen Mate-Tee ohne Alkohol, nur mit Milch. Er sinnierte vor sich hin, wie anders alles wäre, wenn …

Schnell mahnte er sich, beim nächsten Tanz offensiver vorzugehen. Er würde endlich mit ihr sprechen. Nur einige Stunden später lag er noch immer wach in seinem Bett und spürte seinen sehnsuchtsvollen Gefühlen nach. Einerseits hatte der Tanz all seine Sinne beflügelt, andererseits lag er nun da und fand keinen Schlaf. Oh, wäre sie in diesem Moment bei ihm!

Die Tage rauschten an ihm vorbei und jeder Tag, der ging, weckte tiefere Begehrlichkeiten in ihm. Bisher hatte er sich nicht getraut, sie direkt auf seine Wünsche anzusprechen. Manchmal dachte er, seine fordernden

Worte könnten sie erschrecken. Dann wäre sie vielleicht für immer verloren. Sie war so zart, beinahe zerbrechlich, und stark zugleich. Je öfter sie tanzten, desto abweisender zeigte sie sich ihm hinterher. Ihre Kühle, kaum dass der letzte Ton verklungen war, zerriss ihm fast das Herz.

Seit einigen Tagen entfernten sich seine Gefühle ihr gegenüber in eine andere, eine fremde Richtung.

1. Kapitel

Lisas erster Tag in Berlin

Die Zeit verging wie im Flug. Obwohl die monotone Landschaft in einem zartweißen Kleid steckte, zeigte sich an manchen Orten bereits der Frühling.

Gerade mal zwei Stunden hatte der Zug benötigt, um den schmucklosen, dafür aber riesigen Bahnhof zu erreichen. Sie hatte zwar in einem Bericht von seinem Bau und der bemerkenswerten Konstruktion auf verschiedenen Ebenen gehört, doch das gesamte Ausmaß des Bahnhofs in natura zu erleben, hinterließ einen wirklich starken Eindruck. Aber da war auch wieder die Anonymität zu spüren, die riesige Bahnhöfe in fremden Städten meist bei ihr auslösten. Früher war sie in Berlin auf dem Ostbahnhof angekommen, damals war die Stadt noch in Ost- und Westberlin geteilt, und den Hauptbahnhof gab es nicht. Sie erinnerte sich daran, wie lange das schon zurücklag. Es waren über dreißig Jahre.

Als Lisa auf ihre Uhr sah, stellte sie zu ihrer Freude fest, dass der Zug pünktlich war. Damit konnte sie die Verabredung mit Dr. Walter Althaus von ihrer Seite aus problemlos einhalten. Kaum auf dem Bahnsteig angekommen, lief sie den Bahnsteig entlang und dachte an Max. Eigentlich war er es, der sie abholen wollte!

Inzwischen am Ausgang angekommen, hatte sich auch ein Bild von Dr. Walter Althaus in ihrer Vorstellung breitgemacht. Einmal hatte sie ihn während einer Besprechung in Rostock gesehen.

Und jetzt erkannte sie ihn, den großen Mann mit den wenigen Haaren, der genau wie sie nach jemandem Ausschau hielt. Lisa kam näher und erkannte in ihm den Mann vom Landeskriminalamt, der sie abholen wollte. Er lächelte ihr zu, als er merkte, dass sie direkt auf ihn zulief.

Althaus begrüßte Lisa: »Ich werde Sie am Anfang unter meine Fittiche nehmen. Gewissermaßen bin ich verantwortlich für Sie. Schließlich war ich es, der für die Dienstreise in Ihrem Kriminalkommissariat Rostock geworben hat.« Gut gelaunt fügte er hinzu: »Jemand muss Sie durch den Dschungel der Großstadt führen.«

Lisa bemühte sich zu lächeln. »Danke, dass Sie sich extra meinetwegen herbemüht haben.«

»Sie wissen ja, das war anders geplant, der Schlüssel sollte im Nachbarhaus hinterlegt werden, aber ich wollte Sie gleich von Anfang an wissen lassen, dass wir uns auf Sie freuen.«

Lisa fand das zwar nett, hatte aber bereits am Telefon nur ungern seinem Wunsch nachgegeben, sie abzuholen. Spätestens als sie den Hörer aufgelegt hatte, hatte sie ihre Zusage bereut. Max wollte sie natürlich auch vom Zug abzuholen. Ihre Bekanntschaft von der Graal-Müritzer Seebrücke hatte sie seit dem Kennenlernen nicht wiedergesehen. Ihm hatte sie nun absagen müssen und sich erst für den späten Abend zum Essen mit ihm verabredet. Zwar standen sie im regelmäßigen Kontakt mit allen technischen Hilfsmitteln, die es so gab, aber das konnte in keinem Fall eine persönliche Begegnung ersetzen. Desto mehr freute Lisa sich jetzt, dass sie ihre Dienstreise mit dem Wiedersehen verbinden konnte.

Der Kollege vom Landeskriminalamt zeigte sich vom ersten Augenblick an aufmerksam und galant. Das hatte Lisa ihm so gar nicht zugetraut. Als er vor mehreren Wochen bei ihnen im Rostocker Kommissariat zu Besuch war, hatte er sich eher spröde und kurz angebunden gezeigt.

Walter Althaus brachte sie in die Reichsstraße, dort sollte ihre künftige Bleibe für die nächsten zwei Wochen sein. Bei ihren Recherchen hatte Lisa herausgefunden, dass die Wohnung im Bezirk Charlottenburg liegt.

Althaus und sie waren vor einem ansehnlichen Bürgerhaus in einer quirligen Einkaufsstraße angekommen, aber ihr zu Hause würde es natürlich keinesfalls ersetzen.

Großstadt. Das bedeutete Kontrastprogramm zu ihrem beschaulichen und ruhigen Graal-Müritz und sie überlegte, ob sie sich überhaupt in Berlin wohlfühlen würde. Schnell wischte sie den Gedanken weg, schließlich war sie zum Arbeiten hier, um Neues zu erfahren und mal über den Tellerrand zu schauen. Und dann war da vor allem Max, den sie gleichzeitig besser kennenlernen würde. Wohl auch deshalb war ihr die Entscheidung für Berlin relativ leichtgefallen. Nach diesen vierzehn Tagen würde sie garantiert sicherer in ihrer Meinung sein und erfahren, ob der Mann wirklich so gut zu ihr passte, wie es bis jetzt den Anschein hatte.

Walter Althaus überreichte Lisa einen Stadtplan mitsamt einem bunten Blumenstrauß. Sie war nicht nur überrascht, sondern erkannte darin eine besonders aufmerksame Geste. Demnächst würde sie sich wohl einige plausible Gründe einfallen lassen müssen, falls er weitere Überraschungen bereithielt, die ihre Zeit beanspruchten. Sie wollte ihn aber auf keinen Fall verletzen. Die Einladung für ein Abendessen an diesem ersten Abend konnte sie jedenfalls geschickt abwehren. Falls er wieder eine Einladung aussprechen sollte, musste sie gut vorbereitet sein. Gleich am nächsten Tag wollte sie ihm durch die Blume mitteilen, dass sie nach der Arbeit gern allein blieb, außerdem war sie daran tatsächlich seit Jahren gewöhnt.

Wenige Minuten später stand Lisa in dem fremden Hausflur, der von innen genau wie von außen bewies, dass er eine Menge Jahrzehnte hinter sich hatte. Eine massive Holztreppe mit gedrechselten Geländestäben, die antiken Säulen nachempfunden waren, hielt sofort ihren Blick gefangen. Der Baustil ließ sich nicht mit dem der Küste vergleichen, der meist sachlich kühl und vor allem zweckmäßig war. Natürlich gab es auch entlang der Ostseeküste Orte im typischen Bäderstil, die mit Jugendstilornamenten versehen waren. Diese Häuser waren mit maritimem oder floralem Muster verziert und die Fassaden meist weiß getüncht. Deshalb wurden diese Kurbäder wie beispielsweise Heiligendamm auch »weiße Perlen« genannt.

Lisa betrat ab jetzt wohl in jeglicher Hinsicht Neuland. Nachdem sie sich in der kleinen möblierten Zweiraumwohnung umgesehen hatte, stellte sie zufrieden fest, dass diese zweckmäßig und auf dem neuesten Stand eingerichtet war. Die Modernität hatte sie so nicht erwartet. Außerdem gaben die großen Fenster einen grandiosen Blick auf die bunte Geschäftsstraße preis. Hier würde sie alles finden, was sie täglich brauchte. Sie dachte spontan an eine Shoppingtour, die sich garantiert lohnen würde. Wie lange hatte sie das nicht mehr getan?

Ihre wenigen Sachen waren schnell in der kleinen Wohnung verstaut. Alles war übersichtlich angeordnet und sie fand sich schnell zurecht. In der Küche stand repräsentativ ein Kaffeeautomat bereit, der sie förmlich dazu aufforderte, einen Latte Macchiato auf ein genussvolles Ankommen zu trinken. Eine gute Idee, fand Lisa, und der frisch gebrühte Kaffee brachte auch ihre gewohnte innere Ruhe zurück. Doch auf einmal musste sie an die Rostock-Kollegen denken. Sie hatte versprochen, sich zu melden, sobald sie in Berlin angekommen war.

Gedanken an Silke Peters kamen hoch, die auf einmal so präsent wurden, dass Lisa sie nicht mehr loswerden konnte. In der kurzen Zeit bei der Kripo hatte sie eine Menge gelernt. Vor allem wurde ihr dabei oft deutlich vor Augen geführt, dass sich das Böse meist hinter der Maske der Täuschung verschanzte und manchmal sogar den Anschein des Guten gab.

Lisa zögerte nicht, sie wählte die Nummer des Kommissariats in Rostock. Wenig später ertönte auch schon die Stimme von Jens, dem Technikspezialist in ihrem dortigen Team. Er war so schnell am Telefon, dass Lisa spontan meinte: »He Jens, du hast wohl auf meinen Anruf gewartet?«

»Lisa, du? Na ja, nicht direkt gewartet. Doch gut, dass du dich meldest. Du weißt, bei uns ist immer eine Menge los. Wir erwarten den Rückruf der schwedischen Kollegen. Silke Peters wurde in einem Ferienhaus in Sundsvall aufgegabelt. Als sie dort ankam, erwartete die schwedische Polizei sie bereits vor der Tür. Sie zeigte sich kooperativ und weigerte sich nicht, mitzukommen. Die Beweise, die in Verbindung mit dem von ihr geplanten und durchgeführten Mord standen, waren zu erdrückend. Wenig später erzählte sie den schwedischen Kollegen die ganze Geschichte. Schonungslos alles, was es zu dem Anschlag zu sagen gab! Ich organisiere gerade ihre Rückführung nach Deutschland.«

»Das war von dieser Frau kaum zu erwarten gewesen, aber Ausreden und eine weitere Flucht machten wohl keinen Sinn mehr.«

»Genau. Sowie sie in Deutschland ist, wird sie dem Haftrichter vorgestellt.«

»Das sind sehr gute Nachrichten und wir können damit den Fall ›Die Last der Lust‹ endgültig zu den Akten legen.«

»Mich freut vor allem, dass Silke Peters endlich dorthin kommt, wo sie schon längst hingehört.«

»Mir fällt Lutz Wolf ein. Was ist eigentlich mit ihm? Der ist ja nicht weniger gefährlich und hat mindestens genauso viel kriminelle Energie bewiesen wie die Peters. Konnte ihm neben der Beteiligung bei der Entsorgung der Leiche noch mehr bewiesen werden?«

»Es hat sich gezeigt, dass der Mann viel mehr auf dem Kerbholz hat als den Missbrauch der Frauen. Enno hatte ja angedeutet, dass erst durch Wolfs kräftigen Würgegriff die Frau zu Tode kam.«

»Und war das tatsächlich so?«, hakte Lisa nach.

»Ganz klar sogar. Der erhält genau wie Catrine Schreiber eine gesonderte Einladung vom Gericht, aber er wird nicht so viel Glück haben wie sie. Sie wird mit einer Bewährungsstrafe relativ milde bestraft. Was den Wolf betrifft, dem konnten wir neben Beihilfe einiges mehr nachweisen. Die schwer verletzte Frau aus dem

Krankenhaus ist nicht die Einzige, die den Mann klar wiedererkannt hat. Eine weitere Frau hat sich heute gemeldet, die Spitze des Eisberges ist sicher noch nicht erreicht.«

»Dann hat er mindestens genauso viel, wenn nicht sogar weitaus mehr Schuld am Tod der Frau als die Peters.«

»So sieht es aus.«

»Doch ehe die befragt werden, dauert es bestimmt, und ich werde längst zurück sein, um mir das aus der Nähe anzusehen. Jetzt will ich nicht länger die Leitung blockieren und rufe besser morgen an. Bestell den anderen einen lieben Gruß. Bei mir ist alles soweit okay. Bin schon gespannt auf den ersten Tag im LKA.«

»Das kann ich mir gut vorstellen. Halt uns weiter auf dem Laufenden. Wir sprechen später mehr. Die anderen grüße ich.«

Lisa legte auf. Es erschien ihr unwirklich, mit dem Kollegen aus der Ferne zu sprechen.

Inzwischen war es kurz vor 17 Uhr. Beim ersten Date mit Max in seiner Stadt wollte sie ihn auf keinen Fall warten lassen. Er hatte für 18.30 im *Ristorante Piccolo Mondo* einen Tisch reserviert. Bei ihrem letzten Telefonat hatte Max gemeint, dass das der beste Italiener weit und breit sei und es mehr als ein Zufall sein müsse, dass sie ausgerechnet in der Nähe seines Lieblingsrestaurants ihre Wohnung bezogen hatte.

»Das kann nur ein gutes Omen für uns beide bedeuten«, hatte er hinzugefügt. Er selbst lebte im Westend, das ein paar Querstraßen von der Reichsstraße entfernt lag.

Gewissermaßen fügte sich alles zum Besten. Lisa wollte nur rasch duschen und überlegte, was sie anziehen sollte. Sie wusste, was sie nicht wollte: Sich zu sehr aufbrezeln. Das war überhaupt nicht ihr Stil. Sie kleidete sich meist sportlich-salopp, und so sollte auch Max sie heute sehen. Dann ging alles relativ schnell.

Zehn Minuten vor der Verabredung stand sie auf der Straße. Die wenigen Schritte bis zum Restaurant brachte sie schnell hinter sich, ging gleich hinein und …

… sah ihn an einem der hinteren Tische sitzen. Er musste die ganze Zeit seinen Blick direkt auf die Tür gerichtet haben, denn kaum dass sie am Eingang war, stand er auf und kam ihr strahlend entgegen.

Lisa war aufgeregt und Max umarmte sie herzlich, als hätten sie sich jahrelang nicht gesehen. Dabei sah er ihr tief in die Augen und meinte: »Es wird Zeit, dass wir uns endlich wiedersehen und du in Berlin bist.«

»Es ist wirklich schon etwas Zeit vergangen, seit du Graal-Müritz verlassen hast. Du warst mir aber immer ganz nah.« Lisa schaute Max verlegen an. In seiner Nähe fühlte sie sich entspannt und locker.

Max lächelte und nahm Lisas Hand. »Komm erst einmal mit. Wir haben da drüben einen schönen Platz.«

Nachdem er sie erneut fest umarmt hatte, führte er sie nach hinten.

Lisa merkte gleich, dass ihre anfängliche Aufregung völlig unnötig war. Max begegnete ihr ausgeglichen und mit großer Herzlichkeit, die sofort übersprang und sie weich und sanft werden ließ. Kaum dass sie saßen, gab Lisa die Antwort auf die Frage nach der Fahrt.

»Alles hat prima geklappt. Die Bahnfahrt war kurzweilig, mein Kollege pünktlich und er hatte sogar einen Stadtplan für mich dabei. Ich habe höflich seine Bitte nach einem gemeinsamen Abendessen abgelehnt.«

Max verfolgte aufmerksam Lisas Worte und fragte schmunzelnd: »Das ist dir hoffentlich nicht schwergefallen?«

»Ich denke, dass ich einen sehr guten Grund hatte, ihm abzusagen. Jedenfalls freue ich mich auf das, was mich in deiner Stadt erwartet.« Dann schaute sie ihn direkt an und lächelte. »Und natürlich auf dich.«

»Alles andere hätte mich jetzt auch gewundert«, meinte Max mit gespielter Verwunderung.

»Gut, dass ich auf dich gehört habe und mein Auto zu Hause stehenlassen habe. Das U- und S-Bahn-Netz ist perfekt und sogar gleich in der Nähe der Wohnung. Damit komme ich ohne viel Stress zur Arbeit.«

»Genau, erst die U-Bahn und dann ein paar Stationen mit der S-Bahn. Du hast ja den Plan. Mehr als eine halbe Stunde dürfte deine Fahrzeit nicht dauern, und das ist für Berliner Verhältnisse ziemlich gut. Aber jetzt bist du erst mal bei mir. Ehrlich, ich habe nicht damit gerechnet, dass wir uns so schnell wiedersehen.«

»Stimmt, ich auch nicht«, erwiderte Lisa gut gelaunt. »Das haben wir meinem gut eingespielten Rostocker Team zu verdanken. Etwas Glück gehörte wohl auch dazu.«

»Glück?«

»Ja, unseren aktuellen Fall konnten wir recht zügig abschließen. Die Täterin hatte sich nach Schweden abgesetzt. Vorhin habe ich erfahren, dass sie in Sundsvall festgenommen werden konnte. Vielleicht sollte am heutigen Abend unser Job besser nur am Rande eine Rolle spielen. Ich bin froh, dass mir mein Chef überhaupt dieses Angebot unterbreitet hat und wir dadurch einige Stunden für uns gewonnen haben. Hoffentlich hast du nicht allzu viele Dienste im Krankenhaus?«

»Da müsste schon Gravierendes passieren. Im Vorfeld habe ich den Dienstplan umorganisiert. Mein Kollege hat selbst meine Bereitschaft übernommen, und ich werde nur am Tag in der Klinik sein. Das machen wir ab und an, umgekehrt gilt das natürlich auch für mich. Damit habe ich an allen Tagen, die du hier bist, ab 16 Uhr Zeit für dich. Was sagst du jetzt?«

»Sehr schön. Wie es bei mir wird, kann ich dir erst morgen sagen. Ich muss zuerst die Gepflogenheiten im LKA kennenlernen, dann weiß ich, was mich erwartet. Aber Dienste und Überstunden wird es für mich bestimmt kaum geben. Es sei denn, ich werde an einem aktuellen Fall beteiligt. Doch in der kurzen Zeit, die ich in Berlin bin, halte ich das für ausgeschlossen.«

»Das hoffe ich sehr. Ich habe jede Menge mit dir vor. Morgen soll es gleich losgehen. Damit wir keine Zeit verlieren, habe ich alles ziemlich eng geplant.«

»Jetzt machst du mich neugierig.«

»Ich bin froh, dass du da bist, länger hätte ich meine Überraschung nicht für mich behalten können. Ich muss dir endlich erzählen, was ich für uns geplant habe.«

Kaum hatte Max das Wort *Überraschung* rausgebracht, kam der Kellner und wollte die Bestellung aufnehmen. Lisa und Max sahen sich an und schmunzelten. Sie hatten nicht einmal die Getränke ausgewählt.

Genau wie in Graal-Müritz, dachte Lisa. Wieder waren sie so intensiv miteinander beschäftigt, dass sie ihre Umgebung komplett ausblenden konnten.

»Entschuldigen Sie, wir sind noch nicht so weit. Ich gebe Ihnen ein Zeichen«, ergriff Max schnell das Wort, um den Kellner nicht zu verärgern. Dann schaute er auf die Karte und unterbreitete Lisa einen Vorschlag: »Die Perlhuhnbrust in Honigkruste ist sehr zart. Ich kann sie nur empfehlen. Dazu ein Sauvignon Lahn? Ich denke, dass ein köstlicher Weißwein sehr gut zu unserer ausgelassenen Stimmung passen würde.« Er ergänzte: »Diesen Wein trinke ich nur zu besonderen Anlässen. Er hat zwar eine gewisse Fülle, trotzdem gibt er einem eine mundende Leichtigkeit. Was meinst du? Das passt doch zu unserem Wiedersehen?«

Lisa schaute ihn an und meinte kess: »Ich bin mir sicher, dass ich deiner Empfehlung vertrauen kann, lass mich nachher besser ein abschließendes Urteil abgeben. Einverstanden?«

»Ein sofortiges Urteil hätte mich bei dir auch eher überrascht«, plänkelte Max zurück und winkte den Kellner zu sich, um die Bestellung aufzugeben.

»Nun zu meinen Plänen. Willst du raten?«

»Ich habe zu Hause bereits tüchtig nachgedacht. Hast du etwa Karten für die Oper oder gibt es gerade ein besonderes Musical? Vielleicht ist es ja ein Konzert? Du sagtest, dass die Überraschung etwas mit Musik zu tun hat.«

»Ganz kalt. Keine Angst, ich lasse dich nicht länger zappeln. Etwas ganz anderes. Ich habe uns für einen Tango-Schnellkurs angemeldet. Als wir in der Graal-Müritzer Pink Lady Bar saßen, hast du nebenbei von deiner Liebe zum Tango gesprochen, und dass du ihn gern erlernen würdest. Das habe ich mir gemerkt, und weil ich denke, der Tanz könnte mir auch gut gefallen, habe ich für uns Plätze in einem Crashkurs reserviert. Ehrlich gesagt hat der Zufall dazu beigetragen. Ich konnte mich schnell entscheiden und habe die Gelegenheit am Schopf gepackt. In einer Zeitung fand ich die Werbung für diesen Kurs. Da der Termin genau in die kurze Zeit fiel, die du hier bist, habe ich nicht gezögert, uns anzumelden. Du musst nur zustimmen und dich freuen.«

Max sah Lisa mit strahlenden Augen an, als wollte er sich keine Reaktion entgehen lassen.

Lisa war sprachlos. Die Erfüllung ihres geheimsten Wunsches von diesem Mann praktisch auf dem Silbertablett serviert zu bekommen, damit hätte sie niemals gerechnet. Sie wollte sich zwicken, überprüfen, ob das echt war oder nur ein Traum. Sie musste sich zusammenreißen, um Max keine Antwort schuldig zu bleiben.

»Mir fehlen die Worte«, war ihre erste Reaktion, dann purzelten sie doch aus ihr heraus.

»Ich bin völlig überrascht und finde es unglaublich! Du hast dir tatsächlich meinen Wunsch gemerkt. Natürlich habe ich Lust dazu – und wie! Und wenn es dir auch Freude bereitet, dann ist es doppelt so gut«, sagte sie freudig und strahlte dabei übers ganze Gesicht.

»Eine wirklich tolle Nachricht! Da habe ich direkt ins Schwarze getroffen.«

»Nun müssen wir nur hoffen, dass deine neue Arbeitsstelle uns keinen Strich durch die Rechnung macht, das wäre mehr als ärgerlich.«

»Lass uns positiv bleiben, das hilft meistens. Wann soll der Kurs eigentlich losgehen? Und ist er hier in Charlottenburg oder in einem anderen Stadtteil?«

»Dienstag, Donnerstag und Samstag sind die Termine. Gleich morgen geht es los. Ich hole dich ab, das ist klar. Außerdem sind wir abends mit dem Auto viel schneller. Um 20 Uhr beginnt der Kurs und dauert etwa zwei Stunden. So kannst du dich zuvor etwas ausruhen.«

»Perfekt! Du hast wirklich an alles gedacht. Auf alle Fälle hast du jetzt etwas gut bei mir. Kaum dass wir uns kennengelernt haben, erfüllst du mir meinen größten Herzenswunsch.«

»Wenn du dich freust, freue ich mich auch. Außerdem ist das nicht ganz uneigennützig von mir. So sehe ich dich öfter, als du es möglicherweise eingeplant hast.«

Sie mussten beide laut lachen. Genau in dem Moment kam der Chef des Hauses höchstpersönlich an ihren Tisch und servierte den Wein. Während er zunächst Max die Kostprobe eingoss, fand er für seine Auswahl eine Menge lobende Worte: »Sie haben wirklich einen besonders guten Tropfen ausgewählt und scheinen ein Weinkenner zu sein.«

Max kostete gekonnt den Wein und ließ sich viel Zeit, um den Geschmack auf der Zunge nachzuspüren. Dann antwortete er charmant: »Bei Ihrer gut gefüllten Karte fällt einem die Auswahl schwer, das muss ich schon sagen.« Dann rühmte auch er die Qualität. »Ein köstlicher Wein. So, wie ich es in Ihrem Haus gewohnt bin. Vielen Dank. Wir werden den Wein genießen.«

Der Chef nickte und überließ die beiden sich selbst.

Max prostete Lisa vergnügt zu. »Auf eine gute Zeit in Berlin.«

Lisa strahlte ihren Freund zufrieden an. Sie genoss den Abend, und ihr Wohlsein verstärkte sich durch Max' Charme. Obwohl dies erst ihr drittes Treffen war und das letzte bereits einige Zeit zurücklag, entstand am heutigen Abend zwischen ihnen eine vertraute Atmosphäre. Seine lockere und aufmerksame Art machte es Lisa leicht, sich in seiner Nähe wohlzufühlen. Sie schauten sich mitunter so tief an, dass es Lisa schwerfiel, ihren Blick von ihm abzuwenden. Sie sah Max nicht nur gern an, sondern entdeckte auch in seinen Augen eine Tiefe, wie sie diese selten zuvor erlebt hatte. Sie hoffte allerdings, ihre Gefühle nicht allzu schnell preiszugeben, damit das Feuer nicht so schnell erlosch.

Max schien es mit Lisa ähnlich zu gehen, denn auch er sah sie unverwandt an. Er nahm den Gesprächsfaden wieder auf: »Wie war eigentlich der Besuch vom kleinen Max, dem Sohn deiner Kollegin Tess in Graal-Müritz? Ich hoffe, dass er dir nicht besser gefällt als der Große.«

»Der Kleine ist ehrlich gesagt ganz groß«, betonte Lisa schmunzelnd. »Ich hatte ihn und Tess zum Schwimmen in unser modernes Aquadrom eingeladen. Eigentlich sollte es dabei bleiben, aber als ich in die Sauna ging, wollte Max den Schwitzkasten unbedingt auch mal ausprobieren.

Tess hatte das nie zuvor mit ihm gemacht, sie glaubte, er sei zu jung für die Sauna. Für den kleinen Mann war das also eine erste Bewährungsprobe. Und den Test hat er bravourös bestanden. Tess war am Anfang nur fünf Minuten mit ihm im Saunaraum, dabei blieb er leise und schaute sich aufmerksam um. Ehrlich, das beeindruckte mich. Wir hatten viel Spaß miteinander. Oft habe ich ja nicht das Vergnügen, mit so einem kleinen Kerl zusammen zu sein. Beim Schwimmen zeigte er keinerlei Angst und ließ sich von seiner Mutter und mir nach allen Regeln der Kunst verwöhnen.«

»Das kann ich mir gut vorstellen, das würde ich auch nicht anders machen«, meinte er und fügte schnell hinzu: »Dich verwöhnen, natürlich.«

Lisa glühte innerlich, und das kam nicht nur vom gehaltvollen Wein, sondern auch von der vertrauten Nähe, die Max längst verbreitete.

»Hast du eigentlich Kinder?« Lisa erschrak, kaum dass die direkte Frage heraus war. Sie hatte längst festgestellt, dass im Gespräch mit ihrem Freund einige Bemerkungen wie von selbst und ganz selbstverständlich aus ihrem Mund herausrutschten.

Max zögerte nicht lange und beantwortete ungeniert Lisas Frage: »Einmal war ich in einer relativ langen Beziehung. Immerhin sechs Jahre.« Max machte eine kurze Pause, als müsste er nachdenken. »Wir hatten natürlich über Kinder gesprochen. Eines Tages trennte Charlotte sich unerwartet von mir. Sie nahm einen lukrativen Job in München an, zu dem ich ihr zuvor sogar geraten hatte. Wir beide hatten damals vor allem unsere Karrieren im Blick. Bei so einer großen Entfernung wäre eine spätere Trennung nicht zu vermeiden gewesen, und für uns beide war diese Entscheidung bestimmt das Beste. Heute bin ich froh, dass wir den Gedanken an Kinder verdrängt hatten. Was hätte ein Kind von mir, wenn ich es nur in den Ferien zu Gesicht bekomme?«

»Das kann ich gut verstehen. Ich gewinne gerade den Eindruck, dass du keinerlei negative Seiten mit dir rumschleppst. Man könnte meinen, du bist sowas wie der Lieblingsschwiegersohn. Aber irgendeinen Haken muss es bei dir doch auch geben?«

Max lachte laut auf. »Klar, alles andere wäre unnormal. Ich bin nicht nur gut drauf. Du müsstest mich mal unmittelbar nach Dienstschluss erleben, da bin ich meist ziemlich abgelaufen und müde. In letzter Zeit ging es bei uns recht hart zu, wenige Chirurgen und viele Operationen. Du sagtest mal, dass du keine Ahnung hast, wie es in einem Klinikbetrieb abläuft. Sei froh! Ich frage mich manchmal, wie wir tagtäglich reibungslose Abläufe in guter Qualität hinbekommen. Das ist vor allem dem vollen Einsatz aller in unserem Team zu verdanken, und natürlich der Liebe zu unserem Beruf. Dabei spielt sowas wie unser Berufsethos wohl auch eine Rolle. Leider verliert dieses Ethos in den letzten Jahren immer mehr an Bedeutung. Auch dass ein Krankenhaus als wirtschaftlicher Betrieb angesehen wird, kann nicht gut für die Patienten sein. Dabei nehmen die Auseinandersetzungen zwischen Klinikleitung und Ärzten ständig zu. Nicht wenige kündigen, machen sich selbständig, weil sie sich dem Druck nicht aussetzen wollen.«

Lisa hörte mit großem Interesse zu und dachte an ihren eigenen Krankenhausaufenthalt in der Uniklinik Rostock im letzten Sommer, nachdem sie in die Klauen eines Mörders geraten war, der es auf ihr Leben abgesehen hatte. Doch die Zeit war nicht reif, um Max von dieser Geschichte zu erzählen. Sie wollte einem so harmonisch schönen Abend keinen bitteren Beigeschmack verleihen.

Indessen ließ Max nicht locker, bis Lisa wenigstens etwas von ihrem Job berichtete.

»Du nimmst sicher genau wie ich jede Menge negative Eindrücke mit nach Hause? Wie kommst du abends mit den Erlebnissen des Tages klar, wenn du abends allein zurückbleibst? Oder besser gefragt, kannst du überhaupt davon loskommen?«

»Ich denke, das wird so ähnlich wie bei dir sein. Du siehst jeden Tag kranke Menschen und machst alle Kräfte mobil, um ihnen zu helfen. Da bleiben nicht nur positive Eindrücke zurück. Auf alle Fälle sorge ich bewusst für mich. Als wir uns zum ersten Mal begegnet sind, kam ich gerade vom Laufen am Strand zurück. Genauso positiv wirken gute Bücher auf mich, aber auch Konzerte und Kinobesuche lenken mich gut ab.

Zu Hause bin ich auch gern. Ich kann sehr gut allein sein, ohne mich einsam zu fühlen. Bei passender Musik komme ich schnell weg vom Desaster des kriminellen Milieus. Aber wir haben es nicht täglich mit Mord und Todschlag zu tun, und zum Glück habe ich gute Freunde um mich herum, so wiegt alles nur halb so schwer. Ich denke, das Gesamtpaket macht es.«

»Deinen Worten kann ich mich vollkommen anschließen, bei mir sieht es ähnlich aus. Aber jetzt, wo ich dich etwas besser kennenlernen darf, gibt es sogar noch etwas Besonderes, auf das ich mich freuen kann.«

»Du machst mich schon wieder verlegen«, sagte Lisa gerade, bevor das Essen gebracht wurde. Der Kellner zelebrierte am Nebentisch gekonnt das Zerlegen der Perlhühner, drapierte kunstvoll verschiedenes Gemüse auf den Tellern und garnierte dazu einige Löffel der feinen Sauce. Lisa betrachtete jeden Handgriff des Mannes. Der Anblick ließ ihr das Wasser im Munde zusammenlaufen.

»Man riecht den feinen Happen nicht nur, deine Auswahl sieht auch hervorragend aus.«

»Na, dann haben wir alles richtig gemacht und können unseren Gaumen verwöhnen.«

Der Kellner verließ sie mit den Worten: »Falls Sie was brauchen; ich bleibe in der Nähe.«

Lisa nickte Max in voller Freude auf das Essen zu, dann genossen sie ihr erstes Abendessen. Dennoch dachte sie kurz daran, dass alles bisher viel zu perfekt verlief. Da musste es irgendwann einen Dämpfer geben.

In früheren Beziehungen hatte sie erlebt, dass gerade dann, wenn alles zu passen schien, ein dickes Ende kam. Diesen Gedanken wischte sie rasch weg und wollte ihm keine Bedeutung beimessen. Sie blieb viel lieber im Hier und Jetzt und genoss den Abend mit Max in vollen Zügen.

Etwas später, als sie bereits die Nachspeise mit einem abschließenden Espresso krönten, klingelte Lisas Telefon. Walter Althaus war am Apparat. Natürlich fragte er, ob es ihr gut ginge, dann kam er schnell zum Grund seines Anrufes. »Mir ist eingefallen, dass wir nicht über die Abteilung gesprochen haben, in der du morgen erwartet wirst. Am Anfang wirst du im Dezernat 7 eingesetzt. Das könnte interessant für dich sein, der Schwerpunkt liegt bei der Ermittlungsunterstützung.«

Der Berliner Kollege betonte weiter: »Ich werde dich direkt am Haupteingang abholen, weil du dich ansonsten in unserer Behörde verlaufen könntest.«

Für seine Aufmerksamkeit dankte sie ihm vorab und wünschte ihm einen guten Abend, dabei war sie relativ kurz angebunden. Kaum hatte sie aufgelegt, fiel ihr wieder ein, weshalb sie eigentlich nach Berlin gekommen war. Sie musste in der kurzen Zeit der Arbeit und Max gerecht werden.

Max lächelte sie von der anderen Seite aus an. »Unseren Arbeitsalltag sollten wir in der kurzen Zeit, die uns bleibt, hinter uns lassen.« Er griff nach ihrer Hand und streichelte sanft mit den Fingern über die Haut.

Er verstand es geschickt, Lisas Gedanken zu ihm zurückzubringen. Lisa lächelte ihn dankbar an und ihr wurde in diesem Moment bewusst, was Nähe und Zweisamkeit wirklich ausmachte.

Ein Zustand, an den sie sich gewöhnen könnte.

2. Kapitel

Erster Tag im Landeskriminalamt Berlin

Lisa erkannte von weitem ein großes Behördengebäude. Das sah gewaltig aus. Mehrere Gebäude reihten sich aneinander und nahmen den Großteil der Straße ein.

Lisa wurde deutlich vor Augen geführt, dass Althaus' Vorschlag, sie abzuholen, vernünftig war. Allein wäre sie ewig durch diese langen Gänge der Behörde gelaufen, und am Ende wäre sie frustriert gewesen. Lisa war froh, dass sie am Haupteingang erwartet wurde.

Ohne Verspätung stand Lisa nun vor dem Eingang des Hauptgebäudes. Walter Althaus kam gerade heraus und begrüßte sie freundlich.

»Du bist pünktlich. Das ist gut so, wir sind hier auch nichts anderes gewohnt.«

»Danke fürs Abholen«, meinte Lisa schnell, über seine knappe, sachliche Begrüßung war sie leicht irritiert. Die war das komplette Gegenteil vom überschwänglichen Empfang am Tag zuvor. »Euer Gebäude ähnelt einem Labyrinth. Wer weiß, wie lange ich allein gebraucht hätte, um mich da durchzukämpfen?«

»Das hätte ich dir locker zugetraut. Aber so ist es entspannter. Du lernst bei uns sicher genug Neues kennen, aber natürlich werden wir dich nicht überfrachten.«

»Die zwei Wochen sind auch viel zu knapp dafür«, konterte Lisa.

Althaus überging die Antwort und meinte stattdessen: »Wie war dein erster Abend in Berlin, so ganz allein? Ich hatte fast ein schlechtes Gewissen, dich in der Fremde zu lassen.«

Lisa lag bereits eine Antwort auf der Zunge: »Ach, so allein war ich gar nicht.« Sie besann sich dann eines Besseren und meinte schlicht: »Ich bin das gewohnt, und manchmal brauche ich das sogar. Bei unserem Job läuft es bei euch sicher nicht anders.«

Walter Althaus schmunzelte nur. Mit seiner heute eher knapp gehaltenen Kommunikation ersparte sie sich wahrscheinlich weitere gut gemeinte Fragen oder Ratschläge des neuen Kollegen. Außerdem schien er zu ahnen, dass Lisa nicht die Wahrheit sagte. Die Geräuschkulisse des Restaurants schien ihm beim gestrigen Anruf nicht entgangen zu sein. Immerhin war er ein langjähriger Kriminalbeamter.

Dann äußerte er sich doch zu Lisas Frage: »Ja, das ist so. Ich bin froh, wenn du in dieser Zeit gut zurechtkommst. Doch zurück zu deinem Einsatz. Du wirst das Dezernat 7 mit seinen Unterbereichen 71-73 kennenlernen. Es ist zwar ein relativ kleiner Bereich in der Behörde, der hat es dafür aber in sich. Du wirst später selbst einen Teil des riesigen Spektrums der Technik kennenlernen. Vor allem gehts dort um Forensische Informations- und Kommunikationstechnik. Dabei werden digitale Spuren in einem strafgerichtlichen Verfahren gesichert, untersucht und bewertet. Du wirst vom normalen PC bis hin zum Großrechner alles sehen, aber natürlich gehört auch die Mobilfunkforensik dazu. Die Leute arbeiten mit speziellen VPN. Oh, entschuldige. Vermutlich sagt dir das nicht viel. Ich meine virtuelle private Netzwerke, die sie für andere unsichtbar machen. Ich weiß, dass vieles Neuland für dich sein wird, aber genau deshalb bist du da: Um unsere technischen Möglichkeiten kennenzulernen.«

»Ja klar, ich bin schon sehr gespannt. Das Meiste wird hochinteressant sein, weil ich nie damit zu tun hatte.«

»Davon gehe ich aus.«

»Technische Fragen gehören nicht in mein Ressort. Darum kümmert sich Jens bei uns in Rostock, aber es kann nicht schaden, da mal reinzuschnuppern. Das breite Spektrum bei euch wird, ehrlich gesagt, eine große Herausforderung für mich sein, das hatte ich mir aber schon lange gewünscht. Ich bin bereit!«

»Das ist gut«, antwortete Althaus erneut kurz angebunden.

Sie liefen lange Gänge entlang und stiegen breite Treppen hinauf, bis sie einen Raum, ohne anzuklopfen, betraten. Ein großer, schlanker Mann kam ihnen entgegen und begrüßte Lisa: »Sie müssen Lisa Liebich aus Rostock sein. Freut mich, dass Sie uns über die Schulter schauen wollen. Ich bin übrigens Clemens Dreyer, der Leiter des siebten Bereiches. Bei uns werden Sie mit viel Technik konfrontiert, die ist allerdings deutlich umfangreicher, als das, was Sie von Ihrem regionalen Kommissariat her kennen. Aber Sie sind schließlich hier, um etwas Neues kennenzulernen.«

»Danke für die freundliche Aufnahme. Ich bin sehr gespannt, was mich bei Ihnen erwartet«, meinte Lisa, froh darüber, dass sie hier einen interessanten Bereich kennenlernen würde. Bereits der Anblick der großzügigen Büroräume beeindruckte sie, obwohl sie bis jetzt keine Technik zu Gesicht bekommen hatte.

Clemens Dreyer ergriff erneut das Wort:» Ich werde mich genauso um all Ihre Fragen kümmern. Scheuen

Sie sich also nicht, mich zu löchern. Falls Ihnen etwas unklar erscheinen sollte, dann raus damit. Soweit es mir möglich ist, beantworte ich Ihre Fragen gern.«

Er zeigte Lisa einen Schreibtisch, an den sie sich setzen konnte, und nahm selbst auf der anderen Seite Platz.

»Hier können Sie sich erst mal einrichten. Der Kollege ist im Urlaub, passt also.«

Walter Althaus schaltete sich ins Gespräch mit ein. »Später wirst du mit zwei weiteren Bereichen bekanntgemacht, zuerst das Dezernat 72. Dort beschäftigen sich die Kollegen mit der technischen Ermittlungsunterstützung. Das ist unsere Zentralstelle fürs Internet, vor allem für den Bereich der Telekommunikationsüberwachung. Zum Ende deiner kurzen Zeit bei uns wirst du den Fahndungsbereich im Dezernat 73 kennenlernen. Nahezu alle Fahndungen nach strafverfolgten Personen laufen über dieses Dezernat.«

Lisa holte tief Luft. »Da bekomme ich wirklich einen guten Überblick, aber genau das wollte ich. Danke, dass ich überhaupt die Chance bekomme, Einblick in eure Arbeit zu nehmen.«

»Hatte ich bereits in Rostock versprochen«, meinte Walter Althaus betont gelassen. Seine umsorgte Freundlichkeit vom Vortag schien wie ausgewechselt, und Lisa kam nicht um die stille Frage, ob das vielleicht mit ihrer gestrigen Absage zu tun hatte.

»Richte erst mal deinen Arbeitsplatz ein, Clemens und ich sehen dich später.«

Clemens Dreyer machte sich einige Notizen und ging mit Walter Althaus in den Nebenraum. Lisa stellte die wenigen Utensilien, die sie mitgebracht hatte, auf den Schreibtisch.

Wenige Minuten später saßen sie zu dritt in Dreyers angrenzendem Büro und planten, wie es in der ersten Woche für Lisa weitergehen sollte. Lisa erkannte, dass die Berliner Kollegen sich im Vorfeld Gedanken zu ihrem Aufenthalt im Dezernat gemacht hatten. »Ich bin froh, die Möglichkeit zu erhalten, hier dabei zu sein.«

Althaus winkte nüchtern ab. »Ach, nicht der Rede wert. Erzähl lieber, wie es um den Fall bei euch in Rostock steht.«

»Peter hat mir vorige Woche am Telefon berichtet, dass euer Fall so gut wie abgeschlossen ist. Dann haben eure Ermittlungen relativ schnell zum Erfolg geführt. Kompliment.«

»Gut, dass du mich erinnerst. Ich hatte den Kollegen versprochen, sie anzurufen. Die Täterin war auf der Flucht, konnte aber kurze Zeit später von den schwedischen Kollegen festgesetzt werden. Mich interessiert natürlich brennend, wie es mit der Frau weiterging.«

»Das verstehen wir selbstverständlich. Am besten, du machst das gleich, bevor etwas anderes dazwischenkommt.«

Clemens Dreyer nickte zustimmend und Lisa ging in den Nebenraum, griff zum Telefon und wählte die direkte Nummer von Peter Heilmeyer.

»Kommissariat Heilmeyer«, kam ihr sofort die vertraute Stimme ihres Chefs entgegen.

»Grüß dich, Peter, Lisa am Apparat. Wie du siehst, habe ich Sehnsucht nach euch, kaum dass ich in Berlin bin.«

Aus Heilmeyers Stimme verschwand der Dienstton, als er Lisas Stimme erkannte. »Das hatten wir nicht anders erwartet. Hoffentlich hat alles zuverlässig geklappt?«

»Im Landeskriminalamt bin ich im Dezernat 7 gelandet. Die Kollegen haben mit mir einiges geplant und für die zwei Wochen ein recht umfangreiches Programm zusammengestellt. Das kann später für unsere Arbeit in Rostock nur nützlich sein. Jetzt aber interessiert mich, ob mit Silke Peters alles glattlief und ihr sie bereits sprechen konntet?«

»Das Protokoll unserer schwedischen Kollegen ist zwar umfassend, enthält aber das Geständnis der Frau. Doch wir werden sie für unsere Unterlagen selbst befragen müssen.«

»Auf Catrine Schreibers Motiv, die Geliebte ihres Mannes ins Hotel zu locken, bin ich jetzt schon gespannt.«

»Wenn alles glatt läuft, werden wir sie am Nachmittag in der Untersuchungshaft aufsuchen und befragen können. Damit werden wir endgültig den Schlussstrich unter die Akte ›Die Last der Lust‹ ziehen.«

»Mich würde wirklich interessieren, was Frauen antreibt, zu töten? Vor allem, wenn der Mord mit geplantem Vorsatz, nicht etwa im Affekt geschieht.«

»Darauf wird es sicher keine generelle Antwort geben.«

»Das denke ich auch, ruft ihr mich an, wenn ihr mehr wisst?«, fragte Lisa.

»Klar! Wie wäre es morgen am späten Nachmittag? Hoffe, das passt?«

»Ich denke ja, und grüß die anderen Kollegen!«

»Geht klar.« Peter Heilmeyer legte ohne große Worte zu verlieren auf, aber seine schnellen Verabschiedungen kannte sie längst.

Als Lisa zurückkam, schauten die Berliner Kollegen sie erwartungsvoll an, ohne eine Frage zu stellen. Sie wusste natürlich, dass Althaus und Dreyer mehr wissen wollten, und zögerte nicht lange, sie aufzuklären.

»Die letzte Befragung wird heute Nachmittag stattfinden. Die Täterin hat bereits in Schweden gestanden, also nur eine Formsache für unsere Kollegen.«

»Gute Arbeit!«, meinte Dreyer und machte eine kurze Pause, bevor er weitersprach. »Damit du dich recht schnell bei uns einlebst, schlage ich vor, dass wir uns duzen. Das ist bei euch in Rostock sicher genauso üblich! Nenn mich einfach Clemens. Das wird auch besser fürs Arbeitsklima sein und ist hier ohnehin ein übliches Prozedere.«

»Gern. Ich bin Lisa, aber das wisst ihr ja längst.«

Alle grienten.

»Na dann, willkommen im Team«, fügte Walter Althaus hinzu.

Noch am selben Tag wurde Lisa mit einem Teil der besonderen Technik des Dezernats konfrontiert, zudem lernte sie weitere Kollegen kennen.

Die ersten Stunden vergingen schnell. Sie traute sich kaum, jemanden der Kollegen an ihren Computern anzusprechen. Überall war ein regelechter zeitlicher Druck zu spüren, anders als in Rostock. Niemand nahm sich ernsthaft Zeit, sich mit Lisa zu unterhalten. Alle blieben diskret hinter ihren Bildschirmen, sahen kaum auf oder nahmen nur nebenbei Notiz von der neuen Kollegin. Vermutlich übertraf die Anzahl der Straftaten wohl auch bei Weitem die des Kommissariats in Rostock. Soviel hatte Lisa im ersten Gespräch mit Dreyer bereits mitbekommen, auch, dass viele Straftaten länderübergreifend bearbeitet werden mussten. Dennoch verging der Tag deutlich schneller, als Lisa erwartet hatte. Ihr blieb nicht eine Minute, um gedanklich in Richtung des am Abend bevorstehenden Tangokurses abzudriften. Vom ersten Augenblick an wurde sie gefordert und mit Informationen überschüttet. Dabei half, dass sie sich mit Dreyer auf Anhieb gut verstand. Sicher auch, weil er sich die Zeit nahm, Lisas Interessen zu ergründen. Von ihm erfuhr sie, wie schnell sich Daten innerhalb und außerhalb Deutschlands durchstellen ließen.

Lisa zeigte sich fasziniert vom Zusammenspiel der einzelnen Dezernate. Die Hierarchien waren klar unterteilt, und Lisa war jetzt schon gespannt auf ihre konkrete Mitarbeit in einem der Bereiche.

3. Kapitel

Erste Tangoschritte

Gedankenverloren blickte Lisa in der U-Bahn auf den Tag zurück. Einiges lief so ab, wie sie es sich vorgestellt hatte, anderes dagegen überraschte sie. Es war eine gute Mischung, die ihr Interesse weiter steigerte.

In wenigen Minuten würde sie am Theodor-Heuss-Platz sein, von dort hatte sie nur einen kurzen Fußweg bis zur Reichstraße vor sich.

Die Gegend, in der sie für zwei Wochen ihre Wohnung bezogen hatte, gefiel ihr. In der weitläufigen Geschäftsstraße gab es Läden für den täglichen Bedarf, Lokalitäten, genauso wie bunte Boutiquen. Die bunte Vielfalt der Geschäfte lud geradezu zum Stöbern und Einkaufen ein. Lisa sah auf den ersten Blick einige Geschäfte, die für ihre persönlichen Vorlieben allerhand zu bieten hatten. Demnächst würde sie sich genauer umsehen, heute blieb dafür keine Zeit. Es war an der Zeit, auch mal Max zu verwöhnen. In einem großen Lebensmittelgeschäft, das auf dem Weg lag, fand sie alle Zutaten für ein schmackhaftes Essen, und auch ein guter Tropfen ließ sich schnell finden. Der würde das geplante Essen für Max auf alle Fälle krönen. Mit ihrer Kochkunst wollte Lisa sich auf ihre Weise bei Max bedanken. Das Essen hatte sie für den nächsten Tag geplant, da war Kurspause. Sie hoffte, dass er ihre Einladung zum Abendessen annehmen würde.

Schwungvoll und mit spielerischer Leichtigkeit nahm sie die drei Treppen bis in die Wohnung, die voll bepackten Tüten störten sie dabei nicht. Selbstverständlich und fließend erschien ihr alles, was sie tat, und sie war durchdrungen von großer Freude.

Plötzlich schoss es ihr durch den Kopf: »Tango? Tanzen? Was soll ich anziehen?«

Zwei Kleider und einen Rock hatte sie zwar dabei, aber sie war nicht überzeugt davon, dass die Sachen für diesen speziellen Tanz geeignet waren. Blödsinn, hielt sie sofort dagegen. Was für ein alberner Gedanke, schließlich ging es um den Tanz, um nichts anderes. Trotzdem stellte sich dieselbe undefinierbare Unruhe ein, die sie auch beim ersten Treffen mit Max in Graal-Müritz festgestellt hatte. Selten genug hatte sie so ein aufgewühltes Gefühl. Ihr Herz begann bereits kräftiger zu klopfen, wenn sie nur an ihn dachte, und ihr Bauch … Ja, so mussten sich Schmetterlinge anfühlen. So ein Kribbeln hatte sie niemals zuvor gespürt. Nie zuvor hatte sie sich die Nähe eines Mannes so sehr herbeigewünscht, wie es jetzt bei Max der Fall war.

Der gestrige Abend hätte kaum perfekter verlaufen können. Ihr Freund hatte sie nach allen Regeln der Kunst verwöhnt. Dazu gehörte nicht nur die Wahl eines fantastischen Menüs, genauso ließ er sie andauernd spüren, wieviel ihm ihre Gegenwart bedeutete. Und mit dem Tango war es ihm endgültig gelungen, ihr Herz zu erobern.

Da überraschte sie plötzlich ein Gedanke, der sie gar nicht mehr losließ: Sie war verliebt. Ja, sie musste verliebt sein! Anfangs war sie nur überrascht, jeder Gedanke an diesen Mann fühlte sich wunderbar an. So ein berauschendes Gefühl kannte sie schon lange nicht mehr. Keine Zweifel mehr, Max hatte ihr Herz erreicht.

Sie konnte sich nicht mehr dagegen wehren und wollte es auch nicht. Unter der Dusche hatte sie eine Melodie geträllert, die es gar nicht gab. Ein Produkt ihrer Fantasie, über das sie jetzt schmunzeln musste. Ein wenig später zog sie eines ihrer mitgebrachten Kleider an und fühlte sich darin erstaunlicherweise gleich wohl. Das Kleid war bordeauxrot und hatte eine angemessene Länge. Dabei wirkte es elegant-leger, so wie sie sich gern kleidete. Ihre dunklen Haare drehte sie gekonnt zu einem Knoten hoch, der gab ihrem Aussehen eine klassische Wirkung.

Lisa freute sich auf Max und auf den Tanz mit ihm. Das würde sicher eine spezielle Nähe zwischen ihnen herstellen. Ihr Herz begann erneut zu klopfen.

Inzwischen war Lisa angezogen und startklar. Sie sah immer häufiger auf die Uhr, Max würde jeden Moment kommen, um sie abzuholen. Was für eine glückliche Fügung es doch war, dass ausgerechnet der Mann, der ihr so viel bedeutete, die ersten Tangoschritte mit ihr erlernen wollte. Selbst Berlin kam ihr nicht mehr ganz so fremd vor.

Max war pünktlich. Er klingelte an der Wohnungstür. Die drei Treppen schienen auch ihm überhaupt nichts ausgemacht zu haben. Entspannt und freudig stand er vor ihr, als sie die Tür öffnete. Lisa merkte an jeder Faser ihres Körpers, wie eine leichte Hitze in ihr aufstieg, als sie den Mann, der ihr Herz berührte, vor sich sah. Er entsprach nicht nur optisch ihrem Geschmack, viel mehr war ihr inzwischen klar, dass sie sich tatsächlich in diesen Mann verliebt hatte. Beinah verlegen bat sie ihn hinein. Max schien Lisas leichte Unsicherheit zu bemerken und überdeckte sie mit seiner Spontanität. Vorsichtig zog er sie an sich heran und küsste sie zärtlich auf den Mund.

»Ich habe mich den ganzen Tag auf diesen Moment gefreut. Endlich kann ich dich umarmen.«

Lisa ließ es geschehen und genoss seine herzliche Umarmung. Dann ließ er sie auf einmal los und sah ihr in die Augen.

»Wie schön du aussiehst. Mir gefallen deine hochgesteckten Haare und ich finde es gut, dass du dich für ein Kleid entschieden hast. Ich mag es, wenn man bei einer Frau auch mal die Beine sehen kann. Überhaupt, du siehst perfekt aus. Da muss ich wohl aufpassen, dass du mir von den anderen Männern nicht weggeschnappt wirst.«

»Danke, du gefällst mir auch.«

Max hatte sich Gedanken über eine passende Garderobe gemacht. Er trug eine enge schwarze Hose und darüber einen eleganten dunklen Pullover aus feinem Zwirn.

»Wenn du soweit fertig bist, können wir meinetwegen los. Eine kleine Strecke haben wir ja vor uns. Mit dem Auto wird das etwa eine halbe Stunde dauern. Unterwegs kannst du mir erzählen, wie dein erster Arbeitstag verlaufen ist. Einverstanden?«

»So machen wir das.«

Lisa griff nach ihrem Mantel, zum Zeichen, dass sie bereit war.

Es dauerte tatsächlich fast eine halbe Stunde, ehe sie das *El Gato* erreichten. Die meisten Gäste betraten sofort die Villa, weil es leicht zu regnen begann. Lisa und Max taten es ihnen gleich. Da der Kurs erst in einer Viertelstunde starten sollte, sahen sie sich im unteren Bereich um. Vor ihren Augen zeigte sich ein opulenter Ballsaal mit hoher Decke, an der nicht nur der dekorative Stuck attraktiv war, sondern auch die darunter hängenden schweren Lüster aus Metall, deren Glanz von einer Vielzahl von Kristallperlen ausging.

Rundherum standen Tische wie auf einer Schnur aufgereiht, mit jeweils sechs Stühlen. Zentral, aber etwas seitlich im Raum befand sich ein kleines Podest, das Raum für einen, höchstens zwei Musiker bot. Einige Instrumente standen dort bereit. Es war der perfekte Tanzsaal, in dem es Lisa gefallen würde zu tanzen.

»Sogar Livemusik, damit hätte ich niemals gerechnet«, meinte Max bewundernd.

Lisa grinste. Sie freute sich auf ihren ersten Kurs bei ansprechendem Ambiente.

Schon wenige Minuten später wurde sie enttäuscht. Von einem Teilnehmer erfuhren Lisa und Max, dass die Anfängerkurse nicht im Saal, sondern in einem der kleineren Räume im ersten Stock stattfanden. Oben angekommen, mussten sie außerdem feststellen, dass sich für diesen Kurs deutlich weniger Tanzpaare angemeldet hatten, als sie zuvor vermutet hatten. Außerdem war der Raum ornamentlos und ohne interessantes Interieur. Alles war deutlich kleiner als der Saal mit seinen großen Fenstern und dem dekorativen Stuck. Der untere Saal besaß das gewisse Etwas und strahlte einen ganz besonderen Charme aus.

»Schade, der Ballsaal gefiel mir viel besser. Genauso hatte ich mir den Raum für unseren ersten Tangotanz vorgestellt«, äußerte Lisa sich enttäuscht.

»Mir geht es auch so«, bestätigte Max ihre Aussage. »Der Saal wäre für uns Anfänger ideal, um den Tango Argentino nicht nur zu erlernen, sondern genauso zu spüren.«

Inzwischen standen mit ihnen sechs weitere Paare im Raum und warteten auf die Tanzlehrer. Ein nicht mehr junges Paar erschien. Der Mann stellte einen Recorder an.

Leise Töne erklangen, und mit diesen ersten Klängen der Tangomusik bewegten sich die Beine fast automatisch, der Rhythmus durchdrang den Körper und die Lust, sich zu bewegen, wurde geweckt. Nicht nur Lisas Augen begannen zu leuchten. Der Mann, der sich als Leiter des Kurses herausstellte, begrüßte die Anwesenden auf seine Weise. »Das ist Susanna, ich bin Francesco. Unsere Zeit ist knapp, also keine großen Reden, lasst uns lieber beginnen. Aber ein paar einführende Worte hat Susanna für euch.«

Die Frau neben Francesco lächelte souverän und machte ohne Pause weiter. »Der Tango Argentino ist einer der schönsten Paartänze der Welt. Hier geht es nicht um das Erlernen von Schrittfolgen, sondern ums Spüren, um die Körperwahrnehmung und um Respekt. Mit dem Beginn unseres Einsteiger-Workshop gebe ich euch ein paar Hintergrundinformationen zum Tango, dann beginnen wir mit den ersten Schrittfolgen. Das Gute an dem ersten Kurs ist, dass alle auf dem gleichen Niveau sind und niemand Angst haben muss, falsche Schritte zu machen. Wer darüber hinaus Interesse hat, kann nachher unten im großen Saal den Tangotänzern, die den Tanz bereits beherrschen, über die Schulter schauen. Zuschauen ist oft sehr hilfreich und wird manchmal unterschätzt. Das werdet ihr selbst bald feststellen. Aber lasst uns beginnen.«

Alle hörten aufmerksam den Ausführungen von Susanna zu.

Francesco übernahm auch einmal das Wort. »Tango ist zwar die Königsdisziplin aller Tänze, doch in seinem Wesen ist er nichts anderes als das gemeinsame Gehen mit dem Partner zur Musik. Der Ursprung des Wortes deutet auf eine Berührung hin. Die Umarmung im Tango ist etwas Natürliches und muss nicht erlernt werden. Selbst als Anfänger könnt ihr mit einem kleinen Repertoire einen schönen Tango genießen.«

»Und wie sieht es mit den Schrittfolgen aus? Ich kann mir schlecht Schritte merken«, äußerte sich jemand aus der Gruppe.

»Die Angst, sich Schritte und Figuren nicht merken zu können, besteht bei vielen. Anders als bei anderen Tänzen ist die Angst beim Tango vollkommen unbegründet. In unserem Unterricht zeigen wir euch konkrete Übungsabfolgen, und ihr erfahrt von der Kunst der Improvisation, also, wie ihr euren eigenen Tanz zur Musik gestalten könnt. Dabei können aus Fehlern oft neue Möglichkeiten entstehen und gleichzeitig gelingt es euch, vielfältig zu variieren.«

Lisa merkte, dass auch Max ganz bei der Sache war, und freute sich doppelt, dass sie ab heute gemeinsam mit ihm diesen besonderen Tanz von der Pike auf erlernen würde.

Zweieinhalb Stunden später war der Kurs vorbei und Lisa fand, dass sie sich gar nicht schlecht angestellt hatten. Ganz im Gegenteil, Francesco zeigte sich mit ihrem ersten Tanzversuch sehr zufrieden. Jedenfalls lobte er

Max und Lisa mehrfach. Als sie die Treppe hinunterstiegen, nahmen sie aus dem Ballsaal lateinamerikanische Klänge wahr. Neugierig auf die Musik und die dazu tanzenden Paare, öffnete Max vorsichtig die Tür.

In dem großen Raum herrschte inzwischen eine völlig andere Atmosphäre als vor gut zwei Stunden. Die Paare tanzten im Uhrzeigersinn. Ganz wie es Francesco erklärt hatte, schließlich war ein Durchkreuzen der Tanzmittelfläche verpönt. Diejenigen, die nicht tanzten, saßen an ovalen Tischen, seitlich des Raums. Sie tranken etwas und unterhielten sich leise. Eine interessante Stimmung, die inzwischen in rot-bläuliches Licht getaucht war. Max schaute Lisa an und deutete fragend zu den Tischen. Lisa signalisierte sofort ein Ja. Den Profis aus der Nähe zuzusehen, war nach dem Anfängerkurs genau das Richtige.

Sie hatten Glück, gerade wurde ein Tisch frei. Lisa setzte sich, um den Tisch zu reservieren, und Max ging zur Bar und holte etwas zum Trinken. Kaum dass Lisa saß, fielen ihr die unterschiedlichen Tanzstile der Paare auf. Sie war beeindruckt von den fließenden Bewegungen, alles sah so leicht aus. Jedes Paar bewegte sich auf ganz individuelle Weise und einige Tänzer improvisierten gekonnt, genauso wie eben beim Tanzkurs von Francesco beschrieben. Doch ein Paar stach besonders heraus. Sie tanzten absolut hingebungsvoll. Lisa konnte ihren Blick nicht von ihnen abwenden. Beide unterschieden sich von den anderen. Sie verschmolzen vollständig in ihrem Tanz und nahmen ihre Umgebung kaum wahr.

Max kam lächelnd mit zwei Cocktails an den Tisch zurück. Beim Anblick der bunten Gläser erschrak Lisa.

Sie erinnerte sich allzu gut an ihren letzten gemeinsamen Abend in der Graal-Müritzer Pink Lady Bar und den Schwips, den sie anschließend hatte.

»Keine Sorge, der ist ohne Alkohol. Ich weiß ja, dass du morgen fit sein musst. Ich übrigens auch.«

»Wie umsichtig, danke. Ich hätte große Lust, mich einfach in den Kreis einzufädeln und mitzutanzen, aber das wird im Moment wohl kaum möglich sein. Auch ohne uns ist die Tanzfläche voll genug.«

»Außerdem würden wir die anderen nur aufhalten.«

»Du hast recht, wir müssen erheblich an unseren Schritten feilen, schließlich wollen wir keinen Stau auf der Tanzfläche verursachen.«

Max tat es Lisa gleich und betrachtete die Tanzpaare. Bis ihm beim Beobachten wohl dasselbe Paar auffiel, von dem auch Lisa nicht wegkam.

»Ob wir jemals so tanzen werden?«, raunte sie Max zu.

Er antwortete schlagfertig: »Ich hoffe nicht.«

Lisa sah ihren Freund überrascht an. Der antwortete lächelnd: »Du hast selbst gehört, was Francesco gesagt hat. Wenn wir erst die Grundschritte kennen, wird jeder seinen eigenen Tanzstil entwickeln. Jeder improvisiert anders. Ich kann mir vorstellen, dass das gemeinsame Entdecken neuer Schrittfolgen in Verbindung mit dem Sich-Fallen-Lassen zur Musik überhaupt das Faszinierende am Tango ist.«

Lisa schaute zwar auf die Tanzfläche, wanderte in diesem Moment aber gedanklich zum Paar aus dem Graal-Müritzer Rhododendronpark. Die Zwei brachten eigene argentinische Musik mit, nach der sie sich behutsam und hingebungsvoll bewegten. An ihren gekonnten Schritten spürte Lisa den gegenseitigen Respekt und ihre Liebe zueinander. Die beiden Tänzer waren es überhaupt, die ihr Interesse am Tango weiter verstärkten. Sie musste Max unbedingt irgendwann von den beiden erzählen. Vor allem, in welchem Alter sie waren. Der Mann erwähnte, dass er gerade achtzig Jahre alt geworden war, und er schien dabei top in Form zu sein. Und so leidenschaftlich, wie die beiden tanzten, merkte man ihnen ohnehin ihr Alter nicht an.

Nach dem kurzen Abdriften ihrer Gedanken kehrte Lisa zu den Tanzenden im Saal zurück.

Beide saßen ohne ein Wort eine Weile beeindruckt zusammen und stellten fest, dass nach drei Tänzen eine Pause gemacht wurde. »Ah, das ist die Tanda, von der Francesco sprach. Die Paare gehen für eine Pause auseinander, um sich dann einem neuen Tanzpartner zuzuwenden«, meinte Lisa.

»Ich werde dich nach einer Tanzpause aber gut im Blick behalten.« Max schien das ehrlich zu meinen.

»Was denkst du, am Anfang tanzen sowieso nur wir zwei zusammen.«

»Ich könnte mir vorstellen, dass es bei einem Partnerwechsel bei einigen Männern zu ernstgemeinten Eifersüchteleien kommen könnte. Denk an den Mann, der eben so hingebungsvoll tanzte, der hatte einen regelrecht besessenen Blick auf seine Partnerin gerichtet. Hast du das mitbekommen?«

»Sieh, da vorn, da sind sie wieder! Du hast recht. Man kann klar erkennen, dass er jede Geste und Bewegung dieser Frau beobachtet, um sie keinen einzigen Augenblick aus den Augen zu verlieren.«

»Ein wirkliches Paar können sie auch nicht sein, sie sitzen einfach zu weit voneinander entfernt. Nicht mal am selben Tisch.«

»Mit diesem Mann würde ich nichts zu tun haben wollen, der schreckt sicher vor verbalen Angriffen nicht zurück. Vielleicht sogar mehr.«

»Gut beobachtet, ist mir auch aufgefallen. Doch ich kann dich beruhigen, dazu gehören immer zwei. Ich jedenfalls würde zum Streit keinen Anlass geben.«

»Diese Energie könnten wir sinnvoller einsetzen. Mir würde sofort etwas einfallen.«

Lisa lachte laut und neckte zurück. »Mir auch. Apropos Energie, ich könnte zwar bis nach Mitternacht mit dir hier die Musik genießen, aber morgen klingelt bei mir der Wecker um sechs Uhr. Was meinst du? Wann wollen wir los?«

»Du bestimmst!«

»Gut, wollen wir den nächsten Tanz abwarten?«

»Meinetwegen. Mal sehen, ob der Mann mit dem hungrigen Blick wieder bei derselben Frau landet.«

»Interessant, dass du auch von den beiden fasziniert bist. Ich finde sie drücken in ihrer Art, sich zu bewegen, vieles aus, was den Tango ausmacht. Sowas wie Seelenschmerz vielleicht?«

Max amüsierte sich über Lisas Beobachtung. »Da darf ich wohl sehr gespannt sein, was uns alles erwartet.«

»Auf alle Fälle.«

Sie lächelten sich zu und die nächste Runde begann. Natürlich hielt »Er« seine Partnerin fest im Arm. Mit ihrem extravaganten Stil zogen sie erneut alle Blicke auf sich.

Lisa hatte sich also nicht geirrt. Das war kein gewöhnliches Paar. Dennoch entging Lisa der arrogante Blick nicht, den die Frau mitunter zeigte. Oder irrte sie sich? Gehörte auch das zum Stil des Tangotanzes?

Sie würde Francesco danach fragen müssen. Aber ihre Körperhaltung sowie die gradlinigen Armbewegungen konnten von keinem anderen Paar im Saal überboten werden.

Mit dem Gedanken, irgendwann eine halbwegs gute Körperhaltung hinzubekommen, machten sie sich auf den Weg nach Hause. Lisa hatte zwar daran gedacht, Max auf ein Glas zu sich nach oben einzuladen, fand es aber zu spät dafür. Glücklicherweise kam er ihr zuvor.

»Ist heute etwas spät geworden, da lasse ich dich lieber allein, damit du alles erst mal verdauen kannst. Der Tag war für einen Start in der großen Stadt nicht schlecht, oder?«

Lisa gab ihm recht: »Stimmt, besser hätte es nicht sein können. Vor allem der zweite Teil des Tages. Danke. Morgen möchte ich dich auch gern verwöhnen. Was hältst du davon, wenn ich dich zum Essen einlade?«

»Gute Idee, da bin ich gespannt, was du zaubern wirst, um meine Geschmacksknospen zu treffen.«

»Lass dich einfach überraschen.«

»Wann soll ich da sein?«

»Wäre 18 Uhr okay?«

»Gern, dann freue ich mich darauf. Aber vor allem natürlich, dich wiederzusehen.«

»Komm gut nach Hause und …« Lisa machte eine kurze Pause, um dann flüsternd zu antworten: »Schön war es mit dir. Ich freu mich auf morgen.«

Max hielt das Auto direkt vor dem Haus. Gemeinsam mit ihm stieg Lisa aus dem Auto und ließ sich bis zur Haustür bringen. Sie wollte gerade aufschließen, als er ihren Kopf zärtlich in seine Hände nahm und sie küsste. So leidenschaftlich, dass ihr Körper zu beben begann. Lisa wehrte sich nicht. Im Gegenteil, sie genoss diesen ersten innigen Kuss. Sie wollte ihn jetzt nicht loslassen, schließlich siegte die Vernunft.

»Ich fange schon mal an, mich zu freuen«, sagte Lisa und ging ins Haus. Kaum dass Lisa in der Wohnung war, sah sie aus dem Fenster und erkannte, wie auch Max zu ihrem Fenster hochsah. Sie winkte ihm ein letztes Mal zu.

4. Kapitel

Zweiter Tag im Landeskriminalamt

Das laute, eintönige Klopfen der Regentropfen an der Scheibe ihres Fensters weckte Lisa unfreiwillig viel zu früh. Sie reckte und streckte sich, aber wieder einzuschlafen hätte keinen Sinn gemacht. Mit diesen lauten Geräuschen wurde sie unfreiwillig und abrupt aus ihrem Traum gerissen. Gern wäre sie etwas länger in ihrer Traumwelt geblieben:

Sie lief an einem unbekannten, breiten Strand entlang, der schier endlos mit hochragenden Palmen gesäumt war. Das Meer plätscherte türkisfarben und glitzerte in der Sonne in verschiedenen Farben. In der Nähe war ein beschwingtes Trommeln zu hören, aber kein Mensch war zu erblicken. In der Ferne erkannte sie einen winzigen Punkt und je genauer sie hinsah, desto klarer stellte sie fest, dass sich dieser Punkt direkt auf sie zubewegte. Allmählich konnte sie eine Silhouette erkennen. Eine Person, die ihr nicht fremd zu sein schien, kam näher. Bevor sie genau erfahren konnte, wer diese Person war, wurde sie aus ihrem Traum gerissen. Selbst nach intensivem Nachdenken blieb das Gesicht bekannt und zugleich fremd. Mehr fiel ihr dazu nicht ein.

Auf jeden Fall war der Traum angenehm. Sie fühlte sich ausgeruht. Jetzt, da sie etwas Zeit gewonnen hatte, kreisten ihre Gedanken zum letzten Abend zurück, sie hatte längst den Rhythmus des Tangos im Kopf. Lisa erinnerte sich an die Schritte, die sie gestern gelernt hatten. Sie wiederholte diese in der Praxis, was für sie bedeutete, immer rückwärts zu gehen. Bloß gut, dass sie sich bald vom Gedanken an den Tanz lösen konnte. Heute würde Walter Althaus sie nicht am Eingang abholen. Außerdem hatte er am Vortag bereits angekündigt, dass das Programm im Landeskriminalamt zukünftig nicht ohne sein würde.

Während Lisa frühstückte, stellte sie gedanklich das Menü für den Abend zusammen, und schrieb anschließend auf, was zu besorgen war. Alles würde sie in der Nähe frisch einkaufen können. Ihre Idee war es, eine Chinapfanne auf den Tisch zu bringen. Die ließ sich selbst nach dem Dienst schnell zubereiten und gelang ihr meistens besonders gut. Das zumindest bestätigten ihre Gäste jedes Mal. Sie brauchte nur Paprika, Mie-Nudeln und einige Gewürze einkaufen. Das marinierte Fleisch würde sie im Einkaufsmarkt an der Ecke bekommen. Dazu plante sie eine leckere Tomaten-Paprika-Suppe. Die konnte sie fast nebenbei kochen und würde Max' Geschmacksknospen sicher anregen. Für das Dessert hatte sie zwar keine Idee, aber die würde sich garantiert beim Einkaufen einstellen.

Die geschenkte Zeit war längst verflogen, jetzt musste Lisa sich ranhalten, um nicht zu spät im Dienst zu erscheinen.

Zum zweiten Mal, seit sie in der ihr fremden Stadt war, fuhr sie mit den öffentlichen Verkehrsmitteln. Sie erinnerte sich an Bekannte aus Rostock, die es mieden, in der Großstadt mit öffentlichen Verkehrsmitteln unterwegs zu sein. Ihr gefiel es, mit der U-Bahn zu fahren. Damit konnte sie stressfrei unterwegs sein. Außerdem war die Fahrt kein Problem, wenn man wusste, wohin man wollte, und einen Stadtplan dabeihatte. Ihr Blick wanderte zur Eingangstür der U-Bahn. Dort stand eine Frau, die lasziv an der Wand lehnte. Ein wenig sah sie der Frau vom gestrigen Tangoabend ähnlich. Eine Momentaufnahme des verschlungenen Tanzpaares lief wie ein Film vor ihren Augen ab. Der Mann, der die Umgebung ausblenden konnte, und die Frau, die sich offenbar daran ergötzte, im Mittelpunkt zu stehen. Lisa sah den Mann vor sich, der keine Augen für irgendwas anderes im Raum hatte. Vielleicht würde sie die beiden am Donnerstag im El Gato treffen?

Lisa musste sich von der Erinnerung lösen, um nicht den Ausstieg zu verpassen. Sie schaute auf die Anzeigetafel und konzentrierte sich wieder auf die Weiterfahrt. Sie musste umsteigen, bevor sie am Platz der Luftbrücke ankam. Das klappte fast schon wie selbstverständlich. Selbst das Gebäude, das ihr am Tag zuvor wie ein Labyrinth erschienen war, stellte heute kein Problem dar.

Im siebten Dezernat wurde sie von Clemens Dreyer erwartet. Er begrüßte sie freundlich und meinte: »Heute können wir dir unsere Technik am konkreten Bespiel vorstellen. Wir haben einen Fall reinbekommen, der schnell geklärt werden muss. Du bist dabei!«

»Learning by Doing, gefällt mir.«

»Bevor es richtig für dich losgeht, habe ich für zehn Uhr eine Besprechung einberufen. Natürlich möchte ich dich den anderen vorstellen. Außerdem gibt es einen Vorschlag vom Bund Deutscher Kriminalbeamter, der dich interessieren könnte.«

»Du machst mich neugierig, da darf ich wohl gespannt sein.«

Punkt zehn Uhr waren bis auf den letzten Platz alle Stühle besetzt. Alle Beamten des siebten Dezernats waren erschienen, außer Walter Althaus, den hatte Lisa bisher nicht gesehen.

Dreyer stellte zuerst Lisa vor: »Das ist unsere Kollegin Lisa Liebich vom Rostocker Kommissariat. Sie bleibt für zwei Wochen bei uns. Wir arbeiten öfter mal mit anderen Dienststellen bundeslandübergreifend zusammen. Ich finde ihren Besuch für uns genauso bereichernd wie umgekehrt. Ihr könnt euch nachher persönlich miteinander bekanntmachen. Aber jetzt zum Thema unserer heutigen Besprechung. Die neueste Nachricht kommt vom Bund Deutscher Kriminalbeamter. Die Kollegen dort fordern eine grundlegende Reform der Berliner Kriminalpolizei. Unter anderem soll die komplette Kripo künftig beim Landeskriminalamt angesiedelt werden. Ein entsprechendes Strategiepapier mit dem Titel ›Kriminalpolizei 2025‹ liegt mir vor. In der kommenden Woche wird es Gespräche im Führungsstab der Behörde geben. Ihr werdet also zeitnah über mögliche Veränderungen informiert.«

Ein mürrisches Raunen wurde laut.

»Ich weiß, dass das für euch neu ist, und genau aus diesem Grund stelle ich euch dieses Vorhaben vor. Wenn die Behördenleitung den Vorschlägen Folge leistet, wäre das für die Kripo die größte strukturelle Veränderung der jüngeren Vergangenheit.«

»Welche Begründung gibt es für so ein Vorhaben?«, fragte jemand unwirsch aus der Runde.

»In den letzten Jahren wurde deutlich, dass der Kripo die Flexibilität fehlt. Vor allem bei der Bekämpfung des aufkeimenden islamistischen Extremismus und der Clan-Kriminalität.«

»Das ist nachvollziehbar. Gerade auf dem Gebiet der Clan-Kriminalität muss dringend etwas verändert werden. Da haben wir lange genug die Augen verschlossen.«

»Deshalb fordert der Bund die Neuausrichtung der Kripo unter dem Dach des Landeskriminalamts mit einem neuen Organisationsaufbau und der Einrichtung flexibler Einheiten. Diese sollen für aufkeimende Phänomene oder Hotspots die Verantwortung übernehmen.«

»Könnte das auf andere Bundesländer übertragen werden?«, fragte Lisa.

»Ich denke, dass darüber nachgedacht wird. Aber in Berlin haben wir sicher mehr mit Clan-Kriminalität zu tun als ihr bei euch im Norden.«

Die Beamten diskutierten ausführlich den Vorschlag, und es gab zahlreiche Für und Wider. Lediglich ein Gedanke war einvernehmlich, nämlich die Freude darüber, dass sie die Entscheidung nicht zu treffen hatten.

In der Pause kam Lisa mit einigen Kollegen direkt ins Gespräch. Bei einigen hörte sie heraus, dass sie Lisa um ihren Arbeitsplatz in Rostock beneideten. Sie kannten Rostock und Umgebung nur als Urlaubsregion. Von Berlin bis zur Küste waren es gerade mal gute zwei Stunden mit dem Auto. Eine Kollegin löcherte Lisa und wollte wissen, ob sie einen Tipp für einen außergewöhnlichen Strand an der Ostseeküste hätte. Sie musste augenblicklich an ihr Graal-Müritz und ihren Lieblingsstrand am Strandaufgang 10 denken, hielt sich aber bedeckt und meinte nur: »Ach, weißt du, der gesamte kilometerlange Ostseestrand ist beeindruckend. Jeder Ort ist individuell. Ich liebe mein beschauliches und ruhiges Graal-Müritz. Dort gibt es sie noch, die unberührte Natur, das Moor und die Rostocker Heide. Das Tolle ist, dass das Seeheilbad inmitten des Waldes und am Meer liegt. Ja, die Luft ist wirklich sehr besonders. Manche behaupten, sie sei wie Samt und Seide.« Lächelnd fügte sie hinzu: »Aber natürlich kommt sie nicht gegen eure Berliner Luft an.«

Einige schmunzelten sogar über ihre Aussage. Aber der Bann schien längst nicht gebrochen. Im Gegenteil, Lisa hatte den Eindruck, dass viele der Berliner Kollegen sie als Provinzlerin betrachteten. In der kurzen Zeit würde es schwer sein, sie vom Gegenteil zu überzeugen. Aber wollte sie das eigentlich? Mit einem klaren Nein beantwortete sie sich selbst ihre Frage. Sie kannte ihre Qualitäten und musste niemandem etwas beweisen.

Nach einer Viertelstunde versammelten sich alle wieder im Tagungsraum. Die obligatorische Pausenzeit wurde pingelig eingehalten, auch ohne große Worte von Clemens Dreyer. Er besprach einiges zur weiteren Planung der Woche und entließ die Leute in die einzelnen Fachbereiche. Lisa fiel ihre eigene Dienststelle ein, auch, dass Peter Heilmeyer am späten Nachmittag anrufen wollte. Sie war zwar nicht lange in dieser Behörde, aber schon jetzt würde sie das überschaubare Kriminalkommissariat in Rostock jeder Zeit dieser großen, fast anonymen Behörde vorziehen. Natürlich wollte sie keine voreiligen Schlüsse ziehen, doch irgendwie vermisste sie bereits ihre Kollegen.

Die nächsten Stunden am Nachmittag verliefen fast unspektakulär. Zwei Kollegen zeigten ihr gerade ein neues Programm, als Dreyer auf sie zukam.

»Du wirst heute Zeugin, wie wir den Anführer einer kriminellen Internetbande schnappen. Dem sind wir schon seit vielen Wochen auf den Fersen, aber jetzt ziehen wir die Schlinge endgültig zu. Das ist ein großer Tag, denn bisher hatten wir es nur mit ein paar Mitläufern zu tun.«

»Fehlen noch Beweise?«

»Nein, die haben wir alle. Die ersten Köder haben wir vor Wochen ausgelegt. Wir konnten einen Mann in die Gruppe einschleusen, der die Fäden zieht und uns genaueste Informationen liefert«, meinte Dreyer stolz.

Lisa sah, wie ein Kollege nervös von einem Tab zum anderen sprang; ein anderer beschäftigte sich intensiv mit einer bestimmten Seite. Lisa hatte kaum eine Chance, bei Dreyer eine weitere Frage loszuwerden. Die würde sie sich für später aufheben müssen. Natürlich hatte sie Verständnis und wusste aus eigener Erfahrung, dass die Kollegen so kurz vor dem Ziel sich vollauf konzentrieren mussten.

»Der Strafbestand, um den es in diesem Fall geht, nennt sich Phishing«, rief ein Kollege Lisa den Sachverhalt in knappen Worten zu. Doch diese Betrugsmasche war Lisa längst bekannt. Ihre eigenen Leute in Mecklenburg warnten ständig vor Tätern im Internet. Aber so eine heiße Spur wie bei den Berliner Kollegen kam tatsächlich selten genug vor.

Der Kollege ergänzte: »Die Täter konzentrierten sich dieses Mal auf der Seite eines täuschend echten Onlineshops. Mit Phishing-E-Mails haben sie eine Menge Berliner Nutzer auf betrügerische Seiten gelockt. Sie nutzen deren ergaunerte Benutzerkennungen und Passwörter, um Konten zu plündern oder Hackerangriffe zu vollziehen. Zum ersten Mal können wir in diesem Bereich die Banditen festnageln. Das ist ein großer Erfolg.«

»Und wie sieht es mit den Hintermännern aus?«, wollte Lisa wissen.

»Die letzten brauchbaren Spuren lassen einen großen Fisch im Hintergrund vermuten. Ein nicht unbekannter Täter ist gerade dabei, den Bissen anzupacken, den wir ihm zugeworfen haben.«

»Und ich bin dabei, wenn eure Falle zuschnappt?«

»Genau. Wir sind hier, schlagen technisch zu. Einige Kollegen sind direkt am Ort und machen sie dingfest.«

Die Aufregung war deutlich zu spüren. Lisa wurde von der Anspannung der Kollegen regelrecht angesteckt.

»Mitläufer haben wir immer mal wieder erwischt, jedes Mal kleine Ganoven, die im laienhaften Stil zu Geld kommen wollten. Das hier ist endlich etwas richtig Großes!«, sagte ein Kollege, der deutlich Spannung abbauen wollte.

Der gesamte Raum war erfüllt von der Ungeduld, die alle anwesenden Kollegen ausstrahlten. Lisa verließ kurz den Raum, weil der Druck fast unerträglich wurde. Draußen begegnete sie Walter Althaus.

»Ich bin in den nächsten Tagen außer Haus, um Vorträge zu halten. Wie geht es dir inzwischen?«

»Alles im grünen Bereich. Hätte nicht gedacht, dass ich mich so schnell mit allem zurechtfinde.«

»Gut so, dann sehen wir uns spätestens am Freitag. Kann ich irgendwas für dich tun?«

»Das ist freundlich. Nein, alles ist soweit gut, danke.«

Als Walter Althaus sich verabschiedete, fiel ihr das Rostocker Kriminalkommissariat ein. Bevor ihr Chef in einem unpassenden Moment anrief, wollte sie das lieber selbst tun. Lisa nahm ihr Handy und wählte die Rostocker Nummer. Sie ließ das Telefon lange klingeln und wollte gerade auflegen, als jemand abnahm.

»Heilmeyer«, sagte die ihr bekannte Stimme.

»Grüß dich Peter, ich ruf etwas früher an, weil die Berliner Kollegen an einer brisanten Sache dran sind und ich dabei sein möchte.«

»Donnerwetter. Gut, dass du dich meldest. Ich hätte wahrscheinlich nachher vergessen, dich anzurufen. Es gibt Neuigkeiten.« Heilmeyers Stimmung ließ Schlimmes vermuten.

»Ist mit Silke Peters alles glattgelaufen? Deine Stimme hört sich jedenfalls so an. Du wirkst etwas unwirsch.«

»Deine Intuition scheint zu funktionieren. Peters war tatsächlich den schwedischen Kollegen entwischt. Einen Toilettengang hatte sie genutzt, um zu flüchten. Natürlich kam sie nicht weit, ohne Pass und Geld. Das war auch ihr schnell klar. In Stockholm meldete sie sich selbst bei der Polizei. Nun ist sie hier in Untersuchungshaft und ich hatte am frühen Nachmittag mein letztes Gespräch mit ihr.«

»Und? Womit hat sie ihre Tat begründet?

»Wie so oft. Kurzgesagt könnte man es Eifersucht nennen. Das erleben wir nicht zum ersten Mal.«

»Unglaublich, zu was Frauen fähig sind, wenn sie einen Mann begehren. Obwohl der Mann verheiratet war und einem anrüchigen Hobby nachging, das er mit vielen Frauen teilte. Woher nahm sie da überhaupt ihre Eifersucht? Hat sie sich aus irgendeinem Grund mehr versprochen?«

»Du musst das Milieu berücksichtigen, indem die beiden sich bewegten. Den Leuten traue ich einiges zu, mit dem wir uns nicht mal gedanklich beschäftigen. Ich traue dem Juniorchef aber weit mehr zu. Wahrscheinlich hatte er Silke mehr versprochen, als er halten konnte oder wollte.«

»Aber töten? Dazu gehört eine ungeheure Portion Abgebrühtheit.«

»Die hat Silke, das hat sie nicht nur einmal bewiesen.«

»Gut, dass sie weggesperrt wird. Das Portal werden wir sicher weiter im Blick behalten, oder?«

»Nein, das ist nicht mehr unsere Sache. Wie gehts dir eigentlich?«

»Ganz gut. Die Kollegen verfolgen eine heiße Spur im Internet. Nur so viel, es geht ums Phishing. Ich will gleich wieder dazustoßen.«

»Dann hören wir uns später. Jedenfalls kannst du beruhigt in Berlin arbeiten. Unser Fall ist schließlich beendet.«

»Mich freut vor allem, dass wir das relativ zügig hinbekommen haben. Grüß die anderen! Und ab jetzt gebe ich Ruhe.«

»Alles okay. Bis dann, genieß die Hauptstadt.«

Lisa ging zurück zu den Kollegen und merkte, dass der Druck raus war. Der große Fisch hing längst an der Angel.

»Da habe ich heute wohl Glück, dem Höhepunkt eurer Arbeit beizuwohnen«, sagte Lisa.

Niemand antwortete, außer Dreyer: »Am Donnerstag wirst du den Fahndungsbereich kennenlernen. Die Organisation kennst du natürlich aus deinem eigenen beruflichen Umfeld, aber du wirst sehen, wie das bei uns läuft. Zurück zu unserem jetzigen Fall. Am Computer könntest du weiter dabei sein, aber das ist wahrscheinlich nicht so spannend. Wir bereiten die Festnahme des langgesuchten Täters vor, das ist sowieso eine interne Sache. Wenn du möchtest, kannst du heute etwas früher Feierabend machen. Berlin hat sicher eine Menge zu bieten, was dir gefallen wird.«

»Danke, dann mache ich mich bald auf den Weg. Habe ohnehin heute etwas vor.« Sie merkte, dass Dreyer gern nachgehakt hätte und gerade dazu ansetzen wollte, im letzten Moment verkniff er es sich jedoch.

Lisa packte ihre wenigen Sachen, verabschiedete sich von den anderen und war froh, mehr Zeit für ihren Einkauf zu haben.

In der U-Bahn ließ sie den bisherigen Tag Revue passieren. Der Unterschied des allgemeinen Berliner Arbeitsklimas zu dem ihrer Rostocker Kollegen bestätigte sich. Hier war nicht nur alles größer, hier herrschte auch eine gewisse Anonymität.

Lisa hielt inne. Vielleicht sollte sie besser abwarten, schließlich war sie erst am Anfang ihres Praktikums. Ihr Eindruck entstand sicher auch dadurch, dass jeder in der Behörde eine Kapazität auf seinem Gebiet war und individuell für sich arbeitete. Außerdem ließ sich in einer kleinen Gruppe leichter ein enges Team zusammenstellen. Heilmeyer hatte ganz am Anfang erklärt, dass er jeden Bewerber bewusst in sein Team geholt hatte. Sozusagen passgerecht ausgewählt. Das war in so einer großen Behörde kaum möglich. Die Leute wurden garantiert entsprechend ihrer Qualifikation und den möglichen Kapazitäten ausgewählt. Bei so vielen Mitarbeitern trafen unterschiedliche Charaktere aufeinander, die sich irgendwie zusammenraufen mussten. Natürlich stand und fiel alles mit dem jeweiligen Chef. Clemens Dreyer war zwar ihr gegenüber freundlich, doch gleichermaßen vorsichtig und zurückhaltend.

Lisa wollte abwarten, wie sich die Atmosphäre entwickeln würde. Außerdem gingen zwei Wochen schnell vorbei.

Kurz bevor Lisa aussteigen musste, dachte sie – heute zum ersten Mal – an Max. Gleich würde sie in der Küche umherwirbeln. Darauf freute sie sich jetzt schon. Gut, dass sie einen Plan für das Essen in der Tasche hatte, so konnte sie zielstrebig einkaufen und verschwendete nicht viel Zeit damit. Nur das Dessert fehlte.

Im Kaufmarkt sah sie die reifen Mangos vor sich und wusste sofort, dass sie eine Mangocreme im Glas präsentieren würde. Die war flott zubereitet und mit frischer Kokosmilch ein echter Genuss.

Lisa hatte alles beisammen und kam mit schwer beladenen Tüten wieder in der Wohnung an. Sofort machte sie sich an die Vorbereitungen. Etwas über eine Stunde blieb ihr, bis Max ankommen würde. Nicht viel, aber sie war gut strukturiert und zuversichtlich, dass alles bis dahin fertig sein würde.

Sie hatte es geschafft. Als sie gerade dabei war, den Tisch zu decken, klingelte es an der Tür. Lisa erschrak. Zwar war das Essen rechtzeitig fertig geworden, aber sie hatte bisher keine Zeit, an sich selbst zu denken. Sie sah kurz in den Spiegel und blickte zu ihren wild herabhängenden Haaren. Bevor sie die Tür öffnete, ging sie mit der Bürste schnell durch ihr Haar und machte sich einen Zopf.

Als sie die Tür öffnete, erblickte sie einen dunkelroten Rosenstrauß. Max ließ ihn langsam sinken und strahlte Lisa verschmitzt an. »Ich habe einen Weißwein mitgebracht, ich hoffe, er passt zum Essen. Auf alle Fälle riecht es hervorragend. Ich habe mich den ganzen Tag auf deine Kochkünste gefreut.«

»Das ist gut, aber sprich bitte erst von Kochkünsten, wenn es dir auch geschmeckt hat. Lass uns mit der Suppe beginnen.«

Lisa stellte die Blumen ins Wasser und fuhr bedächtig durch die strahlenden Blüten. Sie waren wunderschön. Max musste jede einzelne Rose ausgewählt haben.

Lisa füllte die Suppe in eine Schüssel und stellte sie auf den Tisch, während Max den Wein aufgemachte und eingoss.

Er gab Lisa ein Glas. »Auf die perfekte Köchin, wenn es so schmeckt, wie es duftet, kann es nur gut sein. Danke für die Einladung.«

»Danke für die Blumen, komm, lass uns essen.«

Am Ende des Menüs stellte Lisa erfreut fest, dass sie die richtige Wahl getroffen hatte. Max schmeckte es und er schien mit Lisas Menü zufrieden zu sein. Zumindest lobte er mehrmals ihre Kochkünste.

In der Wohnung gab es keinen Geschirrspüler und Max bot sich an, in der Küche für Ordnung zu sorgen. Lisa nahm seine Hilfe dankend an und zog sich endlich um. Als Max sie im neuen Dress sah, meinte er lächelnd: »Du gefällst mir immer, egal was du anziehst.«

»Du Schmeichler, das Umkleiden habe ich ausnahmsweise mal für mich getan. Bisher kam ich einfach nicht dazu, und so fühle ich mich wohler.«

»Das gefällt mir. Ich mag Frauen, die etwas nur für sich tun und an sich denken. Doch ab jetzt solltest du an uns beide denken. Na ja, wenigstens heute Abend. Genießen wir den Rest des Abends.«

Der Wohnbereich hatte zwar nicht die gemütliche Atmosphäre wie Lisas Wohnung in Rostock, aber das Kerzenlicht ließ den Raum stimmungsvoll erscheinen. Es gab ein Radio und Lisa fand sogar einen Sender, der passende Musik spielte. Nähe hatten sie während des Tanzens am Vortag getestet, und auch jetzt suchte Max diese. Er fühlte sich bei ihr sichtlich wohl, und Lisa ging es genauso.

Endlich war Ruhe um sie herum, nur leise Musikklänge waren zu hören. Lisa schmiegte sich an Max, und er belohnte sie mit zärtlichen Liebkosungen. Sie fühlte sich unendlich in Zeit und Raum. Ihre Körper verschmolzen bald miteinander. Ein lebendiges, gleichzeitig feuriges Gefühl umgab sie. Zusammen verloren sie sich im unendlichen Gefühl füreinander. Pur und rein gaben sie sich einander hin. Ihre Glieder kribbelten, die Herzen bebten. Jede Berührung, jede Bewegung war hochexplosiv. Das war der Moment, in dem sie eine unzertrennliche Einheit bildeten, ein sinnliches Potpourri von lieblichen Emotionen.

5. Kapitel

Dritter Tag im Landeskriminalamt

Lisa wurde rabiat vom schrillen Ton des Weckers aus ihrem Tiefschlaf gerissen. Max war kurz nach Mitternacht gegangen, weil sie nicht so zeitig am Morgen stören wollte. Sein Dienst begann heute früher als sonst.

Sofort als Lisa wach war, landeten ihre Gedanken beim letzten Abend. Der hinterließ am frühen Morgen noch immer den Eindruck eines wundervollen Traumes. Ihr Herz begann sofort zu pochen, als sie an Max dachte. Erst unter der Dusche gelang es ihr, sich auf den neuen Tag im Landeskriminalamt zu konzentrieren. Außerdem stand am Abend der nächste Höhepunkt bevor: Der zweite Tangokurs.

Das riesige Dienstgebäude kam ihr inzwischen nicht mehr wie ein undurchsichtiges Labyrinth vor. Sie kam am dritten Tag bereits prima zurecht. Routiniert lief sie die Gänge entlang.

Im siebten Dezernat ging es heute sehr betriebsam zu. Kaum dass Lisa den Raum betreten hatte, ließ sich sogar eine gewisse Hektik erkennen. Lisa erfuhr bald darauf, was diese zu bedeuten hatte. Clemens Dreyer war wieder der erste, der ihr entgegenkam, und sie fragte ihn, ob ihr Eindruck zutraf.

»Richtig bemerkt! Wir koordinieren gerade die Festnahme der Bande, die wir gestern festnageln konnten.

Das verlangt die gesamte Aufmerksamkeit aller Kollegen. Aber das wird dir nicht unbekannt sein. Da du nicht involviert bist, macht es für dich keinen Sinn, dabei zu sein. Deshalb habe ich mir überlegt, dich schon mit dem 73. Dezernat vertraut zu machen. Dort laufen fast alle Fahndungen zusammen. Genau genommen werden auch alle Daten erfasst und bearbeitet. Es werden nicht nur die Haftbefehle entsprechend gesteuert, sondern auch die Intensiven- sowie allgemeinen Personenfahndung. Wir können seit Langem in dieser Zusammensetzung auf gute Erfahrungen zurückblicken. Rein rechnerisch gesehen konnten wir in den letzten Jahren mehr gesuchte Personen festsetzen als in den Jahren zuvor.«

»Das stelle ich mir interessant vor, da wird es bestimmt ein paar Schnittstellen zu meiner Arbeit in Rostock geben.«

Lisa gefiel Clemens Dreyers Idee richtig gut. Technik lag nicht ganz in ihrem Interesse und entsprach nicht der praktischen Ausrichtung ihrer eigentlichen Arbeit. In der Praxis würde sie künftig auch wenig damit zu tun haben, denn auf technischem Gebiet war in Rostock Jens der Fachmann.

»Der Schreibtisch bei uns steht dir weiterhin zur Verfügung. Mit anderen Worten, wir würden dich hier sehr gern wiedersehen. Du kannst jederzeit zurückkommen, wenn du es möchtest. Unser Anliegen ist natürlich, dass du effektiv mehrere Bereiche kennenlernst, die möglichst gut auf deine Arbeit in Rostock anwendbar sind. Wir gehen am besten gleich rüber. Ich habe dich bereits angekündigt. Du wirst also erwartet«, meinte Clemens Dreyer und zeigte zur Tür.

Der andere Bereich lag zwar auf derselben Etage, aber als nah konnte man die Entfernung trotzdem nicht bezeichnen. Sämtliche Gänge in diesem Gebäude streckten sich weit auseinander. Lisa musste wieder an Rostock denken, wie dicht dort alles miteinander zusammenhing. Während sie den Gang entlangliefen, kamen sie an einer Vielzahl unterschiedlicher Abteilungen vorbei. Lisa zeigte sich beeindruckt von der räumlichen Größe der Behörde. Vor einer Tür, die identisch mit all den anderen im Gebäude war, blieben sie stehen. Dreyer klopfte kurz an, und ohne eine Aufforderung abzuwarten, betraten sie das Büro, in dem zwei Kollegen an ihren Computern arbeiten. Sie sahen erst hoch, als Dreyer mit Lisa etwas nähertrat.

»Ach, da ist ja die Rostocker Kollegin!«, rief erfreut einer der Männer.

»Ich bin Martin Meyer, mit y bitte. Aber wir bleiben am besten beim Du. Martin reicht also.« Der junge Mann mit den spitzbübischen Augen verließ seinen Stuhl und ging Lisa freundlich entgegen. Zur Begrüßung reichte er ihr die Hand. »Willkommen bei uns.«

Der andere Kollege saß am Fenster auf der rechten Seite des Raums. Er schien zurückhaltender zu sein und stellte sich lediglich kurz mit Frank Nickel vor. Schließlich fügte er doch hinzu: »Endlich mal ein weibliches Gesicht in unserer Nähe und obendrein ein Fischkopp.«

Lisa merkte an der Art, wie sie empfangen wurde, dass es in diesem Bereich offenbar etwas lockerer zuging. Das gefiel ihr. Sie war sicher, dass die Zusammenarbeit mit den beiden Kollegen unkompliziert verlaufen würde.

»Du bist im Bereich der Fahndung angekommen. Mein Schreibtisch ist groß genug, und ich trete gern die Hälfte an dich ab«, sagte Martin, und um seine Worte zu bekräftigen, rückte er sofort einen Stuhl näher an den Tisch heran. Damit lud er Lisa ein, sich zu setzen.

»Ich sehe, die Kollegen nehmen dich gut auf. Da bin ich wohl überflüssig und kann mich verziehen. Unsere Bereiche arbeiten ohnehin zusammen, da werden wir uns bald wiedersehen.« Mit den Worten verabschiedete sich Clemens Dreyer und steckte Lisa seine Karte zu. »Hier hast du meine direkte Durchwahl, falls du mich mal sprechen willst. Wenn ich nicht im Dienst bin, erreichst du mich auch unter der darunter stehenden Nummer. Könnte ja sein, dass du Hilfe brauchst«, ulkte er und ging.

Lisa war zuerst irritiert, doch dann war sie dankbar für das Vertrauen, das Dreyer ihr entgegenbrachte.

Die Männer begannen Lisa zu löchern, womit sie zuletzt beschäftigt war und wie die Erfolgsquoten in ihrem Kommissariat waren.

Lisa begann über den letzten Fall zu berichteten: »Wir konnten relativ schnell die Täterin dingfest machen, sie war außerdem keine Unbekannte. Um sich der Festnahme zu entziehen, floh sie in ihr Ferienhaus nach Schweden. Dort nahmen die schwedischen Kollegen sie fest.«

»In Europa klappt die überregionale Zusammenarbeit ganz gut. Die Arbeit mit Schweden verlief bei uns ebenfalls meist unkompliziert. In letzter Zeit haben wir die Kontakte zu Interpol intensiviert. Das funktioniert gut, weil es eine zwischenstaatliche Organisation ist, die mit ihren 192 Mitgliedsstaaten ein weltweites Netzwerk bildet. Durch diese internationale Zusammenarbeit erreichen wir eine höhere Effektivität. Das

Bundeskriminalamt ist auch Teil dieses riesigen Netzwerks. Wusstest du das?«

»Nein, das wusste ich nicht. Mit Interpol habe ich bisher keine Erfahrung gemacht. In Rostock bei der Kripo war das nicht nötig. Ich bin erst relativ kurze Zeit dabei, wollte eigentlich Jura studieren.«

»Das kannst du immer noch, bei uns gibt es interessante Fortbildungsmöglichkeiten.«

»Ja, Frank kennt sich da gut aus. Er macht gerade eine Fortbildung«, unterbrach Martin seine Aussage.

Lisa lächelte beide Männer abwechselnd an. »Na ja, gerade bin ich auch dabei, etwas Neues zu lernen, und zwar von euch«, betonte Lisa freundlich. Dann kam ihr eine Idee: »Vielleicht gebt ihr mir einige Unterlagen zur Einsicht, dann kann ich mir selbst ein Bild machen, wie das in der Praxis abläuft, oder gibt es einen aktuellen Fall?«

»Hier, nimm diesen Ordner, da ist einiges drin, was du wissen solltest. Der letzte Fall war pikant, aber du wirst sehen, wie wir die Internationale Bande zerschlagen haben, natürlich lief alles europaweit.«

»Du wirst bald einen Überblick davon bekommen, was wir hier machen«, ergänzte Frank.

Lisa zog sich mit dem Ordner zurück und hatte sogleich das Gefühl, in eine andere Welt einzusteigen. Es ging um internationale Geldwäsche und Rauschgiftschmuggel. Auf den Punkt gebracht, es ging um internationale Kriminalität auf verschiedenen Ebenen, die aber trotzdem zusammenhingen, und das im großen Stil.

Der Nachmittag verlief mit weiteren Informationen über die Zusammenarbeit mit Interpol. Lisa bekam einen kleinen Einblick in Fälle, die verzweigter schienen, als sie es sich zuvor vorgestellt hatte. Bei all dem Schmutz, den sie beim Lesen kennenlernte, fiel ihr der bevorstehende Abend ein. Sie freute sich jetzt umso mehr, bei Musik und Tanz in eine heile Welt einzutauchen. Fernab von Machenschaften um Geld, Zuhälterei und Macht, das war der richtige Ausgleich und genau der richtige Abstand, den sie brauchte. Auch in Berlin wollte sie in ihrer freien Zeit klare Gedanken bekommen.

Der Feierabend kam schneller als sie dachte. Überhaupt verging die Zeit in Berlin viel zu schnell.

6. Kapitel

Ein bemerkenswerter Tanzabend

Lisa war für den Abend fertig angezogen. Nun wartete sie auf Max, der bereits eine halbe Stunde zu spät war. Ungeduldig schaute sie dauernd auf ihre Uhr. Hoffentlich war nichts passiert, schoss es ihr durch den Kopf, und sie wurde den Gedanken daran nicht mehr los. Im selben Moment klingelte es an der Wohnungstür. Lisa atmete auf; Max stand abgehetzt vor ihr.

»Entschuldige, aber in meinem Job kann ich schlecht auf die Uhr schauen. Hatte eine komplizierte OP, darum die Verspätung. Das kann immer wieder mal passieren.« Er nahm Lisa in die Arme und gab ihr einen langen Kuss.

»Hauptsache, du bist mit deiner Arbeit und dem Ergebnis zufrieden, ich musste schließlich nicht im Regen stehen und auf dich warten.«

»Ich hätte dich ja angerufen, selbst dazu bin ich nicht gekommen. Außerdem war mein Handy nicht griffbereit und es hätte nur länger gedauert.«

»Alles gut, ist schließlich nichts passiert. Noch kommen wir pünktlich. Meinetwegen können wir starten.«

»Okay, dann lass uns losfahren. Ich habe mich den ganzen Tag auf dich und unseren Tanz gefreut.«

»Und ich erst, aber vor allem darauf, dich wiederzusehen.«

Max lächelte verzückt, trotz der Eile, und küsste Lisa.

Sie hatten Glück, der Verkehr auf den Straßen hielt sich in Grenzen. Trotzdem kamen sie einige Minuten zu spät im *El Gato* an. Es erwartete sie dasselbe Bild wie beim letzten Mal, einige stilvoll gekleidete Leute betraten die Villa und gingen in den großen Saal. Jetzt aber wussten Max und Lisa, dass die Tänzer, die in den Saal gingen, zu den fortgeschrittenen Tangotänzern gehörten.

Als Max und Lisa den Kursraum betraten, waren sie trotz der Eile die letzten Kursteilnehmer. Alle anderen standen bereits auf der Tanzfläche und die Musik ertönte. Kaum hatten Max und Lisa sich im Kreis eingeordnet, da begann Francesco mit den ersten Anweisungen: »Die Herren denken bitte an den Oberkörper, er wird unter Spannung gehalten. Das ist bei unserem Tanz überaus wichtig. Der linke Arm bleibt fest und der rechte Arm umfasst die Dame unter der Achsel, damit gebt ihr der Dame Halt. Und bitte, den Oberkörper zueinander neigen.«

Lisa musste sich konzentrieren, um mit Francescos Tempo mitzuhalten.

»Wir gehen vorwärts, die Dame wird geschoben. Und, liebe Damen, ihr übt bitte Gegendruck aus. Immer daran denken, einen Fuß nach dem anderen zu setzen. Herr vor – Dame rück. Herr rück – Dame vor. Beide zur Seite.«

»Vergesst nicht, die Musik zu erspüren!«, fügte Susanna hinzu.

Lisa merkte sofort, dass sie heute sehr viel lernen würden. Doch irgendwie war sie nicht ganz bei der Sache. Wie gut, dass es wenigstens Max gelang, die Spannung in seinem Körper zu halten. Außerdem führte er gekonnt und mit Umsicht. Er war so gefangen in der Musik, er bemerkte nicht einmal, dass Lisa ihm auf die Füße trat.

Die nächste halbe Stunde ging es im rasanten Tempo weiter, bis Susanna auf einmal den CD-Playerausstellte, um einen neuen Titel anzuspielen. Gleichzeitig sprach sie alle an: »Leute, ihr habt eine kleine Pause verdient. Francesco und ich präsentieren euch einen Tango, so wie wir ihn tanzen. Dabei geht es weniger um Schrittfolgen, sondern viel mehr um die elementaren Prinzipien des Tangos.«

»Genau! Susanna will euch damit sagen, dass ihr vor allem auf eure Körperhaltung und auf das Gehen, Führen und Folgen achten solltet. Der Tango ist ein Tanz wie der Liebesakt. Er steht für Sinnlichkeit, Verführung und Erotik. Der Mann führt und lädt die Frau ein, bestimmte Bewegungen mit ihm zu machen. Seht genau hin! Wenn es Fragen gibt, sprechen wir nachher darüber.«

Die beiden Tanzlehrer schafften es leicht, die Anwesenden neugierig zu machen. Alle lauschten den Klängen der einsetzenden Musik und sahen gebannt auf die Tanzschritte des Paares. Lisa erging es nicht anders. Sie ahnte, dass sie ein anspruchsvoller Tanz erwartete. Im Raum war außer den Tönen des CD-Players kein anderer Laut zu hören. Alle standen erwartungsvoll und still im Kreis. Die Musik deutete an, dass ein schnelles Tanztempo von den beiden zu erwarten war. Gekonnt setzten sie die ersten Schritte. Sie zeigten einen ausdrucksstarken, flotten Tango, bei dem jeder einzelne Schritt beinah spielerisch und leicht wirkte. Exakt aufeinander abgestimmt tanzten sie harmonisch und absolut professionell. Lisa sah am Rand begeistert zu. Vor allem die Leichtigkeit, mit der die Tanzlehrer Beinverrenkungen und Drehungen vollzogen, ließ sie staunend zurück. So eine Qualität würde sie selbst nach jahrelangem Üben wohl niemals hinbekommen.

Dann hörten die zwei auf einmal zu tanzen auf. Francesco stellte die Musik aus und sprach die Tanzschüler an, doch seine Worte gingen zunächst im tosenden Applaus unter. »Ihr habt gesehen, dass der Tango Argentino vor allem von der Improvisation lebt. Aber es gibt einige bestimmte Schrittfolgen und Bewegungen, die über Jahre hinweg weitergegeben werden. Vor allem diese Schritte werdet ihr bei uns lernen, sozusagen die wenigen Konstanten beim argentinischen Tango. So auch, dass der oder die Geführte die Fußstellung wechselt und das Gewicht nur selten auf beiden Beinen gleichzeitig belässt.«

Lisa fühlte sich ein wenig überfordert. Einen vollkommen neuen Tanz nur nach Gefühl zu tanzen, hörte sich kompliziert an. »Aber wir brauchen doch ein paar Regeln, an die wir uns halten, so als Neulinge?«, sagte sie in die Runde.

Francesco hielt inne. »Der Tango Argentino verlangt eine neue Orientierung für Paartänzer, und strikte Regeln werden hier über Bord geworfen. Am besten ist ein nicht-verbaler Dialog, der zwischen euch stattfindet. Es braucht nicht viel Worte. Mit der Zeit spürt ihr die Musik und wisst genau, wie ihr zu tanzen habt. Der Tango ist lebendige Aktion in dem Moment, wo er geschieht.«

»Also hängt sehr viel davon ab, wie gut ein Paar sich versteht?«, fragte eine Frau und Susanna antwortete, ohne zu zögern. »Ich würde eher sagen, der Tanz erfordert viel Zeit, um ihn zu erlernen. Genauso Aufmerksamkeit, Bewusstheit und Geduld. Geduld mit sich und mit dem Partner. Und viele, viele Tanzkilometer, sprich einfach Übung. Man kann auch sagen, dass die meisten zu früh aufhören, weil sie die Belohnung nicht kennen.«

Susanna hatte gerade ihren Satz beendet, als jemand die Tür aufriss. »Gibt es bei euch einen Arzt? Wir haben unten im Saal einen Notfall«, rief der Mann. Kaum dass der Mann die Frage gestellt hatte, ging Max mit ihm hinaus, um zu helfen. Im oberen Tanzraum ging es ohne Pause weiter. Francesco nahm Lisa zur Hand und tanzte mit ihr weiter. Wenige Minuten später wurde die Tür erneut aufgemacht und Max lief herein, die Haare zerzaust und aus der Puste. »Lisa, kommst du bitte!«

Als sie vor ihm stand, flüsterte er drauflos: »Ich kann mir vorstellen, dass das ein Fall für dich und deine Kollegen sein könnte. Ich habe den Mann in die stabile Seitenlage gebracht, obwohl Kreislauf und Puls sehr instabil sind. Ich hoffe, dass er durchkommt. Das war alles, was ich für den Mann tun konnte. Der Rettungsdienst wurde informiert und müsste jeden Moment da sein. Auf den ersten Blick sah es aus, als sei er vergiftet worden.«

Lisa wartete nicht lange und lief mit Max zügig die Treppe hinunter, direkt in den großen Saal. Die Tür stand weit offen und lautes Stimmengewirr kam ihnen entgegen. Drinnen herrschte eine unüberschaubare Unruhe, das war nicht mehr zu übersehen. Keine schwungvolle, freudige Atmosphäre wie an den anderen Abenden. Auf der linken Seite hatte sich eine Traube von Menschen versammelt, die aufgeregt miteinander diskutierten. Auf der Tanzfläche lag ein Mann. Unter ihm befanden sich Kleidungsteile und über ihm kniete ein Herr, der gekonnt im bekannten Wiederbelebungsrhythmus den Brustkorb mit jeweils dreißig Kompressionen drückte. Er unterließ dagegen geflissentlich, den Mann zu beatmen, vermutlich, weil beständig weißer Speichel aus dem Mund des Bewusstlosen floss.

Allen Anwesenden stand die Frage ins Gesicht geschrieben, ob die Hilfe überhaupt rechtzeitig ankam.

Lisa ging zu dem bewusstlosen Mann und erschrak. Es war der grandiose Tangotänzer, den sie Tage zuvor noch tanzen gesehen hatte. Lisa betrachtete ihn näher. Seine Haare. Die blasse Haut. Alles an dem Tänzer erschien ihr in diesem Moment fremd. Sie mahnte sich, realistisch zu bleiben, wie sollte ein Mensch in dieser Lage auch aussehen?

Endlich, der Rettungsdienst erschien. Die Männer untersuchten den Bewusstlosen und schlossen ihn umgehend an den Defibrillator an, nachdem ein mechanisches Reanimationsgerät die Herz-Lungen-Wiederbelebung übernommen hatte. Lisa wählte zeitgleich mit dem Eintreffen des Notarztes die Nummer ihres Kollegen Clemens Dreyer, denn ohne Auftrag durfte sie nicht aktiv werden. Sie hatte Glück, er war schnell am Apparat.

»Hallo Clemens, ich bin in Neukölln in der Sonnenallee. In der Villa *El Gato* ist, während ich einen Tanzkurs absolvierte, ein Tänzer im unteren Ballsaal zusammengebrochen. Ein Arzt hat sich sofort um ihn gekümmert und Anzeichen für eine Vergiftung erkannt. Gerade ist auch der Notdienst eingetroffen, die behandeln ihn weiter und fahren ihn ins nächste Klinikum. Ich werde aber den Gedanken nicht los, dass es hier um ein Verbrechen gehen könnte. Soll ich dafür Sorge tragen, dass niemand den Saal verlässt, bis jemand von euch da ist? Das Gift könnte schließlich hier verabreicht worden sein.«

»Das wäre gut. Ich gebe den verantwortlichen Kollegen von der Spusi Bescheid. Sichere du am Ort die Spuren. Vielleicht gibt es ein Glas oder eine Flasche, die er benutzt hat. Am besten, du bleibst so lange dort, bis die Kollegen eintreffen.«

»Okay.« Lisa legte schnell auf. Sie wollte dabei sein, wenn der Mann abtransportiert wurde. Gleichzeitig mussten seine persönlichen Sachen aufbewahrt werden.

Lisa sah in die Runde der Tänzer. Sie alle wirkten nervös und aufgeregt, doch wenigstens waren ihre Stimmen größtenteils verstummt.

»Weiß jemand, wie der Mann heißt?«, fragte Lisa laut.

Eine Frau meldete sich. »Adam Weber, glaube ich.«

Lisa nickte, um die Frau zum Weitersprechen zu animieren, die blieb aber still. Also lag es an Lisa, weiterzusprechen: »Können Sie mir sagen, wo er gesessen hat?«

Die Frau sah sich unsicher um, als kein anderer das Wort ergriff, zeigte sie schließlich auf einen Tisch.

Lisa ging in die gewiesene Richtung. Bisher sah alles unberührt aus. Jedenfalls war der Tisch leer, nur ein Weinglas stand an dem Platz.

Nachdem Lisa das Glas verstaut hatte, sah sie gerade, wie Max mit dem Notarzt sprach und ihm beim Abtransport behilflich war. Sie ging zu ihnen und dankte Max mit ihrem Blick. Er zeigte auf den Mann, der gerade abtransportiert wurde. »Den kennen wir doch. Sieh ihn dir einmal genauer an!«

Lisa betrachtete den Mann eingehend, obwohl sie ihn längst erkannt hatte. Mit blassem, eingefallenem Gesicht lag Adam Weber vor ihnen. Von dem stolzen

Tänzer war kaum etwas wiederzuerkennen. Sein feuriges Äußeres war einem traurigen Anblick gewichen, und ihn mit den vielen Schläuchen hier liegen zu sehen, ließ die Situation irreal erscheinen.

Lisa wusste, dass sie diesen letzten Blick auf den Mann nicht so leicht vergessen würde. Vor ein paar Tagen hatte sie ihm interessiert bei seinem Tangotanz zugesehen. Dabei schien er sich richtig wohlgefühlt zu haben.

Im Flur machte sich plötzlich ein Unbekannter zwischen den Umherstehenden laut bemerkbar. Er fragte jeden, was hier los war. Lisa ging zu dem aufgeregt agierenden Mann, um ihn nach dem Grund seines Interesses zu befragen.

Der Mann war schneller: »Fritz Eininger, ich bin der Besitzer dieser Villa und habe ein Recht, zu erfahren, was hier los ist.«

»Natürlich«, meinte Lisa schnell und stellte sich auch vor: »Lisa Liebich, Kripo Rostock. Es gibt einen Unglücksfall und wir müssen die Zusammenhänge klären, dem Betroffenen geht es gar nicht gut.«

Parallel zu ihren Worten zeigte sie ihren Dienstausweis und sprach weiter: »Der Betroffene ist auf der Tanzfläche umgefallen. Da ein Arzt eine natürliche Ursache und einen Unfall ausschließen konnte, haben wir nicht nur den Notarzt, sondern auch gleich die Kripo informiert. Helfen Sie bitte mit, dass niemand die Räumlichkeiten verlässt. Ich unterstütze Sie natürlich dabei. Da man ein vorsätzliches Verbrechen nicht ausschließen kann, müssen nachher alle Anwesenden von der Polizei befragt werden.«

Nach Lisas Worten verließ er sie und ging auf das kleine Podest. Mit dem Mikro der Musiker gelang es ihm, seine Durchsage laut durchzustellen. Im Raum wurde es allmählich leise, als er seine kräftige Stimme erhob: »Ich bitte Sie, Ruhe zu bewahren. Mein Name ist Fritz Eininger. Ich bin der Eigentümer dieser Villa. Die Kripo wird jeden Moment eintreffen und Fragen stellen. Je kooperativer Sie sind, desto schneller werden Sie nach Hause gehen können. Ich hoffe allerdings, dass sich die Sache als harmlose Geschichte aufklärt.« Nachdem Eininger seine Ansprache beendet hatte, wurde es lauter als zuvor. Tanzen wollte ohnehin niemand mehr, stattdessen stellte sich eine unzufriedene Stimmung ein. Die fortgeschrittenen Tanzpaare saßen missgelaunt, unfreiwillig und ohne Musik an ihren Tischen. Lisa fiel auf, dass Adam Webers Tanzpartnerin nirgendwo zu sehen war. Am Dienstag hatten sie auf der Tanzfläche noch eine unzertrennliche Einheit gebildet und einen gekonnten argentinischen Tango aufs Parkett gelegt. Er hatte dabei nur Augen für sie. Warum blieb ausgerechnet sie an diesem Tag, an dem er vergiftet wurde, fern? Hatte sie womöglich mit dem Vorfall zu tun oder ging Lisas Fantasie mit ihr durch? Dann verwarf Lisa schnell den Gedanken.

Sie kannte nicht einmal den Namen der Frau und musste also die Anwesenden auch nach der Tanzpartnerin von Adam Weber befragen. Wenigstens wusste sie inzwischen, dass das der Name des bewusstlosen Mannes war. Bei der weiteren Befragung hatte sie ein wenig Glück. Das Paar kannte niemand wirklich gut. Nur durch ihren ungewöhnlichen Tanzstil waren sie überhaupt in den Fokus der anderen Tänzer geraten. Die beiden zeigten sich neben dem Tanz eher verschlossen, hatten kein Interesse an näheren Kontakten und führten selten Gespräche.

Aus den ersten Befragungen der Gäste, schlussfolgerte Lisa, dass die meisten nur zum Tanzen herkamen. Die wenigsten kannten sich, und schon gar nicht war dies ein Ort zum Flirten. Dafür erfuhr sie den Namen der Tänzerin: Ava. Lisa sprach die Namen der Tänzer laut aus: »Ava und Adam.« Selbst ihre Namen passten perfekt zusammen.

Lisa wollte mehr erfahren und startete erneut einen Versuch, einige Anwesende zu befragen. Am Nebentisch saß eine muntere Frau, die im Gespräch mit einem Mann ausschweifend gestikulierte. Beide hatten in unmittelbarer Nähe zu Adam Weber gesessen, lediglich auf der anderen Seite seines Tisches. Vielleicht konnte sie von ihnen mehr zum Vorfall erfahren.

Lisa unterbrach das Gespräch: »Guten Abend, mein Name ist Liebich. Ich unterstütze die Polizei vor Ort, um der Ursache des Unglücks auf den Grund zu kommen. Ist Ihnen, bevor der Mann stürzte, etwas Besonderes aufgefallen? Ich meine etwas, das anders als sonst war?«

»Nein, oder dir, Marcus?«

Der schien zunächst unschlüssig, ob er überhaupt antworten sollte, dann drückte er sich erstaunlich ausführlich aus: »Hier kümmert sich niemand um den anderen. Es geht vor allem um den Tanz, den wir alle lieben. Zwar interessieren sich manche schon mal für die oder den anderen guten Tänzer. Na ja, und Neugier wird natürlich auch geweckt, vor allem, wenn jemand neu dabei ist. Aber die meisten sind da, um zu tanzen.«

»Das stimmt«, bestätigte die Frau am Tisch das Gesagte.

»Das Wichtigste ist und bleibt, Tango zu tanzen.«

»Also bewundern Sie lediglich das Können der Anwesenden?«

»Genau«, meinte erneut die Frau.

»Ein guter Tänzer weckt manchmal mein Interesse, vor allem, wenn er mit so großer Hingabe wie Adam tanzt. Aber er ließ keine andere Frau an sich ran«, ergänzte Marcus.

»Alle hier wussten längst, dass sein Interesse allein Ava galt. Ich sah mir das gern an, denn von ihrem Tanz profitieren wir alle. Natürlich nur, um für unseren eigenen Tanz dazuzulernen!«

»Dann müssen Sie von Ava und Adam sehr beeindruckt gewesen sein? Schließlich stellten sie jedes andere Paar in den Schatten.«

»Stimmt«, mischte sich die Frau am Tisch ein.

»Die beiden brillierten mit ihrer extravaganten Improvisation, die meist fast akrobatisch rüberkamen. Keinem anderen Tanzpaar gelang es, so ungewöhnlich und innig zu tanzen«, kommentierte wieder Marcus.

Lisa versuchte, das Gespräch in ihre Richtung zu bringen: »Genau, das meine ich, kamen dabei nicht auch Neid, Eifersüchteleien oder ähnliche Gefühle auf?«

»Sowas ist mir bisher nicht aufgefallen, dir vielleicht, Anja?«

Anja blickte irritiert auf. »Fragen Sie am besten bei den Leuten am Tisch links von uns nach. Die haben sich manchmal mit Adam unterhalten, vielleicht wissen die mehr.«

Lisa merkte, dass sich alle an diesem Tisch bedeckt hielten. Nachdem sie sich verabschiedet hatte, steuerte sie direkt die Richtung des Tisches an. Sie wollte sich nicht sofort als Polizistin outen, sie hatte eine andere Idee. Da sie regelmäßig zum Kurs ging und abends im Ballsaal Gast war, könnte sie undercover mehr herausbekommen. Bestimmt ließ sich von Tänzerin zu Tänzerin mehr Hintergrundwissen herausbekommen. Lisa stellte sich etwas abseits des ihr eben genannten Tisches hin. Zwei Paare saßen dort, sie achteten nicht auf Lisa, die fast beiläufig Blickkontakt zu einem Mann am Tisch aufnahm und etwas näher zu den vieren herantrat.

»Lisa Liebich, die Polizei will Adam Webers Angehörige über den Vorfall in Kenntnis setzen. Wissen Sie Näheres über den Mann? Vielleicht haben Sie heute Abend etwas bemerkt oder kennen sogar seine familiären Verhältnisse?«, fragte Lisa schließlich.

Die jüngere der beiden Frauen ergriff sofort das Wort: »Wir haben mitbekommen, dass Adam am heutigen Abend später als sonst hier ankam, und wie immer war er allein. Er verhielt sich irgendwie seltsam, sah sich lange um, als ob er jemanden suchte.«

»Na klar, er hielt Ausschau nach seiner Favoritin, Ava, was sonst«, meinte die ältere Frau. »Als er sie nicht fand, tanzte er mit einer anderen. Das war sehr ungewöhnlich, hat er nie zuvor gemacht.«

Die jüngere Frau sah Lisa an. »Wenn ich ehrlich sein soll, wirkte er von Anfang an blass und unkonzentriert. Und dann kam es bald zu diesem Vorfall.«

»Ich würde sogar sagen, dass er bereits nervös wirkte, als er heute im Saal erschien. Irgendwie ganz anders als sonst. Selbst sein Tanz wirkte ungeschickt und unprofessionell. Darüber hatte ich mich am meisten gewundert.«

»Können Sie sich vorstellen, welchen Grund es dafür gab?«, hakte Lisa hellhörig nach.

»Also, wir wunderten uns schon, dass Ava nicht kam. Seit Adam und Ava zusammen tanzen, fehlte bisher keiner von beiden, und das ist seit über einem Jahr der Fall.«

Lisa dachte erneut an einen Zusammenhang zwischen dem Fehlen der Frau und Adams Geschichte. Sie ließ nicht locker, um den gesamten Namen der Frau herauszubekommen. Doch sie hatte wenig Glück. Niemand hatte mit Ava gesprochen oder sie näher kennengelernt. Im Gegenteil, vor allem die Frauen betrachteten sie neidvoll und mit Abstand. Das hörte Lisa deutlich aus den Beschreibungen heraus. Hinzukam, dass Adam und Ava meist später kamen. Dann waren viele bereits gegangen, und sie hatten die gesamte Tanzfläche für sich. Alles andere schien ihnen unwichtig zu sein.

Lisa hatte gehofft, den Kollegen mehr Informationen liefern zu können. Doch es sah nicht so aus, als ob sie überhaupt Antworten auf ihre Fragen bekommen würde.

Auf einmal lief eine Frau direkt auf sie zu. »Ich habe mitbekommen, dass Sie nach Angehörigen von Adam suchen?«

»Ja, richtig. Die sollten unbedingt über seinen Gesundheitszustand informiert werden.«

»Ich glaube, seinen Bruder heute hier gesehen zu haben, und zwar kurz bevor Adam eintraf.«

»Wie, seinen Bruder? Und woher wissen Sie, dass es sein Bruder war?« Lisa sah die Frau überrascht an.

»Der Mann ähnelte Adam so sehr, dass ich im ersten Moment glaubte, er sei es selbst gewesen. Erst auf den zweiten Blick merkte ich, dass er nicht so elegant und gut gekleidet war, wie das bei Adam meist der Fall war. Im Gegenteil, er sah müde und ziemlich abgerissen aus.«

»Abgerissen? Wie soll ich mir das vorstellen?«

»Wie schon gesagt, seine Kleidung sah vernachlässigt aus. Bei näherer Betrachtung erkannte man den Unterschied auch am Geruch. Adam erschien immer sehr gepflegt, dazu dieser feine Duft von Vanille, der ihn umgab. So war Adam hier nie zum Tanzen erschienen.«

»Gut, das waren jetzt alles Unterschiede. Mich interessiert eher, was Ihre Vermutung bestätigt, dass er ein Angehöriger war.«

»Ich kann mich nur wiederholen: Die gleichen Augen, die ähnliche Statur. Zunächst glaubte ich, Adam sei es gewesen.«

»Und war der angebliche Bruder zum Tanzen da?«

»Ich glaube nicht. Er blieb relativ lange an der Tür stehen und suchte etwas, das war deutlich zu erkennen.«

»Wie können Sie aber Angaben über seinen Geruch machen, wenn er so weit entfernt stand?«

»Mein Freund ging zu ihm und fragte, ob er was sucht, dabei stellte er es fest. Und wenn Frank schon von schlechtem Geruch spricht, will das was heißen.«

»Okay, vielen Dank. Sie haben den Kollegen von der Kripo geholfen, wenigstens einen Familienangehörigen zu finden.«

»Hoffentlich bestätigt es sich, dass das Adams Bruder war.«

Lisa bedankte sich und sah sich nach Max um.

Die Kollegen der Kreuzberger Kripo kamen gerade, als der Krankenwagen abfahrbereit war. So erfuhren sie noch am Ort des Geschehens, in welches Krankenhaus Adam Weber gebracht werden sollte. Anschließend gingen die zwei Männer in den großen Saal des *El Gato*. Obwohl vom Vorfall bis zum Eintreffen der Polizei kaum zwanzig Minuten vergangen waren, hörte man am lauten Stimmengewirr, wie ungnädig die Tanzfreudigen inzwischen waren. Jeder wollte nur nach Hause. Die meisten glaubten ohnehin nur an einen lapidaren Vorfall, weshalb sie das Warten als unnütze Zeitverschwendung ansahen.

Lisa ging den Kollegen aus Kreuzberg entgegen und stellte sich als Kollegin aus Rostock vor, die rein zufällig am Ort war.

»Liebich, Kripo Rostock. Ich bin für kurze Zeit im LKA beschäftigt und habe diese Geschichte selbst nur am Rande mitbekommen, weil ich oben einen Tanzkurs besuchte.«

»Wissen Sie, wer der Mann ist?«

»Ja, Adam Weber. Ein Arzt hat bereits festgestellt, dass er möglicherweise vergiftet wurde. Ich habe ein Glas mit Fingerabdrücken und seine Jacke sichergestellt. Darin war auch sein Ausweis mit seinen Daten zu finden.«

»Wir sollten alle im Saal bitten, dass diejenigen, die über den Vorfall eine Aussage machen können, zu uns kommen. Dann können wir mit den Befragungen beginnen«, meinte einer der Polizisten.

»Auf dem Podest gibt es ein Mikrofon, damit wären alle Leute im Saal gut zu erreichen.« Lisa zeigte in Richtung der kleinen Bühne.

Der junge Beamte ging sofort dorthin und nahm das angeschlossene Mikrofon. »Wir wollen Sie nicht länger als nötig festhalten, aber es ist nicht auszuschließen, dass der verunglückte Mann vergiftet wurde. Deshalb wollen wir diejenigen bitten, uns Auskunft zu geben, die ihn kannten oder denen etwas Besonderes aufgefallen ist. Falls es Personen unter Ihnen gibt, die etwas mitzuteilen haben, möchte ich Sie darauf aufmerksam machen, dass es Ihre Pflicht ist, uns zu helfen. Die anderen hinterlassen lediglich ihre persönlichen Daten, damit wir sie später sprechen können. Natürlich nur, falls es nötig sein sollte. Danach können Sie nach Hause gehen.«

»Es tut uns leid, dass Ihr Tanzabend so abrupt beendet wurde. Aber nach so einem Vorfall hätten Sie sicher keine Freude am Tanzen gehabt«, ergänzte der andere Beamte.

Ein Raunen zog durch den Saal, gleichzeitig setzten sich die Leute in Bewegung. Die meisten Anwesenden gingen gleich zur Garderobe, um Jacken und Mäntel zu holen. Dort stand inzwischen der jüngere Beamte und ließ sich von allen die Adressen und Rufnummern geben. Das lief zügig ab, sodass der Raum sich allmählich leerte.

Lisa beobachtete den Ablauf interessiert und bekam mit, dass Max mit einem Polizisten im Gespräch war. Sie stellte sich zu ihnen und wurde sogleich ins Gespräch eingebunden.

»Hauptkommissar Stolberg, ich leite das Kommissariat in Kreuzberg. Ihr Bekannter erzählte mir gerade, dass Sie aus Rostock kommen. Schöne Ecke, fahre oft mit meiner Familie an die mecklenburgische Küste. Ich muss schon sagen, da wo wir immer hinfahren, ist es sehr kinderfreundlich, außerdem ein recht ursprünglich belassenes Stück Erde. Alle in meiner Familie lieben das Meer.«

Jetzt erzählte Lisa, was sie gerade über einen möglichen Bruder erfahren hatte. Sie plänkelten und versprachen, sich gegenseitig auf dem Laufenden zu halten.

Max sah Lisa intensiv an. Sein Blick verriet, dass er viel lieber diesen Ort verlassen würde. Sie verabschiedeten sich von Stolberg. An dieser Stelle konnten sie ohnehin nichts mehr ausrichten. Max und Lisa gingen nach Oben, um sich wenigstens von den Teilnehmern des Anfängerkurses zu verabschieden. Von ihnen hatte keiner vom Tumult mitbekommen, der unten herrschte. Es wurde weiter getanzt, so als wäre nichts geschehen.

Francesco winkte den Beiden zu und lud sie ein, sich erneut zum Tanzen einzureihen. Sie warfen sich einen kurzen Blick zu und waren sich sofort einig, das auch zu tun. Der Tag sollte auf keinen Fall mit negativen Erinnerungen enden. Susanna half ihnen, mit dem deutlich erhöhten Tempo mitzuhalten und trotzdem die Füße richtig zu setzen. Aber so richtig wollte ihnen das nicht mehr gelingen. Sie bewegten sich zwar nach der Musik, doch ohne Gedanken an Improvisation, Takt oder richtige Schrittfolgen.

Lisa genoss die Zweisamkeit und hielt sich an Max fest. Die Nähe zueinander tat ihr gut und so fuhr sie erschrocken hoch, als Francesco die Musik ausstellte und die Tanzenden in der Runde ansprach.

»Für heute sind wir am Ende. Ihr habt konzentriert mitgemacht und ich hoffe, dass der Spaß bei allen vorhanden ist. Ein Paar hat unsere Gruppe zwar verlassen, aber ich hoffe, dass wir uns am Samstag alle wiedersehen. Wer nicht so lange warten möchte, dem sei gesagt, dass morgen eine große Tango Session im großen Saal stattfindet. Wer Interesse daran hat, kann bei uns schon mal Karten für dieses exklusive Event reservieren. Wir werden auch da sein.«

Lisa und Max schauten sich an. Lisa nickte ihrem Freund zu, der sofort verstand. Er ging zu Francesco und reservierte für den nächsten Tag zwei Plätze, dann verabschiedeten sie sich und zogen los.

Lisa war an diesem Tag ausnahmsweise froh, die Villa schnell verlassen zu können. Im Auto fand sie als erste ihre Worte wieder und ging auf die Vergiftung von Adam Weber ein.

»Ich finde es erstaunlich, dass ausgerechnet dem Mann, der uns beim Tanz so herausragend auffiel, etwas passiert ist. Ich kann einfach nicht an einen Unfall oder gar Zufall glauben. Erinnerst du dich? Wir haben über Eifersucht gesprochen, als wir die gierigen Blicke des Mannes gesehen haben. Auf Schritt und Tritt hat er vorgestern seine Tanzpartnerin mit einem skeptischen Blick verfolgt. Kannst du dir vorstellen, dass zwischen der Tat und seiner Eifersucht ein Zusammenhang besteht?«

»Eifersucht? Das ist eine Mutmaßung. Außerdem ist zweitrangig, was wir uns vorstellen. Ich hoffe, dass der Mann durchkommt, dann können die Ärzte oder deine Kollegen ihn selbst befragen.«

»Du hast recht, Vermutungen bringen uns nicht weiter.«

»Er wurde ins *Vivantes Klinikum am Urban* gebracht. Morgen früh rufe ich dort an und erkundige mich, wie es ihm geht.«

»Falls es nötig wird, frage ich in meiner Dienststelle, ob ich mich an diesem Fall beteiligen kann.«

»Meinst du deinen Chef in Rostock?«

»Ja, ich werde die Genehmigung von Peter Heilmeyer brauchen, um hier in eine Ermittlung einzusteigen. Doch auch Clemens Dreyer muss seine Zustimmung geben. Interessiert wäre ich, zumal wir ohnehin im *El Gato* tanzen und Kontakt zu den Leuten haben. Da ließe sich das eine mit dem anderen gut verbinden.«

Lisa streichelte Max über den Kopf. »Ich möchte aber nicht, dass vor lauter Arbeit unser Kennenlernen zu kurz kommt.«

»Das wäre auch viel zu schade. Immerhin bist du nicht mehr lange hier.«

»Vielleicht ließe sich die Zeit in Berlin um ein paar Tage verlängern, wenn es der Fall verlangt. Das könnte ich mir gut vorstellen.«

»Am liebsten würde ich dich gar nicht mehr gehen lassen.«

Lisa gab Max übermütig einen Kuss auf die Wange und fühlte sich im selben Moment so eng mit ihm verbunden, als kenne sie ihn ewig. Obwohl seit dem ersten Treffen auf der Seebrücke in Graal-Müritz erst wenige Wochen zurücklagen.

»Ach, da fällt mir gerade ein«, meinte Max auf einmal. »Für morgen plane ich etwas ganz anderes. Davon habe ich schon in Graal-Müritz gesprochen.«

Lisa überlegte, ihr fiel nichts ein.

»Ich will dich nicht lange zappeln lassen. Morgen möchte ich dir Spandau vorstellen. Die meisten kennen den Stadtteil nur wegen seines Weihnachtsmarkts oder sie haben von der Zitadelle gehört. Dabei hat Spandau sehr viel mehr zu bieten. Da wäre beispielsweise mein Segelboot.« Max griente Lisa an. »Obwohl es längst winterfest in der Marina an der *Scharfen Lanke* liegt, würde ich es dir gern mal zeigen. Vielleicht trinken wir hinterher einen Glühwein? Was meinst du?«

»Das klingt zwar verlockend, aber aus Glühwein mache ich mir nicht viel.«

»Da werden wir sicher ein anderes Getränk für dich finden. Ehrlich gesagt geht es mir genauso. Mir ist ein guter Rotwein auch viel lieber.«

»Aber dein Boot möchte ich wirklich gern kennenlernen.«

»Es hat keinen Namen, du hättest dann sogar die Möglichkeit, es zu taufen.«

»Eine gute Idee, mir fällt auch schon ein passender Name ein. Der wird aber erst morgen verraten.« Lisa wurde unruhig, denn sie brannte darauf, noch einmal den nächsten Tag zu erwähnen. »Bevor ich morgen in aller Frühe alles in Gang setze, erkundigst du dich bei den Kollegen im Urban Krankenhaus, wie es dem Mann geht und ob sie vielleicht die Ursache herausgefunden haben. Falls ihm nachweislich eine Substanz verabreicht wurde, die ihm schaden sollte, muss die Kripo ermitteln.«

»Oder sogar töten sollte?« Max bestätigte soeben, woran Lisa die ganze Zeit gedacht hatte. »Genau, und ich rede mit Dreyer, um ihm unsere Beobachtungen zu schildern. Doch so weit sind wir nicht. Hoffen wir, dass Adam Weber alles gut übersteht und auf dem Weg der Besserung ist. Im günstigsten Fall können wir ihn am Samstag beim Tanzen selbst fragen, was bei ihm los war.«

»Oder er ist morgen schon da.«

»Das halte ich zwar für unwahrscheinlich, aber es gibt nichts, das es nicht gibt.«

»Wie gut, dass wir einen zusätzlichen Tanzabend sicher haben. Unsere gemeinsame Zeit ist ohnehin viel zu kurz.«

Sie waren angekommen und standen bereits vor der Tür des Hauses in der Reichsstraße, in dem Lisa wohnte.

»Ab morgen haben wir mehr Zeit für uns, darauf freue ich mich jetzt schon.« Lisa umarmte Max, der mit ihr ausgestiegen war. Sie überlegte, ob sie ihn auf ein Glas einladen sollte, doch die Zeiger ihrer Uhr bewegten sich längst in Richtung des nächsten Tages. Mitternacht war längst vorbei.

Max schien Lisas Unentschlossenheit zu bemerken und nahm ihr die Entscheidung ab. »Jetzt trennen wir uns besser für die wenigen Stunden, die die Nacht übrighat. Du wirst einen stressigen Tag haben und ich muss genauso fit im Dienst sein. Ich melde mich, sobald ich im Urban Krankenhaus etwas herausbekommen habe.«

»Danke, gedanklich wirst du sowieso bei mir sein.«

Lisa schloss die Haustür auf und sah Max lange hinterher, bis er um die Ecke verschwunden war.

7. Kapitel

Vierter Tag im Landeskriminalamt

Ein trüber Himmel erwartete Lisa am Freitagmorgen, der überhaupt nicht zu ihrer Stimmung passte. Dichte Wolken ließen den Tag kaum richtig hell werden, und das bei relativ milden Temperaturen. Kein Wintertag im eigentlichen Sinn, eher ein müder Herbsttag. Als Lisa ihre Wohnung verließ, übersah ihr jubelndes Herz diese seltsame Wetterlage dennoch rasch.

Die U-Bahn kam zu ihrem Pech verspätet, dafür fand sie einen Sitzplatz. Gedankenverloren überlegte sie, Dreyer vorab anzurufen, um sicherzustellen, dass sie ihn nachher auch antraf. Alles weitere und mehr Details würde sie im Dienst persönlich mit ihm besprechen.

»Dreyer«, hörte sie unmittelbar, nachdem sie seine Handynummer eingegeben hatte. Die sonore Stimme am anderen Ende der Leitung erschien ihr ganz fremd.

»Guten Morgen Clemens, könnten wir uns gleich persönlich sprechen?«

»Wo brennt es denn, bist du etwa krank?«

»Nein, nirgendwo brennt es. Ich möchte nur mit dir etwas besprechen. Das steht im Zusammenhang mit meinem Anruf von gestern Abend.«

»Verstehe, der Tanzabend?«

»Genau, der Mann, um den es ging, liegt jetzt im Urban Krankenhaus. Falls sich bestätigt, dass er vergiftet wurde, hätte ich eine Idee.«

»Ideen begrüße ich immer. Du weißt ja, wo du mich findest. Bis gleich also.«

Lisa war zufrieden, das hörte sich erst mal nach keiner Ablehnung an. Sie musste Dreyer dazu bewegen, dass sie sich an den Ermittlungen beteiligen konnte. Dafür brauchte sie einen plausiblen Grund. Sie überlegte, und ehe sie am Umsteigebahnhof ankam, wusste sie, wie sie ihren Einsatz begründen würde.

Kaum dass sie an ihrem Schreibtisch saß und zum Hörer des Telefons greifen wollte, klingelte es.

»Guten Morgen, wollte nur kurz deine Stimme hören. Habe gerade ein paar Minuten Zeit«, meldete sich Max.

»Max, du? Mit dir hatte ich jetzt nicht gerechnet. Hast du schon Neuigkeiten?«

»Auch, aber zuerst muss ich dir sagen, dass du mir nach so kurzer Zeit bereits fehlst.«

»Mir geht es nicht anders«, antwortete Lisa verlegen.

»Aber ich kann dir auch Neues von Adam Weber berichten. Gleich heute früh habe ich mich nach ihm erkundigt. Leider gibt es keine erfreulichen Nachrichten. Es sieht so aus, als ob er es nicht schaffen wird. Da müsste ein großes Wunder geschehen.«

»Du sprichst in Rätseln. Was bedeutet das?«

»Er ist nicht bei Bewusstsein und wird künstlich beatmet. Ohne Maschinen wäre er bereits tot.«

»Haben deine Kollegen festgestellt, was genau die Ursache für seinen Zustand ist?«

»So, wie ich vermutet habe. Es war ein Gift, aber ob er es selbst genommen hat oder es ihm verabreicht wurde, muss die Kripo herausfinden. In der Klinik wurde anhand von Speichelproben festgestellt, um welches

Gift es sich handelt. Außerdem wurde es im Blut nachgewiesen.«

»Damit gehört die Geschichte ganz klar in Polizeihand.«

»Deshalb habe ich mich sofort gemeldet. Vielleicht ist deine Mitarbeit gefragt, du bist immerhin auch eine Zeugin.«

»Danke für deine Mühe. Wir sehen uns später, dann mehr dazu. Ich freu mich auf dich.«

»Ich mich auch. Vielleicht weißt du dann bereits, ob du bei den Ermittlungen mitmachst. Hast du heute Nachmittag überhaupt Lust, etwas zu unternehmen?«

»Lass uns das besser spontan entscheiden. Und danke, dass du mich gleich informiert hast. Jetzt werde ich hier alle Hebel in Gang setzen, um bei den Ermittlungen dabei zu sein. Drück die Daumen, dass es klappt.«

»Bin schon dabei.«

Sie legten auf.

Lisas Wunsch, auf Spurensuche zu gehen, war längst geweckt. Adam Weber und der pikante Fall interessierten sie. Zwar wusste sie nicht, warum, aber sie ahnte, dass es in der Tangoszene schnell zu Konflikten kommen konnte. Nun lag es bei Clemens Dreyer, ihre Neugier zu stillen. Sie war sich nicht mal sicher, ob er ihre Mitarbeit unterstützen würde, warum auch? Schließlich hatte sie sich für ein Praktikum beim LKA angemeldet. Falls er aber zusagte, wäre es für Lisa deutlich leichter, auch von ihrem Chef in Rostock die Genehmigung zu erhalten. Ohne Heilmeyers Zusage lief sowieso nichts, das war ihr klar.

Lisa traf Clemens Dreyer nicht allein in seinem Büro an. Walter Althaus war von seiner Dienstreise zurück und unterhielt sich angeregt mit dem Kollegen.

»Grüß dich Lisa, habe mich gerade nach dir erkundigt. Gut, dass wir uns auch gleich persönlich treffen. Geht es dir gut?«

»Hallo miteinander. Um gleich auf deine Frage zu kommen, mir geht es bestens. Die Zeit vergeht wie im Flug. Eigentlich sogar etwas zu schnell.«

»Ich habe gehört, dass du bei uns in Berlin gleich auf Verbrecherjagd gehen willst?«

Lisa sah Dreyer fragend an. Sie hatte nicht erzählt, was sie vorhatte.

Dreyer verstand sofort und reagierte gelassen. »Ich kann natürlich eins und eins zusammenzählen. Du hattest es gestern sehr spät am Abend eilig, mich zu sprechen, und heute Morgen galt dein erster Anruf auch mir. Da ist klar, dass deine Idee mit dem Fall zu tun hat.«

Lisa war nicht überrascht. Der Kollege hatte ihr gerade eine Menge Erklärungen abgenommen, die sie sich zurechtgelegt hatte. Nun brauchte sie nur ihre Idee auszubreiten.

»Richtig kombiniert, genauso ist es. Aber vielleicht fange ich von vorne an.«

Lisa erzählte von dem Tanzkurs und was sie dort beobachtet hatte. Ausführlich beschrieb sie das tanzende Paar, das allen Anwesenden aufgefallen war, und sie berichtete auch von ihrer Vorahnung, was die Eifersucht des Mannes anging.

»Außerdem wurde wahrscheinlich der Bruder vom Unfallopfer, wenige Stunden vor dem Unglück in der Villa *El Gato* gesehen, und zwar zum ersten Mal. Aber da sind gerade die Kreuzberger Kollegen dran. Sie wollten mich informieren.«

»Die ganze Sache hat einen Haken«, meinte Walter Althaus, der skeptisch zugehört hatte. »Was du sagst, sind bisher alles nur Vermutungen. Und selbst wenn deine Schilderungen zuträfen, müsste dann nicht der Mann, sondern die Frau vergiftet worden sein? Wenn ich richtig verstanden habe, war sie der Grund zur Eifersucht. Und auch die Sache mit dem Bruder ist sehr vage, Ähnlichkeit ist ohnehin kein Beweis.«

»Im Prinzip hast du recht«, betonte Lisa. »Und ehrlich gesagt, weiß ich zu wenig über das Paar. Das sind lediglich meine Instinkte und Beobachtungen, bevor der Mann vergiftet wurde. Erstaunlicherweise dachte ich bereits an ein Eifersuchtsdrama, als der Mann noch quietschvergnügt tanzte, und Gift ist ein Mittel, mit dem vor allem Frauen eine Straftat begehen. Das bestätigte bisher jede Statistik.«

»Interessante Meinung, aber eben keine Fakten.« Die Männer blieben skeptisch, aber immerhin, sie wollten mehr hören.

»Die Kreuzberger Kollegen suchen zuerst im näheren Familienkreis, vor allem aber halten sie Ausschau nach diesem ominösen Bruder. Kann sein, dass einem Familienmitglied in letzter Zeit etwas Ungewöhnliches an Adam Weber aufgefallen ist.«

»Und was könnte in dem Fall deine Strategie sein? Du hattest heute Morgen etwas angedeutet, geht das in diese Richtung?«

»Genau, ich gehe nach wie vor weiter zum Tanzkurs. Mein Plan ist es, undercover im *El Gato* zu ermitteln. Als eine Tänzerin unter vielen. Dabei werde ich vielleicht mehr Details herausfinden als unsere Kollegen bei der Befragung der Tänzer. Die Spurensicherung hat das Glas, aus dem Adam Weber getrunken hat, mitgenommen. Doch ich gehe nicht davon aus, dass er im *El Gato* vergiftet wurde. Das ist übrigens die Villa in Kreuzberg, wo das Ganze passierte.«

Clemens Dreyer mischte sich wieder ein. »Ich halte es für einen ausgesprochen guten Umstand, dass du ausgerechnet zum Zeitpunkt des Unglücks in der Nähe warst. Wir können bis jetzt keinen Unfall ausschließen. Aber falls mehr dahintersteckt, sollten wir die Chance nutzen. Was meinst du, Walter?«

Walter Althaus überlegte, zog seine Stirn kraus und strich sich über den Kopf, als wollte er Haare wegstreichen, die es gar nicht gab.

»Natürlich musst du Peter anrufen, du stehst immerhin im Dienst von Mecklenburg-Vorpommern. Wenn er nichts einzuwenden hat, warum sollten wir es dann?«

»Okay, daran hatte ich selbst gedacht. Ich möchte zwischendrin natürlich hier weiter aktiv sein, will schließlich was lernen. Aber vielleicht bekommen wir das hin, dass mein Dienstplan an die Ermittlungen angeknüpft wird und ich hin und wieder ein paar Stunden für die Ermittlung bekomme.«

»Ich denke, dagegen spricht nichts. Im Gegenteil, wenn du eine Möglichkeit siehst, im *El Gato* etwas herauszubekommen, kann uns das nur recht sein.«

»Wenn du Peter anrufst, grüße ihn bitte von mir. Ich komme nächstes Jahr mal wieder bei euch in Rostock vorbei.«

»Das mache ich. Ich gehe am besten gleich rüber zu Frank und Martin. Die wissen nicht, warum ich mich heute verspäte.«

»Gut, in dieser Sache bleiben wir engmaschig in Kontakt. Aber im Prinzip bist du sowieso im Dezernat 73 in der richtigen Abteilung. Die Leute gehören zu unseren Besten und sie werden dich unterstützen.«

Lisa verabschiedete sich. »Morgen bin ich wieder im *El Gato* und mache weiter, wo ich gestern Abend aufgehört habe. Bin gespannt, ob ich mehr vom Bruder höre oder ob Adams Tanzpartnerin Ava da sein wird. Vielleicht bekomme ich Daten heraus, die uns ermöglichen, den Fall schnell zu klären. Bis dahin gibt es sicher auch die Befunde der Spurensicherung.«

»Aber eines sollte klar sein, die Sache ist vorerst nicht als Mord einzustufen. Falls erste Hinweise vorliegen, die deine These unterstreichen, ist es etwas anderes. Dann muss auch mit der Mordkommission zusammengearbeitet werden, aber so weit sind wir nicht.«

»Damit wir uns gleich richtig verstehen, ich will die Untersuchung nicht an mich reißen, nur die Möglichkeit nutzen, die ich direkt vor Ort habe. Dort kann ich unter Umständen schneller erfahren, was wirklich passiert ist. Sollte es sich als ein Unfall oder gar als ein Selbstmord entpuppen, gibt es auch keinen Täter oder Täterin, umso besser.«

»Dann dürfen wir wohl gespannt sein, was du bei deinen Recherchen herausbekommen wirst.«

Lisa fühlte sich in ihrem Element, der Fall ließ sie jetzt schon nicht mehr los. In diesem Zusammenhang fielen ihr die Rostocker Kollegen ein. Mit ihnen hätte sie die nächsten Schritte längst schon besprochen. Aber hier war der Hauptkommissar Arno Stolberg von der Kripo Kreuzberg für den Fall verantwortlich. Sie musste mit ihm in regelmäßigem Kontakt bleiben.

Plötzlich hatte Lisa es eilig, sie musste einige telefonischen Kontakte organisieren. Ihr gefiel es, eine richtige Aufgabe vor sich zu haben, in der sie beweisen konnte, dass sie mehr als eine Hospitantin war.

Auf dem Weg zum Dezernat versuchte sie, Peter Heilmeyer unter seinem Direktanschluss anzurufen. Sie hatte kein Glück, er ging nicht ran. Sie würde später nochmal anrufen. Im Moment war Lisa nicht mal sicher, ob er ihren Einsatz gutheißen würde. Ihr fiel die Geschichte vom Sommer ein. Ob die auch in seinem Kopf herumspukte?

Martin und Frank schauten gleichzeitig hoch, als Lisa das Büro betrat. Sie hatte kaum hörbar angeklopft.

»Hast du verschlafen?«, fragte Martin.

»Die Straßen sind in der Vorweihnachtszeit echt voll. Musst dich wohl an den Verkehr bei uns erst noch gewöhnen?«

»Guten Morgen erst mal. Der Verkehr ist nicht schuld, außerdem bin ich mit den Öffentlichen unterwegs. Aber denkt ihr etwa, dass Rostock ein Dorf ist? Ihr müsstet mal zur Hanse Sail vorbeikommen, und dazu die vielen Touristen, die im Sommer die Stadt bevölkern.«

»Bist du sauer? War nett gemeint. Wir haben uns allerdings gefragt, wo du bleibst.«

»Ist ja gut. Hatte mich mit Clemens Dreyer verabredet, bin da vielleicht einer Sache auf der Spur. Das wollte ich mit ihm abstimmen.«

Sie sah die Fragezeichen in den Gesichtern ihrer Kollegen und ergänzte nach einer kurzen Pause: »Natürlich kläre ich euch auch auf. Wenn mein Rostocker Chef zustimmt, werde ich wahrscheinlich in der Sache verdeckt ermitteln.«

Martin und Frank sahen sich skeptisch an. Lisa beeindruckte das wenig, stattdessen meinte sie freundlich: »Etwas müsst ihr euch gedulden. Versuche, meinen Chef ans Telefon zu bekommen, dann seid ihr dran.«

Lisa griff zum Telefon und wählte Heilmeyers private Handynummer. Er meldete sich unmittelbar.

»He Lisa, ist was passiert?«

»Nein, nichts bei mir. Eine Geschichte, bei der ich zufällig Zeugin wurde.« Dann erzählte sie ihm in Kurzfassung die Geschichte mit dem Tanzpaar und die bestätigte Vergiftung.

Heilmeyer hörte aufmerksam zu, bis er endlich seine Zustimmung gab. »Wenn Dreyer und Althaus zugestimmt haben, kann ich schlecht nein sagen. Und du stimmst dich praktisch mit den Kollegen in Kreuzberg ab?«

»Ja, Hauptkommissar Arno Stolberg leitet das Kommissariat in Kreuzberg. Wir informieren uns engmaschig. Und ich versuche lediglich in der Villa mehr herauszubekommen, das hilft, den Mord schnellstmöglich aufzuklären.«

»Okay, wenn das so ist. Aber achte auf kleine Details, es könnte auch in eine ganz andere Richtung gehen. Manchmal trügt der erste Blick. Denk an unseren letzten Fall.«

»Ich achte drauf, versprochen.« Außerdem bin ich nicht allein, wollte sie gerade sagen, als sie sich in letzter Minute bremsen konnte. Sie fand es etwas zu früh, ihren Freund zu erwähnen. Dazu gab es in einem anderen Zusammenhang garantiert eine passendere Gelegenheit.

Martin und Frank wurden unfreiwillig Zeuge von Lisas Gespräch. Mittlerweile betrachteten sie den Fall etwas ernsthafter und hinterfragten zielgerichtet, was ihnen unklar blieb.

»Wieso denkst du nur in die Richtung, dass der Mann vergiftet wurde? Der könnte genauso gut zu Hause das

Zeug bewusst eingenommen haben, oder er war länger schon krank und wollte sich damit erlösen?«

»Vielleicht? Aber ihr habt ihn leider nicht lebendig gesehen. Dabei meine ich vor allem, wie er mit dieser Frau getanzt hat. Das sah weder krank noch lebensmüde aus. Im Gegenteil, er tanzte so eindrucksvoll und leidenschaftlich, als wäre es der Tanz seines Lebens. Wirklich sehr speziell! Zudem machte er einen absolut gesunden Eindruck, improvisierte elegant Schritte, die voller Leidenschaft und Hingabe getanzt wurden. Mit vollem Einsatz gab sein Körper einfach alles. Deshalb kann ich nicht recht an ein Unglück ohne Beteiligung eines anderen glauben. Wenn es sich aber doch als Selbstmord entpuppen sollte, muss nicht ermittelt werden. Das Gift wurde jedenfalls bereits von den Ärzten in der Klinik festgestellt. Wenn also feststeht, dass der Mann vergiftet wurde, dann bin ich gern behilflich, den Täter oder die Täterin zu finden. Nicht mehr und nicht weniger.«

»Mir fällt nur auf, dass du regelrecht besessen davon bist, einen möglichen Täter zu schnappen.« Martins Stimme klang etwas unwirsch, als er das sagte. Etwas milder schob er hinterher: »Eigentlich wollte ich damit nur sagen, dass du uns nichts beweisen brauchst.« Nachdem er das rausgebracht hatte, sah Martin Lisa lange an, bis Frank fast versöhnlich miteinstimmte: »Ich finde gut, dass du an der Sache dranbleibst. Immerhin warst du unmittelbar am Ort des Geschehens, als Zeugin sozusagen. Falls wir dich irgendwie unterstützen können, bin ich dabei.«

Lisa merkte Frank an, dass er mit seinem milden Angebot Martins Vermutung in den Hintergrund drängen und so etwas wie ein Friedensangebot machen wollte.

Lisa war erfahren genug, festzustellen, dass ihre Initiative ein falsches Bild hinterlassen könnte. Schließlich war das hier nicht ihr regulärer Arbeitsplatz. Deshalb überlegte sie intensiv, was sie tun konnte, um diesen Eindruck nicht erst aufkommen zu lassen. Oder hatte der Kollege etwa recht? Preschte sie zu weit voraus, um etwas zu beweisen? Aber wem? Ihren Berliner Kollegen bestimmt nicht. Vielleicht Max? Nein, das war es erst recht nicht. Eher war das vage Gefühl, das sie bereits im *El Gato* hatte, schuld daran. Selbst Max hatte sich in diese Richtung geäußert. Ein inniger Tanz, von dem offensichtlich nur ein Teil des Paares den anderen wirklich begehrte, gab leicht Grund zur Eifersucht. Zumal sie kein richtiges Paar zu sein schienen. Vielleicht gab es längst ernsthafte Eifersüchteleien? Lisa fiel der gierige Blick des Mannes wieder ein. Der zeigte, dass der Mann total besessen von seiner Tanzpartnerin war. Doch jetzt musste sie gemeinsam mit den Kreuzberger Kollegen das endgültige Ergebnis der ärztlichen Untersuchung abwarten. Das konnte nicht mehr lange dauern und könnte ihnen eine Richtung anzeigen.

Max Voraussage hatte sich bereits heute als richtig erwiesen, die Klinik bestätigte eine Arsenvergiftung. Jetzt musste die Frage beantwortet werden, wer ihm das Zeug verabreicht hatte, oder nahm der Mann das Gift freiwillig? Wenn ihm das Teufelszeug durch Fremdeinwirkung verabreicht wurde, würden die Kreuzberger Kollegen sicher zuerst im näheren Familienkreis suchen. Die Statistik sagte, dass Gift vor allem von Frauen genutzt wurde, und im *El Gato* war auch von einem möglichen Bruder die Rede.

Es gab genug offene Fragen, die sie bald mit den Kreuzberger Kollegen besprechen sollte.

Lisa sprach laut aus, woran sie gerade dachte, und fasste ihre Worte in chronologischer Reihenfolge für Frank und Martin zusammen, genauso wie die Situation von einigen Tanzpaaren im Saal der Villa *El Gato* beschrieben wurde.

»Mehrere Leute sagten, dass der Mann bereits blass in der Villa erschien. Auf dem Weg zur Tanzfläche musste er den Schwächeanfall bekommen haben. Schweiß stand ihm auf der Stirn und lief in Perlen die Schläfen herunter. Er musste komplett neben sich gestanden haben und an Tanzen war bei ihm sowieso nicht zu denken. Er versuchte es zwar, wirkte aber unbeholfen.«

»Und keiner hat ihm geholfen?«

»Adam Weber fiel wie ein nasser Sack kraftlos in sich zusammen.«

»Vom Taumeln bis zum Umfallen, wie lange dauerte es?«

»Wenige Minuten! Die letzte Szenerie beschrieb mir eine Frau sehr detailliert. Sie stand direkt neben ihm und hatte versucht, ihn zu halten.«

»Das ist wirklich ungewöhnlich«, meinte Frank mehr zu sich selbst.

»Wenn ich im *El Gato* weiter meinen Kurs belege, bedeuten für mich die Ermittlungen keine zusätzliche Arbeit. Ich werde mich in der Kreuzberger Villa näher umhören. Ohne dass es groß auffällt, kann ich recherchieren, ob ein Tänzer eine Rolle bei der Tragödie gespielt hat oder doch eher eine persönliche Geschichte die Ursache für das Unglück ist.«

»Frank sagte es eben schon, natürlich unterstützen wir dich mit Adressen, Autokennzeichen und allem, was du brauchst, das ist für uns gar kein Problem.«

»Danke. Wer weiß, ob das überhaupt nötig sein wird. Der Arzt sagte, dass vor allem Arsenverbindungen potente Stoffwechselgifte sind und eine derart schlagartige körperliche Verschlechterung nach sich ziehen können.«

»Das Zeug wird aber auch als Medizin eingesetzt, ohne dass es gleich giftig wirken muss. Es sind also alle Möglichkeiten offen.« Martin stellte mit seiner Aussage die These der Tötung wieder auf den Kopf.

Lisa fand die Diskussion unpassend, die mittlerweile in eine Richtung lief, die ihr überhaupt nicht gefiel. Der Mann war schließlich nicht einmal tot.

Plötzlich wechselte Frank das Thema. »Wisst ihr eigentlich, dass wir Arsen täglich in geringen Mengen über die Nahrung aufnehmen?«

Frank beantwortete seine Frage sofort selbst und ergänzte: »Dabei hat es für uns keinerlei gesundheitsschädliche Wirkung.«

Die beiden ließen wohl nicht locker, um ihre Meinung für einen natürlichen Tod weiter zu bestärken.

Lisa brachte eine spontane Antwort ihres Standpunktes heraus: »Wie so oft hängt vieles von der Dosis ab. Das ist bei den meisten chemischen Substanzen nicht anders.«

»Ich habe neulich gelesen, dass erst eine Dosis über 60 Milligramm Arsenik je nach Alter und Konstitution des Menschen tödlich wirkt.«

»Stimmt, bei einer Vergiftung treten unmittelbar danach Krämpfe und Magen-Darm-Beschwerden wie Übelkeit, Erbrechen, Durchfälle, Koliken und Blutungen auf. Die Vergiftung geht weiter und kann bis zum Nieren- und Kreislaufversagen führen. Die Symptome der akuten Vergiftung treten bereits wenige Stunden nach der Vergiftung auf. Na ja, ich hoffe, dass der Mann durchkommt.«

»In welches Krankenhaus hat man den Mann gebracht?«

»Er ist im Vivantes Urban Klinikum, und das Letzte, was ich heute erfahren habe, hörte sich nicht gut an. Der Arzt meinte, dass er nur geringe Chancen besitzt, durchzukommen.«

»Hoffentlich kommst du in deinem Tanzclub weiter. Ist gut möglich, dass deine Vermutung bestätigt wird, oder besser nicht. Denn dann gäbe es ein Mordopfer mehr in unserer Statistik.«

»Wichtig ist doch, dass wir herausbekommen, was wirklich passiert ist.«

»Klar, das ist schließlich unser Job«, mischte sich Martin in den Dialog ein.

»Dann ist zwischen uns soweit alles klar und ich kann mich entspannt der Arbeit zuwenden.«

Frank warf Lisa einen kurzen Blick zu, ohne etwas zu sagen, das übernahm stattdessen Martin: »Alles gut. Wusste gar nicht, dass ihr Fischköppe so fix seid und gleich in die Offensive geht.«

»Ihr wisst wahrscheinlich so einiges nicht von uns Fischköppen. Da wurde es wirklich Zeit, dass sich das ändert.«

Alle drei lachten laut auf und Lisa war froh, dass sie ihr Interesse an dem Fall richtigstellen konnte. Dann griff sie sich den Ordner, den Frank ihr hingelegt hatte, und setzte sich damit an den Schreibtisch, um den Inhalt des Hefters zu studieren.

Kaum dass sie sich in den Text eingearbeitet hatte, läutete das Telefon. Lisa stand auf, um das Telefon näher an sich heranzurücken.

»Hallo Lisa, gut dass ich dich gleich dran habe«, meldet sich Dreyer. »Eben kam ein Anruf vom Kreuzberger Hauptkommissar Arno Stolberg. Du hattest ihn in der Villa kurz kennengelernt. Er steht im Kontakt mit dem Vivantes Krankenhaus, in das der Mann gebracht wurde. Eben teilte ihm der Arzt mit, dass Adam Weber an den Folgen des Giftanschlags verstorben ist. Aber das Gift allein war wohl nicht schuld an dem Ableben. Der Mann litt auch an hohem Blutdruck. Beides führte dazu, dass er nicht mehr aufgewacht ist. Ich rufe dich an, weil du gestern bereits angedeutet hast, dass der Mann vergiftet wurde. Du hast wirklich eine gute Intuition. Der solltest du unbedingt weiter vertrauen.«

Zwar freute sich Lisa über Dreyers unterschwelligen Lob, doch gleichzeitig bestätigte er, dass der Mann tot war. Dreyer sprach sofort weiter, als Lisa schwieg: »Damit erhältst du offiziell den Auftrag, dich in der Villa weiter umzuhören. Darüber hinaus natürlich auch die Befugnis, Kontakte aufzunehmen und in dieser Sache zu recherchieren. Deinen Rostocker Chef habe ich informiert und Arno weiß auch Bescheid.

Ach ja, bevor ich es vergesse, der Kreuzberger Kollege Arno Stolberg möchte engmaschig mit dir zusammenarbeiten. Ich denke, das macht Sinn.«

Lisa war froh darüber, dass sie jetzt einen offiziellen Auftrag hatte, daher kam ihre Antwort prompt: »Ich werde euch nicht enttäuschen und mein Bestes geben. Parallel zu meinen Recherchen stimme ich mich mit den Kreuzberger Kollegen ab und werde euch auf dem Laufenden halten. Die Recherchen organisiere ich nach Dienstschluss, daneben werde ich hier weiterarbeiten.«

»Wir werden sehen, wieviel Zeit dein ›Undercover Job‹ in Anspruch nehmen wird, und entscheiden gegebenenfalls später neu, sowie es überhaupt nötig sein wird.«

»Danke für dein Vertrauen, Clemens. Heute Abend geht es bereits weiter. Ich werde in der Villa bei einem großen Tango Event dabei sein. Dort werden garantiert einige der fort- geschrittenen Tänzer mitmachen. Die müssen Adam Weber kennen. Wenn es etwas Spezielles gibt, informiere ich dich am Wochenende.«

»Die Kreuzberger Kripo ermittelt im Umfeld des Toten und führt Befragungen durch. Soweit ich weiß, war er nicht verheiratet, ob er in Berlin Familie oder Freunde hatte, untersuchen gerade die Kreuzberger Kollegen. Sie erkundigen sich überall, auch auf seiner Dienststelle.«

Oder Feinde, dachte Lisa, fragte aber stattdessen: »Was hat er gemacht, weißt du darüber etwas?«

»Nein, aber ich gebe dir die Handynummer des Hauptkommissars. Da ihr ohnehin engmaschig zusammenarbeiten werdet, brauchst du die sowieso.«

Lisa notierte die Nummer und dankte Dreyer für das Vertrauen, das er ihr bereits nach wenigen Tagen entgegengebrachte.

Kurz nachdem Dreyer aufgelegt hatte, wählte Lisa die eben notierte Nummer.

»Arno Stolberg.«

»Hier ist Lisa Liebich LKA Berlin. Ich denke, wir sollten uns persönlich sprechen. Kollege Dreyer hat heute bereits mit Ihnen gesprochen?«

»Ja«, meinte er kurz. »Passt es am Nachmittag?«

»Ich denke, das lässt sich einrichten. Sagen wir um vierzehn Uhr bei Ihnen im Kommissariat?«

»Einverstanden, dann bis heute Nachmittag.«

Lisa legte auf.

8. Kapitel

Kriminalkommissariat Kreuzberg

Von Martin erfuhr Lisa, dass sie mit dem Bus am schnellsten zur Friesenstraße kam. Dort befand sich das Kriminalkommissariat, in dem Hauptkommissar Stolberg arbeitete. Martin schätzte, dass sie dazu etwa 20 Minuten brauchte.

»Das ist für Berliner Verhältnisse gar nicht schlecht«, fügte er hinzu.

Lisa saß im Bus und machte sich Gedanken, die in ganz unterschiedliche Richtungen wanderten. Auch war sie neugierig, wie es bei der Berliner Kripo ablief. Einiges im LKA hatte sie ja bereits kennengelernt.

Bereits in der Ferne blitzten die roten Klinker des mehrstöckigen Gebäudes auf. Lisa sah sie aus dem Bus. Das Haus sah genauso aus, wie Martin es beschrieben hatte. Sie wusste von ihm, dass hier mehrere Bereiche untergebracht waren. Von der Bushaltstelle legte Lisa einen kurzen Weg bis zum Eingang zurück und im Haus fand sie sich schnell zurecht. Hauptkommissar Stolbergs Büro befand sich im ersten Obergeschoss.

Lisa klopfte verhalten an die Tür, dann trat sie ein, ohne eine Aufforderung abzuwarten. Vor ihr stand der sportliche Mitfünfziger mit leicht ergrautem Haar, der einen Henriquatre trug.

»Guten Morgen Hauptkommissar Stolberg, wir sind uns im *El Gato* begegnet. Ich weiß nicht, ob Sie sich an meinen Namen erinnern, Lisa Liebich.«

»Sie sind auf die Minute pünktlich, das freut mich.«

Lisa konnte sich nicht verkneifen, darauf zu antworten: »Das sind wir im Norden so gewohnt.«

Stolbergs ehrliches Schmunzeln, ließ das für einen winzigen Moment aufkommende Eis gleich wieder schmelzen. »Kommen wir gleich zur Sache, ich muss schon sagen, es ist eine glückliche Fügung, dass Sie ausgerechnet in dieser Villa einen Kurs belegt haben und sogar vor Ort waren, als der Mann zusammenbrach. Dadurch wird es Ihnen besser möglich sein, ohne großes Aufsehen ein paar Nachforschungen anzustellen.«

»Derselben Meinung bin ich auch. Vielleicht ist sogar ein Täter oder Täterin unter den Tanzenden zu finden?«

»Das wollen wir herausbekommen. Wir haben uns bereits in Adam Webers Umfeld umgesehen. Verheiratet war er nicht. Er lebte allein, das haben wir dem Anmelderegister entnommen, und das bereits seit fünf Jahren.«

»Gibt es Angaben über andere Familienmitglieder? Ich möchte an den möglichen Bruder erinnern, den eine Frau im *El Gato* beschrieben hat.«

Lisa wurde ungeduldig, sie wollte endlich wissen, ob es diesen ominösen Bruder tatsächlich gab.

»Korrekt, es gibt einen Bruder.« Das ließ Stolberg unkommentiert so stehen, und Lisas Unruhe nahm zu.

»Haben Sie den ausfindig gemacht oder mit ihm gesprochen?«

»Zu dem Bruder gibt es soweit nur zu sagen, dass er nicht in Berlin lebt, sondern in Nordrhein-Westfalen. Von dort kam auch vor vielen Jahren Adam Weber nach Berlin. Aber da er nicht in seiner Nähe lebt, müssen wir zuerst abklären, ob er wirklich hier war, oder möglicherweise ist er es noch. Jemanden zu vergiften, verlangt einen längeren Atem und ist keine spontane Sache, oder wie sehen Sie das?«

Lisa setzte sich auf einen Stuhl, als würde das beim Überlegen helfen. Dann meinte sie aufgeräumt: »Vielleicht ist er auch nicht mehr in der Stadt? Ein Phantombild könnte helfen, Klarheit zu schaffen.«

»Genau, das haben wir getan«, platzte der Hauptkommissar heraus. »Das Phantombild des Mannes haben wir. Heute Morgen habe ich mit der Frau beziehungsweise mit ihrem Mann gesprochen. Er hat offenbar ein besseres Personengedächtnis und konnte ihn exakt beschreiben. Sogar seine Garderobe und seinen Geruch. Das gibt es eher selten.«

»Und der echte Bruder? Gibt es da Übereinstimmungen?«

»Das Foto muss jeden Moment von den Kollegen aus NRW bei uns eintreffen. Falls du dann weg sein solltest, kriegst du es online. Pardon, ich habe dich einfach geduzt.«

»Ist doch okay, unter Kollegen ist das bei uns genau so üblich«, gab Lisa zur Antwort.

Stolberg holte zwei Tassen Kaffee und goss Lisa ein, ohne sie zu fragen, ob sie überhaupt Kaffee mochte. Dann meinte er: »Den trinkst du sicher?«

Lisa nickte. »Manche Leute meinen sogar, dass es eine unserer Lieblingsbeschäftigungen sei.«

Beide schmunzelten, bis Arno Stolberg meinte: »Ganz so ist es ja nicht, aber ich persönlich kenne keinen Kollegen, der keinen Kaffee trinkt.« Stolberg wechselte spontan das Thema. »Aber du hattest eine andere Möglichkeit in Erwägung gezogen. Ich erinnere mich, dass du nach Webers Tanzpartnerin Ausschau hältst?«

»Richtig, wenige Tage zuvor habe ich die beiden durch Zufall tanzen sehen und mir war sofort klar, dass das kein normales Tanzpaar war.«

Lisa nahm die Tasse mit dem Kaffee in die Hand und trank einen Schluck.

»Der schmeckt sogar«, meinte sie. »Du hättest die beiden sehen sollen! Sie tanzten einen ausdrucksstarken Tango und ausnahmslos alle im Saal waren begeistert. Auch ich sah ihnen beeindruckt zu, dabei landeten meine ersten Gedanken bei Eifersucht. Obwohl ich sie gar nicht kannte.«

»Eifersucht? Verstehe ich nicht.«

»Das kann ich nicht richtig erklären. Ich hatte so ein Gefühl. Sie tanzten voller intimer Leidenschaft und Harmonie, aber kam die Pause, trennten sie sich und jeder ging in eine andere Richtung. Sie waren also kein Paar. Allerdings ließ Adam Weber sie kaum aus den Augen.«

»Seltsames Spiel.«

»Eine neue Tangorunde begann und er steuerte ihre Richtung an. Aber sie wartete ohnehin auf ihn. Mit einem leidenschaftlicheren Tango ließen sie alle anderen auf der Tanzfläche wie Laien aussehen. Ich habe nie zuvor so einen Tanz gesehen.«

»Bei deinen Beschreibungen ist es kaum zu glauben, dass sie kein Paar waren.«

»Stimmt, es steckte so viel Feuer und Leidenschaft in ihnen! Der Tangotanz deutete sowas wie ein sexuelles Verlangen an. Das merkte ich an Webers zärtlich-wildem Blick und auch daran, wie er die Frau im Arm hielt.«

Stolbergs Interesse schien größer zu werden, doch dann stand er plötzlich auf und goss sich einen zweiten Kaffee ein. »Für mich hört sich das nach einem *Amour Fou* an.«

»Nach was, bitte?«

Arno Stolberg schmunzelte. »Entschuldige, von diesem Begriff habe ich gestern auch zum ersten Mal in einem Film gehört. Ich habe sofort seine Bedeutung nachgeschlagen. Ja, und ich finde, das passt perfekt auf das, was du mir gerade schilderst.«

Lisa verstand nicht, auf was Stolberg hinauswollte.

Stolberg erkannte das und meinte schnell: »Also zum besseren Verständnis, *Amour Fou* bedeutet so viel wie ›verhängnisvolle, leidenschaftliche oder rasende Liebe‹. Kurz gesagt, närrische oder verrückte Liebe. Aber deinen Beschreibungen nach zu urteilen, bestand diese wohl nur einseitig von Webers Seite aus.«

Lisa staunte über Stolbergs Zusammenfassung. Nie hätte sie ihm eine Aussage in dieser ambivalenten Beziehung zugetraut. Dass jemand offen über Gefühle sprach, kannte sie von ihren Rostocker Kollegen eher selten. Sie ging kurz auf den für sie unbekannten Begriff ein und wiederholte: »*Amour Fou* … Also, da habe ich etwas gelernt.«

Stolberg machte weiter und ergänzte: »Oder sie haben mit diesem Trennen und Wiederfinden ein Spiel betrieben. So etwas törnt manche Paare an.«

»Könnte sein, aber ein Liebesspiel ohne Gegenwart oder gar eine Zukunft im Blick zu haben?«

»Möglich.«

»Du meinst also, dass dieses Spiel dem Mann zum Verhängnis wurde?«

Stolberg sah aus, als ob er überlegte.

Lisa unterbrach die Pause. »Aus dem Grund kam mir wohl auch der Gedanke an Eifersucht.«

»Aber dir ist schon klar, dass sich in die Beobachtung eine Menge hineindeuten lässt? Das muss aber nichts mit unserer Arbeit zu tun haben. Wir halten uns besser an Fakten. Erst mal klären wir ab, wo Adam Webers Bruder steckt. Und wenn der sich tatsächlich in Berlin aufhält oder aufhielt, klären wir ab, ob er überhaupt eine Rolle bei dem Unglück gespielt hat. Dann wären wir ein winziges Stück weiter.«

»Wir wissen ja, Vergiftungen sind meist im näheren Umfeld, also meist in der Familie vorzufinden.« Lisa konnte sich diesen Einwurf nicht verkneifen.

»Genauso zeigt die Statistik, Gift wird meist von Frauen eingesetzt.«

»Könnte aber auch eine falsche Fährte sein? Wir werden engmaschig zusammenarbeiten und halten uns gegenseitig auf dem Laufenden. Erst einmal bin ich gespannt, ob und warum dieser Bruder im *El Gato* war«, sagte Lisa; im selben Moment klingelte Stolbergs Telefon.

Stolberg bedankte sich kurz, aber höflich bei seinem Kollegen und ließ keinen Blick von Lisa, die längst bemerkt hatte, dass der Anruf mit dem Giftanschlag zu tun hatte.

»Jeden Moment wird Robert Webers Foto per Mail eintreffen. Also können wir gleich abklären, wie der Bruder aus Kempten tatsächlich aussieht.«

Hauptkommissar Stolberg bat Lisa zu sich an den Computer und öffnete sein Mail-Postfach.

»Erkennst du auf dem Foto etwas, das dich an Adam Weber erinnert?«, fragte er.

Lisa betrachtete intensiv das Bild auf dem Bildschirm und verglich es mit dem Phantombild. Nach einer Weile meinte sie mit Bestimmtheit: »Ja, der Mann hat tatsächlich große Ähnlichkeit mit Adam Weber, und wenn ich die Daten richtig deute, haben die beiden sogar am selben Tag Geburtstag. Mit anderen Worten: Die beiden müssen Zwillinge sein.«

»Gut kombiniert«, rief Stolberg freudig aus.

»Dann werden wir schnellstmöglich diesen Robert Weber ausfindig machen und ihn befragen.«

»Das ist der nächste Schritt, und ich bin gespannt, was dabei rauskommt.«

»Wenn es etwas geben sollte, was uns weiterbringt, lass es mich wissen. Bis dahin höre ich mich weiter im *El Gato* um.«

»Gut Lisa, so verbleiben wir. Hier hast du meine private Handynummer, dann sind wir über den kurzen Dienstweg verbunden für den Fall, dass du im *El Gato* etwas herausfindest.«

»Da bin ich heute Abend schon, das könnte also interessant werden. Ich ruf dich an.« Lisa reichte Arno Stolberg die Hand. »Danke, ich hoffe, dass wir die richtige Spur im Blick haben.«

»Im Moment sieht es nach zwei Spuren aus. Unsere Aufgabe wird es sein, die richtige herauszufinden.«

»Wir sind auf dem besten Weg«, sagte Lisa in der Tür.

Auf dem Weg zum Bus dachte Lisa an das unkomplizierte Treffen mit Stolberg und freute sich auf die weitere Zusammenarbeit mit ihm. Es sah so aus, als hätten sie derzeit zwei Eisen im Feuer, das sprach für einen gelungenen Start in Berlin. Die neue Spur, die zu einem Zwillingsbruder führte, war eine echte Überraschung. Es wäre nicht das erste Mal, dass es innerhalb der Familie zu Streit kommt, der bis zum Äußersten geht. Lisa hatte bereits bei ihrem ersten Fall erfahren, dass es Familienprobleme gab, die auf den ersten Blick kaum zu erkennen waren.

Als sie im Büro ankam, waren Frank und Martin in einer alten Sache unterwegs. Das passte, so konnte sie sich einige Notizen zu dem Gespräch mit Arno Stolberg machen. Am Montag hätten sie sicher mehr auf dem Tisch, bis dahin würde es auch Neuigkeiten zu Ava Anderson und dem Aufenthaltsort des Zwillingsbruders geben.

Fast eine Woche in Berlin lag hinter Lisa, und sie fragte sich kurz, ob ein Leben in der Großstadt für sie infrage kam. Ihre Antwort war ein klares Nein. In dieser einen Woche fehlten ihr bereits das Meer, die frische Luft und der weite Strand, obwohl sie hier ihren Freund viel besser kennenlernen konnte. Wie sollte es aber mit Max und ihr weitergehen? Schnell verdrängte sie diesen Gedanken. Eine innere Stimme sagte ihr, dass sich eine Entscheidung finden würde, sobald die Zeit dafür reif war. Zufrieden und voller Vorfreude auf Max schloss sie ihr Notizbuch.

9. Kapitel

Die erste Tangonacht

Lisa saß in der U-Bahn und in wenigen Minuten würde sie am Theodor-Heuss-Platz sein. Dort wollte Max sie abholen, um ihr heute zum ersten Mal seine Wohnung zu zeigen. Lisa war gespannt, vor allem, wie er als langjähriger Junggeselle allein mit dem Haushalt zurechtkam, und auf seine Kochkünste. Er sprach davon, dass er etwas Kleines zum Essen vorbereiten würde.

Sie stieg gerade aus der U-Bahn, ihr Telefon klingelte. Es war Max.

»Wo bist du? Ich bin gerade angekommen und melde mich nur, weil ich hier mit dem Auto nicht lange stehen darf.«

»Bin gerade ausgestiegen. In einer Minute bin ich oben.« Lisas Stimme klang hektisch, weil sie automatisch hastiger vorwärtslief. Sie verließ den Untergrund der U-Bahn und erblickte Max, der an seinem Auto lehnte.

»Schön dich endlich wiederzusehen. Heute wollte der Tag einfach nicht enden. Außerdem musste ich immerzu an dich denken.« Er lief ihr lächelnd entgegen.

»Mein Tag dagegen verlief rasend schnell.« Lisa ließ sich bereitwillig an die Hand nehmen und folgte Max zu seinem Auto. Dort stellte er seinen Plan für den gemeinsamen Abend vor.

»Wir fahren zu mir, damit du sehen kannst, wie ich lebe. Vielleicht wäre es vor dem Tanzen gut, mal etwas ganz anderes zu machen. Darum schlage ich vor, dass wir zuvor zum Charlottenburger Schloss fahren. Das ist in der Nähe und die perfekte Kulisse für einen kurzen Spaziergang an der frischen Luft. Ich bin mir sicher, dass es dir gefallen wird.«

»Gute Idee, ich bin dafür.«

Nur wenige Minuten waren sie unterwegs. Lisa sah, wie ihr Freund sich geschickt in einen engen Parkplatz einfädelte.

»Das ging ja flott.«

»Meine Wohnung liegt gleich gegenüber.«

Sie standen vor einem gepflegten Haus der Gründerzeit. Mit dekorativen Elementen an der Fassade und einer schweren Holztür. Als sie den Flur mit dem prachtvollen Stuck an Decke und Wänden betraten, atmete Lisa Geschichte und fühlte sich in eine vergangene Zeit zurückversetzt. Sie liefen die zwei Treppen nach oben, obwohl es einen Fahrstuhl gab. Max öffnete die Wohnungstür und sie betraten einen langgezogenen Flur, von dem zwei weitere Türen und eine große Schiebetür abgingen.

Er nahm Lisa den Mantel ab und zog sie in den Wohnraum. »Bevor wir uns auf den Weg machen, möchtest du etwas trinken?«

»Gern.«

»Tee oder lieber ein Glas Wein?«

»Danke, gern einen Tee.«

Max schien ein echter Teetrinker zu sein und seinen Genuss regelrecht zu zelebrieren. In der Küche fand Lisa nicht nur eine Menge Teesorten, sondern genauso entsprechendes Zubehör. Zarte Teetassen mit der unverkennbaren Ostfriesischen Rose, Sahnekännchen, einen großen Pott und ein Stövchen. Sie entschied sich gegen das ostfriesische Equipment und denselbigen Tee und wünschte sich einen Kräutertee.

»Gute Entscheidung, der hier ist ideal, um sich vom Stress und der Hektik des Alltags zu erholen. Während ich den Tee zubereite, kannst du dich in der Wohnung umsehen.«

»Ich bleibe lieber in deiner Nähe, darauf habe ich mich den ganzen Tag gefreut. Ich habe ohnehin was mit dir zu besprechen. Das sollte schnell raus, damit wir uns nachher erfreulicheren Dingen widmen können. Nur, wenn es dir recht ist, natürlich?«

»Dann leg gleich los. Ich kann mir vorstellen, dass es um Adam Weber geht. In gewisser Weise bin ich genauso an der Aufklärung interessiert wie du. Schließlich haben wir ihn quicklebendig ein paar Tage vor seinem Tod gesehen.«

Lisa sah zu, wie Max umsichtig den Tee zubereitete und dazu ein paar dekorativ gestaltete Schnittchen auf ein Tablett stellte.

»Seitdem bewiesen wurde, dass der Mann vergiftet wurde, lässt mich ein Gedanke einfach nicht mehr los«, sagte er.

»Was meinst du?«

»Kann womöglich eine verschmähte Liebhaberin Adam Weber vergiftet haben?«

»Willst du damit sagen, dass eine Frau sich auf diese Weise an ihm rächte, weil er ihre Liebe nicht erwiderte? Also, dass eine Liebe in Hass umschlug?«

»Ja, so etwas in dieser Richtung.«

»Erinnere dich an seine Tanzpartnerin. Bei den beiden war genau das Gegenteil der Fall. Er war absolut vernarrt in sie. Und warum sollte sie ihm etwas anhaben?«

Max schien sich nicht sicher zu sein, ob diese Frau etwas mit dem Vorfall zu tun hatte. Lisa reagierte enttäuscht. »Für mich bleibt es zwar auch ein Rätsel. Aber seit heute gibt es wenigstens eine weitere Spur. Wir haben sogar ein Phantombild, und zwar von Adam Webers Zwillingsbruder!«

Max hörte aufmerksam zu, doch er äußerte sich nicht, daher berichtete Lisa weiter: »Wir sollten dennoch unsere Nachforschungen in der Villa nicht aufgeben. Dafür habe ich heute sogar den offiziellen Auftrag erhalten. Nebenbei gesagt, ich stehe in Kontakt mit den Kreuzberger Kollegen. Ich denke, dass wir als erstes die Tanzpartnerin von Adam Weber ausfindig machen sollten. Ava Anderson ist ihr Name. Sie könnte uns dabei behilflich sein, einige Fragen zu klären.«

»Ich finde gut, dass ihr mehrere Aspekte in Betracht zieht. Außerdem, wer sagt denn, dass eine Frau die Tat begangen hat? Warum eigentlich kein Mann?«

»Richtig, deshalb ermitteln wir in alle Richtungen und das Phantombild ist sehr detailliert. Adam Weber und sein Bruder sehen sich zum Verwechseln ähnlich, das sagte bereits die Frau im *El Gato*.«

»Also hatte Adam Weber tatsächlich einen Zwillingsbruder?« »Genau, und damit erscheint die Tatsache, dass er Adam im *El Gato* aufgesucht haben könnte, nicht mehr abwegig. Er lebt zwar in Nordrhein-Westfalen, aber Stolberg untersucht gerade, ob er zum Zeitpunkt des Giftanschlags in Berlin war.«

»Das wird immer interessanter.« Max sah Lisa erstaunt an, die gleich einschob: »Wobei ich bei Gift immer an eine Frau denken muss. Aber wahrscheinlich beeinflusst mich der letzte Fall in Rostock noch immer. Da ging es um eine eifersüchtige Frau, die alle Hebel in Gang brachte, um ihre Konkurrentin auszuschalten.«

»Den Gedanken an den Bruder finde ich gar nicht abwegig. Es könnte seine Absicht gewesen sein, mit dem Gift eine falsche Fährte zu legen.«

»Wir werden nachher im *El Gato* weiter die Augen offenhalten. Vielleicht sind Tänzer dabei, die den Mann gesehen haben. Ava Anderson sollten wir trotzdem nicht aus den Augen verlieren.«

Max nickte zustimmend und nahm das Tablett, auf dem nun die bauchige Kanne mit Tee stand. Auf einem anderen fanden sich ein köstlich riechender Salat und ein Baguette.

»Nimmst du bitte das Geschirr mit? Ich folge dir dann.« Er zeigte auf eine rechts abgehende Tür, durch die sie vorausgehen sollte.

Beide betraten den großzügigen Wohnraum, der sich durch eine Schiebetür teilen ließ. Max stellte den Tee auf einen ovalen Esstisch, der im vorderen Bereich des Raumes stand. Ansonsten gab es eine Menge Regale mit Büchern, Bilder und eine kleine Bar. Eine kleine Sitzgruppe in der Nähe des Fensters sah bequem aus und lud ein, es sich gemütlich zu machen. Jeder noch so kleine Gegenstand hatte einen passenden Platz. Das Interieur war übersichtlich und bewusst gewählt. Alles machte einen modernen und gleichzeitig praktischen Eindruck.

»Ich gieße uns gleich den Tee ein. Nimmst du den Salat und das Baguette?«

Lisa ließ sich auf der Couch nieder und Max setzte sich neben sie. Sie merkte, wie die Anspannung des Tages langsam von ihr wich, und genoss die Nähe ihres Freundes.

»Hast du großen Appetit? Ich könnte uns eine Kleinigkeit machen, bevor wir gehen. Der Abend wird ja lang genug.«

»Nein, das ist nicht nötig. Der Salat und die feinen Häppchen schmecken hervorragend, das genügt mir.«

Max sah Lisa ernst an und nahm ihre Hand. »Ich hoffe, dass der Fall dich nicht zu sehr in Anspruch nimmt und wir dadurch keine Zeit verlieren.«

»Das wird nicht passieren. In meiner freien Zeit sind wir sowieso zusammen, da geht uns nichts verloren. Eigentlich bin ich nur am Rande mit dem Fall beschäftigt und auch nur, weil das mein persönlicher Wunsch ist. Sozusagen undercover im *El Gato*. Ich sehe darin eine gute Möglichkeit, herauszubekommen, was wirklich mit Adam Weber passierte. In der Villa sind wir dicht am Geschehen und niemand schöpft Verdacht, dass ich ermittle.«

»Vielleicht sollten wir gemeinsam der Sache auf den Grund gehen? Mit wem hatte er sich in seiner Freizeit umgeben? Wer könnte ein Interesse daran haben, ihn umzubringen? Die Beantwortung dieser Fragen wäre eine wichtige Grundlage, um den Fall zu lösen. Ich würde dich gern dabei unterstützen. Unsere erste gemeinsame Aufgabe.«

»Keine schlechte Idee, zu zweit kommen wir besser ins Gespräch. Offiziell bleibt der Fall bei den Kollegen der Kreuzberger Kripo. Ich werde sie lediglich in ihrer Arbeit unterstützen. Und das auch nur, weil ich eine direkte Zeugin bin. Ob Adam eine Frau oder eine große Familie hatte, wissen wir leider noch nicht. Als einziges Mitglied ist der Bruder auf der Bildfläche aufgetaucht.

Er bleibt für mich der typische Einsiedler, der lediglich auf den Tango fokussiert war.«

»Dafür tat er das mit all seinen Sinnen.«

»Eigentlich schade, dass wir ihn nie mehr tanzen sehen werden. Wir waren ja beide absolut beeindruckt von ihm.«

»Lass uns auf andere Gedanken kommen und ein paar Schritte laufen. Ich bin sicher, dass dir die Atmosphäre am Charlottenburger Schloss gefallen wird.«

»Du machst mich neugierig. Meinetwegen können wir gleich losfahren.«

Lisa stellte das Geschirr zusammen und brachte es in die zweckmäßig eingerichtete Küche zurück. Zum ersten Mal sah sie sich bewusst um, dabei stellte sie fest, dass die modernen Küchengeräte auch genutzt wurden. Also ein Mann, der gern kochte. Darüber hatten sie gar nicht gesprochen. Wer weiß, wie viele Geheimnisse er noch verbarg? Aber sie fühlte sich ohne Zweifel in seiner Wohnung wohl. Zwar fehlte an manchen Stellen eine Frauenhand, aber das war ja durchaus ein gutes Zeichen.

Die beiden zogen los. Es war etwas kälter geworden und ein kräftiger Wind wehte um die Ecke. Lisa freute sich ausnahmsweise auf einen Glühwein oder ein anderes heißes Getränk.

Auf dem Spandauer Damm, der Straße, die direkt zum Schloss führte, standen auf beiden Seiten jede Menge parkende Autos. Die Chance, einen Parkplatz zu ergattern, gab es dort nicht. Gut, dass Max sich auskannte und sie letztlich in einer kleinen Querstraße einen einzigen freien Platz fanden.

Lichter bestrahlten das Charlottenburger Schloss. Die bunten Farben hinterließen geradezu einen romantischen Eindruck. Max und Lisa liefen den äußeren Weg entlang, an den sich Holzhütten säumten. Einige Leute standen davor und labten sich an warmen Getränken.

Gleich hinter dem Eingang gab es weiße Pagodenzelte, die nicht wirklich zur Kulisse passten. Der Platz strahlte etwas Besonderes aus und die Düfte um sie herum ließen Lisa spüren, dass der Salat bei Max zwar gut, aber für diesen Abend doch nicht ausreichend war.

Max musste es genauso gehen. »Wollen wir in eines dieser Zelte hineingehen und etwas Köstliches probieren? Dort gönnen wir uns ein gutes Glas Wein, und das Essen kann sich hier auch sehen lassen. Obendrein ist alles frisch zubereitet.«

Lisa stimmte zu. Sie hatten wieder Glück und bekamen einen Sitzplatz. Im Pagodenzelt war es gemütlich warm. Bei dem kühlen Wind draußen war die Entscheidung, ins Zelt hineinzugehen, genau das Richtige. Es war gut geheizt, aber nicht nur deshalb wurde Lisa sehr schnell warm. Der Wein trug genauso dazu bei und sie musste aufpassen, erst etwas zu essen, bevor sie ein zweites Glas trank. Im Gegensatz zu Max, der auch das zweite Glas heißen Sanddorn mit Schuss gut vertrug.

Lisa genoss das harmonische Miteinander mit ihrem Freund. Er war fürsorglich und ließ sie spüren, dass er die gemeinsame Zeit mit ihr genauso genoss wie sie. Zwar hatte sie sich tagsüber bereits auf den Tanzabend gefreut, doch die wohlige Wärme und das zweite Glas Wein machten es ihr schwer, sich spontan aus dem wärmenden Zelt zu lösen.

»Wenn wir pünktlich sein wollen, sollten wir jetzt fahren«, meinte Max und sah demonstrativ auf seine Armbanduhr runter.

»Du hast recht, es ist schon spät und ermitteln müssen wir auch. Gut, dass Francesco und Susanna da sein werden. Sie kennen die Tänzer und werden uns behilflich sein.«

»Aber denk daran, eigentlich sind wir vor allem wegen dem Tango da.«

»Keine Sorge, ich werde dich niemals vernachlässigen.«

Inzwischen hatte sich am Charlottenburger Schloss eine kaum überschaubare Menschentraube eingefunden, alle wollten die fantastische Kulisse genießen.

»Ich hätte es besser wissen sollen, am Wochenende ist es hier immer besonders voll. Das tun wir uns in deiner kurzen Zeit hier nicht mehr an.«

»Wieso? Ich fand es sehr schön und der Wein hat auch prima geschmeckt«, neckte Lisa ihren Freund.

»Außerdem sieht das bei mir in Rostock am Wochenende nicht anders aus.«

»Da bin ich aber beruhigt, dass ich die richtige Wahl getroffen habe und das Gedränge dich nicht nervt.«

Lisa streichelte Max über den Kopf.

Wenig später sahen sie aus der Ferne bereits die Lichter der Villa *El Gato* grell leuchten.

»Hast du auf den Karten die Namen der Musiker gelesen? Da steht: Benjamin am Piano & Pablo am Bandoneon.«

»Ja, sie sollen schon 2014 das Tangoquartett *Hora Cero* gegründet haben. Touren jetzt aber vor allem zu zweit durch ganz Europa. Also erwartet uns erstklassige Livemusik.«

»Das passt zu einem guten Tango und wird garantiert ein musikalischer Leckerbissen sein.«

Voller Erwartung betraten sie die Villa und blieben sofort wieder stehen. Die meisten Plätze waren besetzt, was sie zwar so erwartet hatten, aber die schiere Menschenmenge erstaunte Lisa.

Im hinteren Bereich winkte ihnen Francesco zu. Freudig, weil neben Francesco zwei freie Stühle standen, liefen Max und Lisa zu ihm.

»Wir haben für euch reserviert. Gut, dass ihr pünktlich seid, länger hätte ich die nicht freihalten können. Ihr seht selbst, was hier los ist.«

»Danke, dass du an uns gedacht hast«, sagte Lisa.

»Ich hatte gestern vergessen, euch zu sagen, dass unsere Tangonacht zwar jeden Freitag stattfindet, doch die Veranstalter haben für heute ein besonderes Duo eingeplant.«

»Das spricht sich natürlich rum«, fügte Susanna hinzu und begrüßte die Ankommenden mit einem Kopfnicken.

»Heute sind Benjamin und Pablo die speziellen Gäste bei diesem Event. Sie beginnen zuerst, danach werden Susanna und ich unseren Tanz zum Besten geben. Ihr werdet auch andere Paare kennenlernen. Das wird ungefähr bis 23 Uhr dauern. Anschließend beginnt die eigentliche Tangonacht für alle Level.«

»Unsere erste Tangonacht, ich bin gespannt, was uns erwartet.«

Susanna sah Lisa lächelnd an. »Das kann ich gut verstehen, so ging es mir selbst am Anfang. Ein Paar wird leider nicht dabei sein, Adam und Ava. Das waren unsere Favoriten. Sie brauchten keine Lehrstunden, bei ihnen lag der Rhythmus einfach im Blut. Sie waren sowas wie das Vorzeigepaar und ergänzten sich perfekt.«

Als Susannas Stimme stockte und sie plötzlich eine Pause machte, weil offenbar ihre Stimme versagte, ergänzte Francesco: »Erinnert ihr euch an den Unfall gestern Abend? Der Verunglückte war Avas Tanzpartner. Sie und Adam tanzten in den letzten Monaten meistens zusammen und waren das perfekte Paar. Nur weil sie heute nicht tanzen, sind Susanna und ich eingesprungen. Ausnahmsweise, denn die erste Stunde gehört vor allem denen, die sich im Club zu sehr guten Tangotänzern entwickelt haben.«

Lisa horchte auf. Sie drehte sich zu Max. »Manchmal meint der Zufall es wirklich gut!«, flüsterte sie ihm zu.

Max antwortete mit einem kaum wahrnehmbaren Nicken und wandte sich stattdessen an Francesco. »Hast du Ava Anderson heute schon gesehen?«

»Nein, aber ehrlich gesagt habe ich auch nicht nach ihr Ausschau gehalten.«

»Wenn du sie sehen solltest, gib uns bitte Bescheid!« Lisa überlegte, ob sie sich Francesco gegenüber öffnen sollte, aber das wollte sie für später aufheben.

»Wieso kennt ihr die beiden überhaupt?« fragte Francesco erstaunt.

»Nach unserem Kurs am Dienstag hatten wir sie und Adam tanzen sehen und waren total begeistert. Eigentlich hatten wir gehofft, ihnen noch einmal zu begegnen, das ist ja jetzt nicht mehr möglich.«

»Hatte sie auch andere Tanzpartner?«, preschte Lisa etwas vor und war froh, dass die Musik nicht eingesetzt hatte.

»Nein, sie nicht. Ava war eigen und besonders wählerisch. Es gab ohnehin selten Tänzer, die sich überhaupt getraut hätten, sie zum Tanzen aufzufordern. Bei Adam war das anders. Der hatte vor Ava eine andere feste Tanzpartnerin. Selbst als diese eine Anfängerin war, hatte er regelmäßig mit ihr getanzt. Das hatte sie wohl nie vergessen und war sehr enttäuscht darüber, dass er sie seit einem Jahr mied. Von dem Zeitpunkt an, seit er Ava in der Villa tanzen sah, wollte er sie, und beide tanzten mit keinem anderen mehr.«

Susanna unterbrach Francesco: »Für Anfänger, die keinen festen Tanzpartner haben, ist es besonders schwer, aufgefordert zu werden.«

»Genau, Hannah, so heißt Adams ehemalige Tanzpartnerin, saß meist rum und wurde kaum aufgefordert.«

»Entschuldige«, unterbrach Max jetzt Susanna.

»Ich habe da eine Frage. Ist das im Umkehrschluss wie ein Glücksspiel, ob die Tänzer, die ohne Partner herkommen, überhaupt aufgefordert werden?«

»So ähnlich kann man das bezeichnen«, mischte sich Francesco ein.

»Aber es gibt unterschiedliche Möglichkeiten, um Tango zu tanzen. Frauen tanzen mit Frauen oder Männer mit Männern. Beim Tango gibt es nicht den klassischen Tanz zwischen Mann und Frau.«

»Ach, das ist interessant, das wusste ich gar nicht«, zeigte Max sich erstaunt.

»Mir fällt gerade ein, dass Hannah eine Zeit lang mit Ava getanzt hat. Sie war es ja, die damals Ava mitbrachte. Sie tanzten immer sehr innig, weshalb alle glaubten, sie wären ein Liebespaar. Dann forderte Adam Ava zum Tanzen auf und verbannte Hannah damit von der Tanzfläche.«

Max und Lisa schauten sich fragend an. Susanna und Francesco gingen, um sich für die Präsentation ihres Tanzes fertig zu machen.

Lisa nutzte ihre Abwesenheit, um sich mit Max zu verständigen. »Das ist eine echte Neuigkeit, die ein völlig neues Bild auf die Tat des Giftanschlags wirft, was meinst du? Auf die Möglichkeit, dass eine weitere Frau für die Tat infrage kommt, wäre ich allein nicht gekommen.«

Die Musik setzte auf einmal ein und Lisa musste sich ihre Gedanken für später aufheben. Sie wollte sich und Max nicht die erste Tangonacht verderben.

Alle im Saal lauschten den argentinischen Klängen. Mit den gefälligen Rhythmen bekam Lisa das Gefühl, dem Gespür für den Tango näherzukommen und eine Leidenschaft für diesen zu entwickeln. Sie warf einen kurzen Blick zu Max und merkte, dass es ihm ähnlich gehen musste. Doch nach drei Titeln war erst mal Schluss mit der Livemusik. Die zwei Musiker machten eine Pause und der Discjockey *Comandante de los Cortineros* bereitete sich auf seinen Start für die zweite Phase des Abends vor.

Endlich konnte Lisa ihre gelernten Schritte auf dem Parkett weiter vervollständigen.

Francesco holte von der Bühne ein Mikrofon und ging zur Mitte des Saals. »Für die neuen Tänzer unter euch stellen wir uns erst mal vor. Ich bin Francesco und gehöre beinah zum Inventar des Hauses, genau wie meine Tanzpartnerin Susanna. Für uns ist der Tango mehr als ein Lebensgefühl. Wir genießen die Emotionalität und die Nähe, die anonym ist, keine Verpflichtungen nach sich zieht und nur für die Zeit des Tanzes existiert. Ich will damit sagen, dass wir ein Tanzpaar sind, aber kein Paar im eigentlichen Sinn, also wir sind nicht verheiratet.«

Im Saal sah man viele verständnisvolle und schmunzelnde Gesichter.

»Für uns ist der Tanz eine alltägliche Erfahrung außerhalb des Alltags. Und gleichzeitig bietet er Schönheit in der Musik, der Bewegung, der Kleidung und dem Ambiente.

Der britische Schriftsteller George Bernard Shaw sagte einmal, dass der Tango der »Vertikale Ausdruck eines horizontalen Verlangens« sei. Wir wollen euch mit unseren Tangonächten die Möglichkeit bieten, selbst zu schauen, welchen Platz dieser Tanz in eurem Leben einnehmen kann. Auf alle Fälle kann ich versichern, dass dieser Tanz euer Leben verändern wird. Aber lasst uns mit dem zweiten Teil weitermachen. Susanna und ich, sowie drei weitere Paare werden in jeder Session ihre persönliche Variante des Tanzes vorstellen. Danach seid ihr herzlich eingeladen, mitzumachen. Wir starten sofort.«

Francesco hörte mit seiner Rede auf, und die Musik des Discjockeys setzte ein und wurde allmählich lauter. Francesco und Susanna begannen mit ihrem Tanz. Sie schienen in bester Form zu sein und gaben alles. Nicht nur Lisa und Max sahen ihnen beeindruckt zu.

In diesem Moment konnte Lisa sogar den Gedanken an Ava verdrängen. Sie war ganz mit der Musik und der eindrucksvollen Darbietung der Tänzer verbunden.

Endlich, nach den drei Schautänzen war es soweit, sie konnte selbst mit Max und den anderen die Tanzfläche betreten. Anfangs war Lisa etwas unsicher, das verging aber bald. Max hielt sie fest in den Armen und tanzte souverän in aufrechter Haltung, beinah, als machte er das jeden Samstag. Lisa fühlte sich in seinen Armen sicher und das Setzen der Füße klappte ziemlich gut, ohne dass die sich verhakten.

Nach drei Tänzen war erst einmal Schluss und Zeit für die erste Pause. Francesco begrüßte sie am Tisch.

»Gratuliere, ihr gebt bereits nach zwei Kurseinheiten eine gute Figur ab. Offenbar seid ihr Naturtalente.«

»Danke für das Kompliment. Wir haben auch wirklich sehr gute Lehrer«, antwortete Max grienend.

Francesco lachte mit.

Lisa saß direkt neben ihm und konnte sich eine weitere Frage nicht verkneifen, die in Richtung ihrer Recherchen ging. »Ich muss an unser voriges Gespräch anknüpfen. Was meinst du, Francesco, da hat einer dem anderen den Tanzpartner weggenommen, da gibt es ja gleich mehrere Möglichkeiten, wütend zu sein.«

Max fügte hinzu: »Auf alle Fälle muss einer auf der Strecke geblieben sein. Für mich stellt es sich so dar, als wäre das die Tanzpartnerin von Ava. Kann das sein?«

»Die Frage lässt sich nicht so klar beantworten, und ehrlich gesagt habe ich mir bisher keine Gedanken darüber gemacht. Wieso ist das so wichtig?«

Lisa fühlte sich ertappt und musste jetzt wohl mit offenen Karten spielen, wenn sie den Tanzlehrer auf ihrer Seite haben wollte. »Entschuldige, ich habe dir nicht gesagt, dass ich an der Aufklärung des Giftanschlags beteiligt bin.«

»Wie beim Ermitteln? Du? Bist du etwa bei der Kripo?«

»Ja.«

»Wenn das so ist, biete ich dir natürlich meine Hilfe an. Sicher steht dir auch Susanna gern zur Verfügung.«

»In erster Linie wollen wir die Tangonacht genießen, aber falls du eine Telefonnummer von Ava hast oder sogar die Adresse, könnte mir das unter Umständen helfen.«

»Nur die Telefonnummer, ich schau gleich mal nach.« Francesco holte sein Handy hervor und notierte Lisa die

Nummer. Er war gerade mit der letzten Ziffer der Telefonnummer fertig, als die Musik erneut einsetzte und das zweite Tanzpaar auf der Tanzfläche erschien. Lisa nickte ihrem Tanzlehrer dankend zu und war schon wieder im Beobachtermodus. Sie hatte bis jetzt, mehr Informationen erhalten als erhofft. Ab jetzt wollte sie ihr Interesse nur auf Max richten.

Die Musik wurde langsamer und das Paar tanzte enger. Sie setzten die Füße gekonnt und mit harmonischen Schritten, wobei sich die Partner aneinander lehnten und einfache Geh- und Drehschritte ausführten. Dieser Stil gefiel Lisa besonders gut. Es gab eine Menge, das sie lernen musste.

Das momentane Tanzpaar forderte jetzt alle anderen im Saal auf, es ihnen gleich zu tun. Die Fläche wurde allmählich voll, auch Lisa und Max waren dabei.

In diesem Wechsel ging es bis zum frühen Morgen weiter. Lisa fühlte sich in den Armen von Max nicht nur sicher, sie erlebte vielmehr den Gleichklang, der zwischen ihnen entstand, weil jeder ein Stück seiner eigenen Wünsche wegsteckte, um sich ganz auf den anderen einzustellen.

War das etwa das Geheimnis des Tangos? Drei Minuten absolute Glückseligkeit? Lisa wusste bereits jetzt, sie würde den Tango immer wieder tanzen wollen, und am liebsten natürlich mit Max.

Plötzlich kam ihr die Frage in den Sinn, ob womöglich auch Ava, Adam und Hannah so gefühlt hatten. Wie leicht wurden Gefühle verletzt und was konnte daraus alles entstehen? Einiges davon erlebte Lisa täglich auf der Arbeit. Diesen Gedanken behielt sie erst einmal für sich. Sie tanzte mit Max bis zum letzten Ton, glücklich und alles von sich gebend. Sie kommunizierten in harmonischer Weise nonverbal miteinander. Lisa fühlte sich Max nicht nur körperlich, sondern auch seelisch verbunden. Doch die Konzentration auf den Tanz bedeutete auch pure Anstrengung, die sie erst bemerkte, als die Musik bereits verstummte.

10. Kapitel

Freie Tage

Als Lisa am Morgen das erste Mal ihre Augen öffnete, überlegte sie für einen Moment, wo sie war. Sie waren erst weit nach Mitternacht zu Hause angekommen und hatten ihre Zweisamkeit genossen. Dabei sprachen sie nicht nur vom Tango und was mit diesem zusammenhing, sondern auch über ihr bisheriges Leben. Lisa erfuhr eine Menge, auch von seiner Familie. Max war ein waschechter Berliner und seine Eltern wohnten ganz in der Nähe seiner Wohnung. Er hatte einen jüngeren Bruder, der an der Technischen Universität studierte. Der Lebensweg von Max schien sehr gradlinig verlaufen zu sein. Er interessierte sich natürlich auch für Lisas Geschichte, die sie mit knappen Worten umriss. Sie erzählte Max von den Problemen, die sie mit ihrem Vater in der Vergangenheit hatte. Für Max war das nichts Neues, er hatte genauso eine rebellische Zeit hinter sich. Lisa deutete kurz an, dass sie ein Jurastudium abgelehnt hatte. Nur das Warum ließ sie bewusst aus. Der Vorfall im Wald hätte nur die harmonische Stimmung zwischen ihnen gestört. Später würde es eine passendere Gelegenheit geben, ihm von dem Mordanschlag auf sie und den Vorgängen, die dazu führten, zu berichten.

Jetzt aber wollte sie die wohlige Wärme genießen, die Max neben ihr ausstrahlte. Sie konnte sich kaum erinnern, je so eine angenehme, auch körperliche Nähe erlebt zu haben. Max atmete tief und gleichmäßig. Eine besondere Aura umgab ihn, etwas, das Lisa nicht klar definieren konnte. Gerade genoss sie den betörenden Duft von Moschus, der kraftvoll und warm zu ihr vordrang. Eine Welle von Männlichkeit gepaart mit einem Hauch von Orient. Ein magischer Wohlgeruch, der ihr gleich bei der ersten Begegnung gefiel. Sie betrachtete sein schlafendes Gesicht, das Geborgenheit und Ruhe ausstrahlte. Lisa konnte nicht anders, sie musste es tun. Vorsichtig lehnte sie sich über ihn und küsste sanft seine Stirn. Als sie seinen Mund berühren wollte, wachte er auf. Kaum öffneten sich seine Augen, strahlte er über das ganze Gesicht. Jemand, der so früh lächelte, konnte kein Morgenmuffel sein.

»Wie schön, dass du da bist. Ich habe geträumt, dass du gestern Abend gegangen bist.« Max nahm Lisas Gesicht in seine Hände, küsste sie zärtlich auf die Stirn und streichelte ihr Haar. Lisa legte ihren Kopf an seine Schulter.

»Es ist so harmonisch mit dir, obwohl wir uns erst seit Kurzem kennen«, flüsterte Max ihr zu. »Ich kann mir nicht mehr vorstellen, dass sich das ändern wird.«

Lisa war glücklich, Max fühlte offenbar genau wie sie. Sie suchte seinen Mund, um ihn voller Leidenschaft zu küssen. Ihre Gefühle trugen Flügel und brachten sie fort vom Hier und Jetzt. Bis sie sich erschöpft und glücklich in Max' Armen wiederfand, sich festhielt und jede Minute ihrer engen Zweisamkeit genoss.

Ihnen stand zum ersten Mal ein Samstag ohne Verpflichtungen bevor und Max ließ es sich nicht nehmen, Lisa gleich am Morgen zu verwöhnen. Er präsentierte einen liebevoll gedeckten Frühstückstisch und vergaß selbst kleinste Details wie ein Omelett aus frischen Zutaten nicht.

»Es ist lange her, dass ich Frühstück für Zwei zubereitet habe«, sagte er, als Lisa sich zu ihm an den Tisch setzte.

»Dafür sieht alles aber ziemlich gekonnt aus. Du scheinst nicht aus der Übung zu sein. Ich finde, das kann so bleiben«, neckte sie ihn.

»Dann solltest du am besten nicht mehr abreisen und gleich hierbleiben«, gab er gut gelaunt zurück.

Lisa hielt kurz inne, denn sie wussten beide, dass ihre Stunden begrenzt waren.

»Lass uns lieber überlegen, wie wir unseren ersten gemeinsamen freien Tag verbringen wollen«, lenkte Max ab.

»Ein Museumsbesuch wäre nicht schlecht.« Lisa hatte auf dem Sideboard einen Flyer gesehen und sie hatte richtig getippt. Max hatte sich genau in dieser Richtung etwas einfallen lassen. Er nahm den Flyer, den Lisa vorhin gesehen hatte, und schlug einen Besuch im Pergamon Museum vor. »Das Museum wurde erst Anfang November wiedereröffnet und zeigt das Panorama einer antiken Metropole bei Tag und Nacht.« Max holte weitere Prospekte bevor. Lisa staunte nicht schlecht darüber, wie gut sich ihr Freund vorbereitet hatte. Sie blätterte in dem Prospekt und las laut daraus vor: »Im Panorama ist die römische Zeit unter Kaiser Hadrian dargestellt. Eingebettet in die Terrassen der Akropolis auf einem 300 Meter hohen Berg fügen sich die imposanten Bauwerke mit ihren Tempeln und einem Theater ein.«

Als sie mit dem Lesen fertig war, ergänzte Max: »Ich habe extra mit dem Besuch dort gewartet, bis du hier bist. Ich wusste, dass es dir auch gefallen wird. Außerdem wollte ich unbedingt mit dir zusammen hingehen. Das Rundgemälde von Yadegar Asisi ist wunderschön. In Dresden und Leipzig habe ich schon einiges von ihm gesehen.«

Verlegen und zugleich froh über seine aufmerksame Geste bekundete Lisa schnell ihr Interesse. »Toll und ganz nach meinem Geschmack. Du hast an alles gedacht.«

Sie freute sich natürlich darüber, dass Max eine Idee nach der anderen aus dem Hut zauberte, gleichzeitig fiel ihr der nächste Tangokurs mit Susanna und Francesco ein. Francesco hatte versprochen, einiges in Erfahrung zu bringen. Dabei ging es nicht nur um Avas Adresse, sondern auch um die von Hannah. Lisa wollte in jedem Fall fit und gut vorbereitet sein, um am Montag in der Dienststelle schnell weiterzukommen.

Als könnte Max ihre Gedanken lesen, brachte er sofort seine Vermutung heraus: »Bis zum Abend bleibt uns viel Zeit. Lass uns erst den gemeinsamen Tag genießen.«

»Du hast ja recht, aber die Geschichte kreist, ohne dass ich es will, immer wieder in meinem Kopf herum.«

»Heute Abend unterstütze ich dich, so gut es möglich ist. Eine einzige Bitte habe ich dabei.«

Lisa schaute Max erstaunt an.

»Vergiss bei all deinen Recherchen mich nicht«, meinte er im versöhnlichen Ton.

»Auf keinen Fall. Ich passe auf, Dienst und Privates zu trennen. Deine Gegenwart lässt ohnehin nichts anderes zu.«

Für die Fahrt in die City und den geplanten Museumsbesuch wollten sie sich ausreichend Zeit lassen.

Deshalb entschieden sie sich für die U-Bahn. Das war in Berlin das beste Verkehrsmittel, um von A nach B zu kommen, genauso entfiel die Suche nach einem Parkplatz.

Das Museum war gut besucht, doch die Warteschlange wurde bald kürzer. Sie kamen zügiger voran, als sie zuvor gedacht hatten. Nach einer knappen halben Stunde war die Warterei vorbei und sie betraten erwartungsvoll die neuen Räume im Pergamon Museum. Es begann eine unbekannte Reise in die Antike und damit in die Vergangenheit rund um die Welt. Interessiert betrachteten sie das Ischtar-Tor. Das babylonische Stadttor zählte zu den ursprünglichen Sieben Weltwundern der Antike. Allein dieser Anblick war grandios, aber Max hatte sich nicht ohne Grund gerade jetzt für einen Besuch entschieden. Auf großflächigen Bildern wurden den Besuchern in einem atemberaubendem Panorama Nachbildungen der antiken Stadt Pergamon aus dem Jahr 129 v. Chr. gezeigt. Lisa hatte sich die Daten von den Tafeln am Eingang gemerkt.

Nach gut zwei Stunden verließen sie die Museumsräume. Nicht nur Lisa war überwältigt, beide brauchten frische Luft, um sich von den Eindrücken zu erholen.

»So ein Museum sucht man in Rostock vergeblich; du hast mit deiner Wahl voll ins Schwarze getroffen und das Warten hat sich gelohnt.« Hierin waren sich beide schnell einig. Ein überwältigendes Panorama mit erstaunlichen Bildern hinter einer beeindruckenden Kulisse. Max merkte, dass ihm gelungen war, Lisa abzulenken.

»Das war eine tolle Reise in die Antike«, wiederholte Lisa sich. »Jetzt muss ich mich anstrengen, in die Gegenwart zurückzukommen.«

»Das wird schneller möglich sein, als du denkst. Bei dem trockenen Wetter lass uns bis zum Berliner Dom laufen. Aber besuchen werden wir ihn ein anderes Mal, das würde heute unseren Zeitrahmen sprengen.«

Stattdessen liefen sie weiter bis ins Zentrum, dem Alexanderplatz. Besonders der Ostteil Berlins zeigte eine Menge historischer Gebäude. An einem milden Sommertag mussten sie besonders attraktiv sein. Die Kälte ließ die beiden schneller laufen durch die Höfe des Humboldtforums und die Schlüterhöfe.

»Beim letzten Mal, als ich in der Stadt war, gab es sogar noch den Palast der Republik. Jetzt steht schon das Berliner Schloss an seiner Stelle.«

»Dann dürfte dein letzter Besuch einige Jährchen her sein.«

»Genau, den Wiederaufbau des Schlosses hatte damals niemand auf dem Schirm.«

»Inzwischen kann es jeder bestaunen.«

»Den Wiederaufbau habe ich nur hin und wieder in den Medien verfolgt.«

»Das war bei mir nicht anders. Hier bin ich nicht oft unterwegs. Meinst du, wir können bis zum Fernsehturm laufen?«

»Klar, da wir ihn die ganze Strecke vor uns sehen, muss ich auch einmal vor ihm stehen.«

Sie liefen weiter und erreichten den Telespargel, wie ihn die Berliner liebevoll nannten, schneller als gedacht.

»Ein deftiges Essen wäre jetzt nicht schlecht«, bemerkte Max.

Auch bei Lisa stellte sich Appetit ein, und als sie vor der großen Treppe standen, die in den Turm hineinführte, kam ihr eine Idee. »Oben gibt es ein Restaurant.

Früher jedenfalls gab es eins direkt in der Kuppel. Sie dreht sich innerhalb einer Stunde einmal um die eigene Achse. So kann man, während man isst, die Stadt bequem betrachten.«

Max fand das interessant und sie entschieden sich für das Restaurant in luftiger Höhe. An einem Automaten zogen sie die Karten, die zum Betreten des Fahrstuhls nötig waren.

In so einer Höhe zu speisen, war etwas besonders und versprach, ein spannendes Erlebnis zu werden. Oben angekommen, bekamen sie erstaunlicherweise gleich einen Tisch. Kaum dass sie saßen, bot sich ihnen ein grandioser Blick über die Stadt. Gleichzeitig konnten sie ihren Appetit an einem Büffet stillen. Berlin schlich im Sekundentakt an ihnen vorbei und Lisa erinnerte sich auf einmal an früher.

Ostberlin lernte Lisa zum ersten Mal im Vorschulalter kennen. Das war lange vor der Wende. Ihre erste Aufmerksamkeit galt damals vor allem dem Alexanderplatz, wo ihre Familie den Weihnachtsmarkt besuchte. Das war zu der Zeit ein Muss für jeden Besucher Ostberlins. Drei Jahre lang fuhren ihre Eltern mit ihr dorthin, um die Weihnachtszeit spannend zu halten.

Lisas Kindheitserinnerungen wurden lebendig und sie begann zu erzählen: »Meine Familie fuhr vor allem nach Berlin, um dem Mann im roten Anzug mit weißem Rauschebart einen Besuch abzustatten, und nie fuhren wie heim, ohne ein Foto von ihm und mir zu machen. Die Bilder zeige ich dir später mal.«

Max schmunzelte und schaute Richtung Alexanderplatz. »Dann wird es Zeit für ein neues Foto.«

»Mein Bedarf ist gedeckt«, gab Lisa lächelnd zurück, noch immer ihre Kindheitserinnerungen vor Augen.

Vielleicht war das ein Zeichen, ihre Eltern anzurufen? Jedenfalls würde sie ihnen von Max erzählen, sobald sie zurück in Rostock war.

Beim Thema Weihnachtsmarkt fragte sie sich, ob es bei Max und seiner Familie auch bestimmte Rituale gab. Bisher hatte er nur wenig von seiner Familie berichtet.

Langsam wurde es schummrig. Die Lichter der Stadt gingen überall fast gleichzeitig an, so als hätte jemand einen Schalter umgelegt. Von oben sah Berlin gleich größer aus.

Max schaute auf die Uhr. »Gut, dass wir mit den öffentlichen Verkehrsmitteln unterwegs sind. Wir können direkt in die U2 einsteigen, die hält am Theodor-Heuss-Platz und wir sind schnell zu Hause.«

»Stimmt, wir brauchen auch Zeit für den Rückweg, und der eigentliche Höhepunkt dieses Tages steht erst bevor.« Lisa behielt wie Max die Zeit im Auge. Sie hatte längst festgestellt, dass Pünktlichkeit eine seiner Stärken war.

In der U-Bahn stimmten sie darin überein, dass Lisa allein in ihre Wohnung gehen würde. Nach dem Stadtbummel wollte sie für sich sein, um sich zu sammeln und für den Abend vorzubereiten. Viel Zeit blieb ohnehin nicht, zwei Stunden später wollte Max sie abholen.

In der Wohnung ließ sie die Tangonacht und den Tag gedanklich Revue passieren. Nebenbei suchte sie sich bequeme Sachen für den Tanzkurs am heutigen Abend heraus. Sie war kaum eine Woche in Berlin und es hatte sich jede Menge ereignet. Vor allem die Stunden, die sie mit Max verbrachte, vergingen zu schnell. So kam es, dass sie seit zwei Tagen nicht an ihre Rostocker Kollegen gedacht hatte. War das nun ein gutes oder eher ein schlechtes Zeichen?

Sie stellte sich unter die Dusche und ließ das warme Wasser lange über ihren Körper laufen, das war wohltuend und entspannend zugleich. Danach wickelte sie geschickt ein wohlig warmes Badetuch um ihren Körper. Für einen kurzen Moment legte sie sich auf die Couch; wenig später wachte sie erschrocken auf. Sie war eingeschlafen, gut, dass es ein Minutenschlaf war. Dafür fühlte sie sich umso ausgeruhter und alles, was folgte, ging ihr flott von der Hand. Ein Blick zur Uhr zeigte, dass etwas Zeit blieb, um sich für ihre Recherchen einige Punkte zu notieren. Sie holte einen Block und schrieb zu allem Eckdaten auf, was sie bisher von Adam, Ava sowie Hannah wusste. Sie setzte die Namen untereinander und machte Pfeile, um Verbindungen herzustellen. Wenn alles glattlief, würde sie heute Abend weitere Informationen von Francesco erhalten, mit denen käme sie unter Umständen ein großes Stück voran.

Hauptkommissar Stolberg aus Kreuzberg würde staunen. Doch Lisa wollte ihre unmittelbaren Kollegen im LKA nicht vergessen. Ihr Ziel bestand darin, in der verbleibenden Woche alles zu geben, um den Fall während ihrer Zeit in Berlin zu lösen.

Sie überlegte. Gab es tatsächlich einen Fall? Eine klare Bestätigung gab es nicht, bisher lagen keine eindeutigen Beweise für einen Mord vor. Diese Lücke musste schnell geschlossen werden.

Es klingelte. Lisa war startklar. Sie nahm Jacke und Tasche vom Haken und lief schnell nach unten. Max und sie hatten vorher vereinbart, dass er dort auf sie warten sollte.

»Das ging flott. Ich dachte ich würde dich in großer Hektik erwischen.«

»Ich bin gut organisiert, außerdem ist Hektik für uns Mecklenburger ein Fremdwort.«

Lächelnd küsste er sie. »Wir sind eben ein echtes Dream-Team.«

Lisa nickte nur. Sie war mit ihren Gedanken noch nicht bei Max und dem Tangoabend angekommen. Doch sie kannte sich, in seiner Gegenwart gelang es ihr immer, sich von Ava und Adam zu lösen.

»Meine Eltern würden dich gern kennenlernen, was hältst du davon?«, fragte Max.

»Das freut mich. Aber meinst du nicht, dass es etwas zu früh ist? Wir kennen uns nicht so lange.«

»Lange? Das ist doch relativ! Wenn du Interesse hast, sollten wir das im Blick behalten, solange du in Berlin bist.«

Lisa freute sich. Max meinte es ernst mit ihr.

»Bist du eigentlich bereit für unseren dritten Tanzkurs?«

»Was meinst du, wie ich mich darauf freue!«

»Ich muss daran denken, dass heute Halbzeit ist, damit meine ich, dass du in einer Woche abreisen wirst.«

»Dann kommst du als nächstes zu mir nach Graal-Müritz. Eine Kostprobe von unseren Herbststürmen hattest du ja bereits.«

»Wenn du mich einlädst, kann ich schlecht Nein sagen.«

»Das sehe ich genauso, aber noch sind wir eine Woche zusammen, das ist nicht wenig.«

»Richtig, dazu gehören sogar auch drei Tanzkurse. Ich bin auf den Geschmack gekommen. Es ist ein guter Ausgleich zu unseren anstrengenden Jobs.«

Als Max die eine verbleibende Woche erwähnte, kam Lisa in eine melancholische Stimmung. Der Abschied wird ihr schwerfallen. Zum ersten Mal seit langer Zeit entwickelte sie diese tiefen Gefühle. Immerhin blieb ihnen eine ganze Woche und die wollte sie mit ihrem Freund intensiv nutzen.

Weithin sichtbar strahlte die Villa im vertrauten Licht. Max und Lisa waren angekommen. Lisa zog bereits im Auto die Stiefel aus und tauschte diese gegen Tanzschuhe, dann betraten beide voller Freude das *El Gato*. Lisa war gespannt auf Francescos Neuigkeiten und vor allem auf den gemeinsamen Tanz mit Max. Was für eine gute Fügung, dass er wie sie, den Tango mochte. Ein erstes gemeinsames Hobby. Lisa lächelte. Das war ein guter Start für eine gemeinsame Zukunft.

11. Kapitel

Sechster Tag im Landeskriminalamt

Das Wochenende war abwechslungsreich und viel zu schnell vergangen. Lisa erschien es, als wäre es eine Ewigkeit her, seit sie zuletzt das große Dienstgebäude am Platz der Luftbrücke betreten hatte.

Zu ihrem großen Erstaunen saßen Martin und Frank auf ihren Plätzen, sie schienen sich intensiv mit einem Vorgang zu beschäftigen.

»Moin, seid ihr aus dem Bett gefallen oder habt ihr die Dienstzeit vorverlegt?«

»Grüß dich auch«, antwortete Martin freundlich. »Reiner Zufall, aber dir geht es ja nicht anders.«

»Stimmt, ich habe Neuigkeiten mitgebracht, die den Giftanschlag an Adam Weber betreffen. Die muss ich unbedingt mit euch besprechen.«

»Hast du etwa am Wochenende gearbeitet?«, hakte Frank erstaunt nach.

»Was denkst du? Natürlich, ich bin nicht mehr lange hier, da muss ich mich ranhalten.«

»Lass uns nicht länger zappeln, scheint echt wichtig zu sein.«

Martins Ungeduld schien echt zu sein, und Lisa freute sich, dass die Männer inzwischen am Giftanschlag interessiert waren.

»Also, ich habe mich Freitag und Samstag in der Villa *El Gato* umgesehen.«

»Ja, und?« Martin ging es nicht schnell genug.

»Bingo, ich hatte Glück. Aber gut, mir kam mehr der Zufall zu Hilfe. Mein Tanzlehrer kannte die Tanzpartnerin des Opfers, und das ziemlich gut sogar. Er gab mir Ava Andersons Telefonnummer. Damit dürfte es kein Problem mehr sein, ihre Adresse herauszubekommen, wenn Hauptkommissar Stolberg die nicht schon herausgefunden hat. Ich bin mir aber nicht sicher, ob er sich bei seinen Ermittlungen auch um sie kümmert. Ja, und … da gibt es einen neuen Fakt. Der kam bisher gar nicht zur Sprache.«

»Ich bin gespannt«, meinte Frank skeptisch.

»Darfst du auch. Es gibt eine weitere Person, die eine Rolle im Vergiftungsfall spielen könnte. Ihr Name ist Hannah Ritter, sie ist die Verflossene. Mein Tanzlehrer berichtete, dass diese Hannah mehr als enttäuscht über die Abfuhr ihrer Tanzpartnerin gewesen sein dürfte.«

»Avas Verflossene?«, fragte Martin nach.

»Genau.«

»Dann waren die beiden Frauen mehr als nur ein Tanzpaar?«

»Kann möglich sein, ist aber nicht eindeutig gesagt worden. Sie haben miteinander getanzt, bevor Ava sich Adam zugewandt hat. Ob mehr dahintersteckt, ist mir nicht bekannt.«

»Aha.«

»Hannah ließ sich jedenfalls nicht mehr im *El Gato* blicken, und ihre Freundin und Adam wurden das neue Traumtanzpaar.«

»Aber, was soll das schon bedeuten? Sie hat festgestellt, dass sie chancenlos ist, und hat sich einfach zurückgezogen. Na und?«

»Kann sein, muss aber nicht. Ich denke, ein Gespräch ist fällig.«

»Du warst am Freitag bei Stolberg in Kreuzberg? Er sollte auf alle Fälle deine Neuigkeiten erfahren.«

»Danke Frank, dass du mich daran erinnerst. Ich habe mit Arno Stolberg ohnehin vereinbart, das wir uns engmaschig verständigen. Ich rufe ihn gleich an. Vielleicht weiß er inzwischen mehr vom Zwillingsbruder.«

Frank und Martin sahen sich erneut fragend an. »Zwillingsbruder?«

»Erzähl ich euch gleich, lasst mich erst mit Stolberg telefonieren.«

Lisa hatte während des Gesprächs ihren Mantel ausgezogen und ihren Laptop auf den Schreibtisch gestellt. Jetzt rückte sie das Telefon näher an sich. Als alles passend bereitstand, lehnte sie sich entspannt zurück und wählte die Nummer vom Kriminalkommissariat.

»Hauptkommissar Stolberg, Kripo Kreuzberg«, hörte sie eine bekannte Stimme.

»Hallo Herr Kollege, Lisa am Apparat. Wollte mich mit dir austauschen. Gibt es Neues von dem Zwillingsbruder?«

»Wir sind in der Frage etwas weitergekommen und haben in der Datei einen Bruder in Kempten ausfindig gemacht. Seine offiziellen Daten sind uns also bekannt. Habe ihn heute Früh sogar schon erreicht. Er schien zumindest am Telefon erschüttert und ist bereit, mit uns zu sprechen. Er weiß inzwischen auch, dass sein Bruder es nicht geschafft hat.«

»Also ist damit auch sicher, dass es um Mord geht?«

»Korrekt, das ist erwiesen. So eine Menge Gift nimmt keiner freiwillig, zumal die Wirkung schnell eintritt und eine geringere Menge gereicht hätte, ihn zu töten.

Der das getan hat, wollte ganz sichergehen, dass Adam Weber stirbt, und ließ es mit voller Wucht oder vielleicht sogar Wut geschehen.«

»Wut, aber warum?

»Das bekommen wir heraus. Und? Was gibt es bei dir? Du warst im *El Gato,* hast du als verdeckte Ermittlerin etwas herausbekommen?«

Lisa erzählte in knappen Worten, was sie von Francesco wusste und dass sie als nächstes die beiden Frauen ausfindig machen wollte.

»Okay, wenn du mehr Fakten hast und Kontakt zu den Frauen aufgenommen hast, informiere uns bitte zeitnah.«

»Klar« war Lisas kurze Antwort.

»Ich habe hier gerade einen anderen wichtigen Fall auf dem Tisch, der unsere ganze Aufmerksamkeit benötigt. Gut, dass du dich Adam Weber annimmst, damit entlastest du uns sehr.«

Lisa freute sich über Hauptkommissar Stolbergs anerkennende Worte, die vom anderen Ende der Leitung zu ihr vordrangen. Sie beendete schnell das Gespräch, denn ihr entging nicht, dass Stolberg in Eile war.

»Wir bleiben in Verbindung. Sobald ich etwas herausgefunden habe, was den Verdacht des Giftanschlags bestätigt, melde ich mich.«

»Okay, dann weiter viel Erfolg und einen guten Spürsinn! Ach ja, sowie der Bruder seine Aussage gemacht hat, halte ich dich auch auf dem Laufenden.«

»Alles klar!« Lisa legte auf und sah, dass die Kollegen zu ihrer eigentlichen Arbeit zurückgekehrt waren. Als sie ihren Laptop öffnete, reichte Frank ihr einen Zettel, auf dem lediglich eine Adresse stand, mit der sie auf den ersten Blick nichts anfangen konnte.

»Das ist die Anschrift von Ava Anderson und Hannah Ritter, dort wohnten sie mal zusammen. Was immer das auch heißen mag.«

»Na, da dürfen wir wohl gespannt sein, wie sich das bei unseren Recherchen weiterentwickelt.«

»Da ist noch etwas, das ich für dich rausgesucht habe, und zwar die aktuellen Adressen der beiden Damen. Zumindest sind sie heute dort gemeldet, ob sie da wohnen, musst du selbst herausbekommen.«

Lisa suchte auf dem Laptop den Weg zu den genannten Adressen raus. Für öffentliche Verkehrsmittel eine beachtliche Entfernung, dachte sie gerade, als Martin offenbar ihren Gedanken erriet. »Du hast kein Auto hier, deshalb stelle ich mich als dein Fahrer zur Verfügung. Bei uns sind meist zwei Mann unterwegs. Pardon, oder eben Frau. Das wird bei euch in Rostock nicht anders sein.«

Martin erinnerte sie in seiner offenen Art irgendwie an Olli.

»Die Recherche fällt zufälligerweise in unser Ressort, und da du die Einwilligung von Dreyer hast, steht unserer Zusammenarbeit nichts im Wege. Meinetwegen können wir in dreißig Minuten starten«, schob er hinterher.

Lisa war hocherfreut über die freiwillige Unterstützung des Kollegen. »Danke Martin, und nicht nur, weil ich in der Stadt ortsunkundig bin. Ich beeile mich mit meinen Anrufen.«

Lisa war am Vortag mit Francesco so verblieben, dass sie ihn anruft. Er wollte mehr Informationen einholen, nach denen Lisa ihn gefragt hatte.

Lisa wählte seine Rufnummer, doch nur ein langes Freizeichen ohne Anrufbeantworter war zu hören.

Schade, dachte Lisa. Dann rief sie kurzentschlossen das Rostocker Kommissariat an.

»Heilmeyer am Apparat.«

»He Peter, schön deine Stimme zu hören. Eine Woche ist rum, kaum zu glauben. Bald habt ihr mich wieder.«

»Stimmt, die Zeit ist schnell vergangen. Wie weit seid ihr im Kreuzberger Fall?«

»Am Wochenende habe ich in der Villa, dem Ort des Geschehens, verdeckt ermittelt. Jetzt geht es mit den Kollegen hier weiter. Es gibt zwei heiße Spuren, denen wir nachgehen. Gut, dass mich dabei die Kollegen vom LKA unterstützen. Und was gibt es bei euch?«

»Du kennst die alltäglichen Geschichten. Seit gestern ist ein Mann verschwunden und wir setzen wie immer alle Hebel in Gang. Du kennst das, alle sind dabei und ich bin auch gleich weg.«

»Soll ich zurückkommen?«

»Nein, falls es nötig wird, gebe ich Bescheid. Aber mach dir keine Gedanken; wir haben eine Spur.«

»Drücke euch die Daumen, dass ihr den Mann findet.«

»Alles klar, hoffentlich bleibt dir etwas Zeit, die Stadt kennenzulernen?«

»Die habe ich mir freigeschaufelt, alles gut.«

»Dann weiter so, wir hören uns wieder.«

»Grüß die anderen.«

»Mach ich«, antwortete Heilmeyer und legte auf.

Lisa sah auf ihre Uhr, dann zu Martin, der an seinem Computer saß. Sie wählte Avas Handynummer, die Francesco ihr gestern gegeben hatte, nicht mal ein Anrufbeantworter sprang an. Länger wollte sie Martin nicht warten lassen und gab ihrem Kollegen das Zeichen.

»Martin, wenn du auch so weit bist, können wir meinetwegen los.«

»Gib mir fünf Minuten.«

»Geht klar.«

Lisa nutzte die Zeit, um den Anruf bei Ava Anderson zu wiederholen, doch ihr Versuch blieb erfolglos, genau wie vor wenigen Minuten.

Lisa überlegte laut: »Der Giftanschlag liegt mehrere Tage zurück, vielleicht stimmt meine Vermutung und die Frau hat etwas zu verbergen? Auch wenn wir sie bis jetzt nur als Zeugin suchen.«

Martin sah kurz auf. »Vielleicht ist sie im Funkloch? Wenn wir nicht weiterkommen, lokalisieren wir über GPS ihr Handy, dann wissen wir, ob sie überhaupt im Land ist.«

Der Fluchtversuch von Silke Peters fiel Lisa ein. Sie war nach Schweden geflohen, um einer Haftstrafe zu entgehen. Doch so weit waren sie in dieser Sache nicht. Es war nicht mal erwiesen, dass Ava Anderson mit dem Gift etwas zu tun hatte.

Martin zog seine Jacke an, als Zeichen, dass er bereit war. Lisa tat es ihm gleich. Das Auto stand auf dem Dienstparkplatz, der sich nur wenige Schritte entfernt befand.

Ava Anderson wohnte in Kreuzberg, in der Nähe des Landwehrkanals. Martin tippte die Adresse ins Navi und unterwegs rief Lisa Ava mehrmals an. Vergebens.

»Wir werden unsere Recherchen weiter ausbauen und in der Nachbarschaft herumfragen müssen, falls Ava nicht aufmachen sollte.«

Martin blieb skeptisch und bestätigte Lisas Ansicht nicht. »Aus meiner Sicht könnte eine Befragung der

Nachbarn schwierig werden. Die meisten ziehen sich zurück und wollen anonym bleiben.«

»In größeren Wohnblocks ist etwas anderes kaum möglich, aber hier könnten wir Glück haben.«

»Hoffen wir auf einen Zufall und machen anschließend gleich bei Hannah Ritter weiter, die wohnt in Tempelhof.«

»Gut«, schmunzelte Lisa.

»Da brauchen wir nicht quer durch die Stadt rasen. Tempelhof befindet sich in relativer Nähe zu Kreuzberg. Jedenfalls für Berliner Verhältnisse!«

Sie konnten direkt vor dem Haus parken. Vor ihnen stand ein sechsstöckiges Gebäude, dessen Bewohner einen großzügigen Blick über das Wasser des Landwehrkanals genießen konnten. Hier war die Hektik der Großstadt nicht zu spüren.

Sie stiegen zwei kurze Stufen hinauf, dann standen sie vor der Klingelleiste an der Wand des Hauses. Lisa fand schnell den Namen Anderson und drückte auf den Knopf. Martin schaute sich indes das Namensschild etwas genauer an.

»Scheint tatsächlich niemand zu Hause zu sein.« Lisa gab nach dem vergeblichen Klingeln auf und sah zu Martin. »Ich versuch's bei den Nachbarn.«

»Oder du klingelst hier?« Er deutete auf den Namen ›Ritter‹.

Lisa drückte auf den Knopf und eine undeutlich klingende Frage über den Lautsprecher erklang: »Wer ist denn da?«

Lisa nannte ihren Namen und der Türöffner wurde bedient, dann liefen beide schwungvoll die drei Treppen hoch, den Fahrstuhl ließen sie links liegen. Frau

Ritter wohnte genau wie Ava Anderson in der dritten Etage.

Oben wurden sie von den ängstlichen Augen einer älteren Frau begrüßt. Sie machte den Eindruck, als hatte sie lange keinen Besuch mehr.

»LKA Berlin, entschuldigen Sie bitte die Störung«, preschte Martin vor und Lisa zeigte unaufgefordert ihren Dienstausweis.

»Eigentlich wollten wir Frau Anderson sprechen, aber wir können Sie nirgendwo erreichen. Haben Sie die Frau in letzter Zeit gesehen?«

»Sie sind von der Polizei? Aber was hat Ava mit der Polizei zu tun? Sie ist eine nette junge Frau«, fragte die Dame skeptisch.

»Nein, Sie verstehen mich falsch. Sie hat nichts mit uns zu tun. Wir wollen sie lediglich sprechen und hoffen, dass sie uns in einer Sache weiterhelfen kann.«

»Ja, wissen Sie, ich habe mich auch schon gewundert. Am Wochenende war sie nicht zu sehen. Meist sagt sie mir Bescheid, wenn sie für längere Zeit wegfährt oder verreist, dann nehme ich ihre Post raus. Umgekehrt natürlich genauso.«

Martin unterbrach die Frau: »Wann haben Sie Frau Anderson zum letzten Mal gesehen?«

Die Frau dachte nach. Plötzlich meinte sie: »Wir müssen nicht hier im Flur reden. Wollen Sie kurz zu mir reinkommen?«

Lisa lächelte die Frau an. »Gern.«

Frau Ritter bot den Beamten einen Platz in ihrem geräumigen Wohnzimmer an, dann holte sie ein Foto hervor, auf dem eine aparte, nicht mehr junge dunkelhaarige Frau zu sehen war. »Hier, das ist meine Tochter

Hannah. Ava und Hannah verstanden sich immer sehr gut. Sie tanzten sogar gemeinsam.«

Martin und Lisa schauten sich mit großen Augen an. Da war er also wieder, der Freund der Kripo mit Namen Zufall.

Martin wiederholte: »Was bedeutet ›verstanden‹? Ist das jetzt nicht der Fall?«

»Wie soll ich sagen. Auf einmal wollte Hannah nichts mehr von Ava wissen – oder umgekehrt? So genau weiß ich das nicht. Nicht einmal, was genau zwischen ihnen vorgefallen ist.«

»Halten Sie es für möglich, dass Ihre Tochter weiß, wo Ava zu finden ist?«

»Nein, wenn wir telefonieren, spricht Hannah nicht mehr von ihr und lässt sich seit ihrem Streit sogar bei mir nur selten sehen. Es kommt mir vor, als wollte sie vermeiden, hier Ava zu begegnen.«

»Wo wohnt Ihre Tochter?«, hakte Lisa nach, um sicher zu gehen, dass sie von derselben Hannah sprechen, die auch sie im Fokus hatten.

Die ältere Frau nannte auf Anhieb eine Adresse, die haargenau mit der übereinstimmte, die Lisa erhalten hatte.

Martin ließ nicht locker und wiederholte erneut seine Frage, wann sie Ava zuletzt gesehen hatte. Frau Ritter dachte nach, als Erinnerungshilfe nahm sie einen Kalender dazu. Plötzlich schien sie sich sicher zu sein. » Letzte Woche haben wir uns zuletzt gesehen. Ja genau, am Mittwoch. Mir fiel auf, dass sie etwas hektisch war und mich auf der Treppe fast übersehen hätte.«

»War sie allein?«

»Ja, so wie meist.«

Lisa konnte sich ihre letzte Frage nicht verkneifen. »Wissen Sie, wie sich Ihre Tochter und Ava kennenlernten?«

»Ja, das kann ich sogar ziemlich genau sagen. Ava hatte mir öfter geholfen und ich lud sie zum Dank zum selbstgebackenen Kuchen ein. Meine Tochter kam zu Besuch, als Ava auch da war. Beide fanden sich auf Anhieb sympathisch, das war mir gleich aufgefallen. Von da an trafen sie sich öfter und gingen sogar tanzen.«

»Können Sie uns die Handynummer Ihrer Tochter geben?«

»Muss ich die rausgeben?«

»Ja.«

Hannahs Mutter schrieb unsicher die Rufnummer auf und gab den Zettel an Lisa weiter, nicht ohne eine Bemerkung zu hinterlassen: »Meine Tochter ist mit ihren Daten sehr eigen, die Weitergabe wird sie mir nie verzeihen.«

»Wir hätten die Nummer auch ohne Sie herausbekommen. Sie ersparen uns lediglich etwas Arbeitszeit.«

Kaum war die Nummer notiert, hatte Martin es eilig und blickte nervös auf seine Uhr. Er schaute von Lisa zu Frau Ritter und verabschiedete sich schnell: »Frau Ritter, vielen Dank. Wir lassen Ihnen unsere Karte da, falls Ihnen etwas einfallen sollte, können Sie uns anrufen.«

»Ich wüsste nicht, warum.«

Lisa gab ihr freundlich die Hand. »Man weiß nie.«

Sie liefen die Stufen hinab und waren froh, als sie vor der Tür standen. Die Wohnung und die Frau strahlten so viel Einsamkeit aus, dass drinnen die Luft zum Atmen dünn geworden war.

Draußen atmeten die beiden Kollegen kräftig durch und Lisa hakte nach, ob sie Hannah Ritter sofort anrufen sollten.

»Nein, lass uns erst hinfahren, so wie vorhin abgesprochen. Da fällt mir ein, wir haben die Mutter nicht gefragt, wo die beiden Frauen beschäftigt sind.«

»Du hast recht, Martin, deshalb frage ich mich, ob es überhaupt aussichtsreich ist, Hannah Ritter am Vormittag zu Hause zu erreichen.«

»Wenn wir Frau Ritter nicht antreffen, machen wir dasselbe Spiel mit den Nachbarn.«

»Wobei ich nicht annehme, dass wir ein zweites Mal so viel Glück haben. Dann bleibt uns nur der Weg über ihre Dienststelle.«

Sie setzten sich ins Auto und Martin fuhr im rasanten Tempo durch die Stadt. Sie hatten eine grüne Phase, ansonsten wäre das nicht möglich.

Am heutigen Tag fühlte Lisa sich bestätigt, dass Berlin in seinem gesamten Ausmaß viel zu groß für sie war. Zwar war es eine Stadt mit unterschiedlichen Facetten. Jeder Stadtteil mit seinen verschiedenen Kiezen wies ein ganz eigenes Refugium auf. Doch für sie wäre ein Umzug eine gewaltige Umstellung. Zwei Wochen waren überschaubar, aber ob sie sich für längere Zeit wohlfühlen könnte? Sie dachte an ihr beschauliches Graal-Müritz. An Tagen wie diesem hätte sie abends einen ausgiebigen Strandspaziergang gemacht. Sie war ein ausgesprochenes Küstenkind und die Ostsee fehlte ihr bereits nach diesen wenigen Tagen. Vor allem die frische Brise der See, auch musste sie an ihre Kollegen denken.

Martin riss sie aus ihren Gedanken. Als könnte er in ihren Gedanken lesen, fragte er: »Und, wie gefällt dir Berlin?«

»Als echtes Küstenkind muss man sich erst einmal an die Größe gewöhnen. Natürlich sind die Möglichkeiten vielfältig und nicht mit denen in Rostock zu vergleichen. Selbst in den wenigen Tagen habe ich einiges kennengelernt, von dem ich durchaus begeistert bin«, gab sie spontan zurück und schmunzelte, weil sie an Max denken musste. »Für eine gewisse Zeit in der Großstadt zu sein, ist sicher etwas ganz anderes, als hier zu leben. Ich denke, dass ich an der Küste besser aufgehoben bin. Aber wer weiß, was im Leben alles passiert und wo ich eines Tages lande. Alles ist möglich!«

»Ich bin ein waschechter Berliner und kann mir überhaupt nicht vorstellen, irgendwo anders zu leben. Vielleicht, wenn ich Rentner bin? Ich für meinen Teil finde besonders jetzt Kulturangebote wichtig. Die Clubszene und die vielen Konzerte sind einfach genial, ja oft ziemlich einmalig. So ein vielseitiges Angebot findest du nirgendwo, auch nicht im Ausland.«

Lisa sah Martin begeistert an. »Einiges habe ich in der kurzen Zeit schon kennengelernt.«

Sie waren angekommen und fuhren gerade am riesigen Areal des Tempelhofer Feldes vorbei, als Martin darauf zeigte. »Hier zum Beispiel, der einstige Flughafen ist jetzt ein Gebiet zum Austoben für alle Berliner. Wo sonst gibt es für die Freizeit so eine gigantische Anlage?«

Martin musste seine überschwängliche Rede unterbrechen. Sie standen vor Hannah Ritters Tür. Das Haus war eines von vielen dicht gedrängten Reihenhäusern mit winzigen Vorgärten.

Lisa zog ihren Gurt ab und machte Anstalten, auszusteigen. »Ich geh mal klingeln. Du kannst im Auto warten. Wenn jemand da ist, gebe ich dir ein Zeichen.«

Lisa öffnete eine kleine Pforte aus Holz und entdeckte im hinteren Raum den schwachen Schein einer Lampe. Sie gab ihrem Kollegen ein Zeichen. Der verstand sofort und stieg aus. Von jetzt an ließ er die Tür nicht mehr aus den Augen. Lisa klingelte ein zweites Mal. Keine Reaktion! Sie zeigte Martin, dass er sich hinter dem Haus umsehen sollte. Er lief über die Straße und ging durch das Gartentor, um in den hinteren Bereich des Hauses zu gelangen. Lisa wartete inzwischen vorne, ob sich die Tür öffnen würde, doch kein Ton gelang nach draußen. Auf einmal glaubte sie, eine zarte Stimme zu hören. Lisa konzentrierte sich auf alle möglichen Geräusche. Sie lauschte, aber es war nichts mehr zu hören. Enttäuscht lief Lisa um das Haus zu Martin, der sich bemühte, etwas durch ein Wintergartenfenster zu erkennen. Auf einmal wurde im Nebenhaus ein Fenster aufgerissen und eine laute Stimme rief ihnen im barschen Ton entgegen: »Was suchen Sie da? Ich rufe gleich die Polizei!«

Martin zögerte, doch dann zückte er seinen Ausweis. »Nicht nötig, wir sind schon da. Wir wollen Frau Ritter sprechen. Haben Sie die Frau gesehen?«

»Ja klar, gestern erst. Was wollen Sie von ihr?«

»Nichts von großer Bedeutung. Nur eine Frage, danke.«

Der Mann schüttelte den Kopf und schloss das Fenster.

»Da wären wir mit einem Anruf garantiert effektiver gewesen. Ruf sie an, du hast ja die Handynummer. Bevor der Nachbar ihr später irgendwelche Räuberpistolen erzählt«, meinte Martin.

Lisa ging zum Auto, nahm den Zettel, den Frau Ritter ihr gegeben hatte, und wählte die Ziffern. Sie ließ es lange klingeln, dann beschlossen sie, erneut hinter das Haus zu gehen. Auf einmal hörten sie deutlich das Klingeln eines Telefons.

»Wähle noch einmal die Nummer, ich habe einen Verdacht«, meinte Martin, der ihr entgegengelaufen war.

Lisa drückte die Wiederholtaste und im Haus klingelte es, ohne dass jemand abnahm.

»Sie muss ihr Handy zu Hause vergessen haben.«

»Und nun?«

»Wir fahren zurück in die Dienststelle und werden herausfinden, wo die Damen arbeiten. Vielleicht erfahren wir über diesen Weg mehr.«

»Ganz umsonst war unser Ausflug zwar nicht, aber wir sind keinen Schritt weitergekommen.«

Aus Lisas Stimme war Enttäuschung herauszuhören. Martin schien sie trösten zu wollen: »Manchmal machen die Umstände eine Tat. Bei bisher unbescholtenen Menschen läuft auf einmal etwas schief. Du könntest mit der Idee, bei den Frauen anzufangen, richtig liegen.«

»Leider ist der Mann tot und kann nicht mehr aussagen, wem er diese Tat am ehesten zugetraut hätte.«

»Darauf hätten wir uns sowieso nicht verlassen können. Wir bleiben dran und kommen selbst ans Ziel.«

»Noch einen Toten darf es jedenfalls nicht geben«

»Genau, wir werden schneller sein«, war sich Martin sicher.

Auf den Straßen war es inzwischen belebter als in der Frühe, und richtig hell wollte es an diesem Tag auch nicht werden.

»Lass uns einen Kaffee trinken, bevor wir im Büro weitermachen. Ich kenne in der Nähe einen Italiener, der macht den besten Espresso der Stadt«, meinte Martin.

»Den habe ich jetzt echt nötig. Das triste Wetter lässt mich nicht richtig wach werden.«

Sie standen vor einem Café namens *Bei Guiseppe.* Martin wurde vom Chef wie ein alter Bekannter begrüßt und hob nur zwei Finger zum Zeichen, dass er zwei Espresso wollte.

»Du bist wohl oft hier?«

»Das kann man sagen. Bin süchtig nach Guiseppes Kaffee. Dafür rauche und trinke ich nicht.«

»Nur gut, dass du wenigstens ein Laster hast, sonst müsste ich an dir zweifeln«, gab Lisa frech zur Antwort.

»Und bei dir? Wie ich mitbekommen habe, scheint Tanzen dein Laster zu sein?«

»Nicht Laster, eher Leidenschaft. Solltest du auch probieren, hält fit und schärft die Sinne.«

Der Espresso kam. Martin machte sich zwei gehäufte Teelöffel Zucker in die kleine Tasse.

»Bei so viel Zucker schmeckst du den Kaffee kaum.«

»Im Gegenteil diese Mischung macht ihn erst perfekt. Übrigens habe ich gehört, dass du wegen eines Freundes nach Berlin gekommen bist.«

»Ach was? Die Gerüchteküche scheint bei euch gut zu funktionieren, aber ich muss dich enttäuschen, nur die Arbeit hatte mich dazu gebracht. Einen Freund habe ich zwar auch, doch ich bin gut darin, Privates und Dienstliches zu trennen.«

»War nicht so gemeint. Sobald eine Frau im Team ist, wird schnell gemunkelt. Ich gebe da aber wenig drauf.«

»Solange es nicht unter der Gürtellinie liegt und der Wahrheit entspricht, lässt mich das kalt.«

»Das ist gut. Wie bist du eigentlich in diese Villa zum Tanzen gekommen?«

»Ach, das ist eine ganz andere Geschichte, lass uns lieber wieder an die Arbeit gehen. Es gibt 'ne Menge zu tun.«

Martin legte einen Fünfeuroschein auf den Tisch. »Stimmt so.«

Draußen meinte Lisa schnell: »Danke, den nächsten bestell ich.«

Als sie im Büro ankamen, wartete Frank bereits auf sie.

»Hat ja eine Ewigkeit gedauert. Eben kam der Anruf aus dem Krankenhaus, dass Adam Weber an den Folgen des Giftanschlags gestorben ist. Er hatte keine wirkliche Chance, zu überleben.«

»Die haben sich Zeit gelassen, um uns Bescheid zu sagen. Von Stolberg weiß ich das schon längst.«

»Sehr mysteriös, das Ganze. Haben die Kreuzberger eigentlich seine Angehörigen informiert?«

»Soweit ich weiß, gibt es nur den Zwillingsbruder. Der steht ab jetzt bei den Kreuzbergern im Fokus.«

Frank ging nicht näher auf Lisas Antwort ein. Er machte einen nervösen Eindruck, sein Schreibtisch war voll mit Unterlagen und Adam Webers Tod gehörte nicht in seinen Bereich. Lisa erkannte die Situation sofort und lenkte ab: »Das ist meine Sache, ich rufe gleich mal durch und erkundige mich, ob es Neues gibt.«

Sie sah zu Martin. »Wenn du mir die Dienststellen der beiden Frauen raussuchst, wäre ich dir dankbar.«

»Mach ich gern.«

Lisa rief Arno Stolberg im Kreuzberger Kommissariat an, der war gleich am Telefon.

»Grüß dich. Gibt es Neuigkeiten von Adam Webers Bruder?«

»Du meinst Robert Weber?«

»Andere Verwandte gibt's ja nicht, oder habt ihr neue Informationen?«

»Nein, er scheint der einzige Angehörige zu sein.«

»Sonderbar, dass der Mann von niemandem sonst vermisst wird.«

»Wir haben erfahren, dass er seit langem allein lebt.«

»Da können wir wohl von Glück sprechen, dass wir unter diesen Umständen so schnell von dem Bruder erfahren haben. Und dann ein Zwillingsbruder!«

»Alles weitere kann er uns selbst sagen. Robert Weber hat mir für den späten Nachmittag zugesagt. Gegen 16 Uhr wird er hoffentlich im Kommissariat erscheinen.«

»Findest du nicht seltsam, dass er so schnell in Berlin sein kann? Mit dem Auto würde er mindestens sechs oder sieben Stunden brauchen. Also muss er sich längst in Berlin aufhalten.«

»Das wird er uns erzählen müssen. Mit meiner Fangfrage kriege ich ihn.«

»Fangfrage?«

»Auf diese Spur hast du uns erst gebracht. Ich werde ihn fragen, warum er ausgerechnet an dem Tag, an dem sein Bruder umgebracht wird, nach ihm im *El Gato* suchte.«

»Da wird er sich etwas Glaubwürdiges einfallen lassen müssen. Irgendwie erscheint mir der Zwillingsbruder suspekt. So wie der Mann beschrieben wurde. Sein Verhalten spricht aber genauso Bände. Ihr werdet ihm bei der Vernehmung sicher gehörig auf den Pelz rücken? Morgen erwarte ich deinen Anruf.«

»Falls etwas rauskommt, das zur Tat passt, melde ich mich noch heute. Versprochen. Jetzt zu euch, habt ihr bei den Tänzerinnen etwas herausbekommen?«

»Kaum! Die zwei Frauen gehen nicht ans Telefon. Allerdings kennen wir jetzt durch einen Zufall Hannah Ritters Mutter, und sie ist Avas Nachbarin.«

»Zufälle gibt's!«

»Beide Frauen hatten erwiesenermaßen Kontakt zu Adam Weber, dazu aber später mehr, wenn wir sie gesprochen haben.«

»Okay, dann bleiben das bisher unsere einzigen Spuren. Ava Anderson, Hannah Ritter und Robert Weber!«

»Immerhin! Gar nicht schlecht für den Anfang«, meinte Lisa.

»Dann also bis morgen.«

»Bin gespannt, welche Spur die richtige sein wird. Mach's gut.« Lisa legte schnell auf, weil Martin sie sprechen wollte.

»Ich hab's! Ava Anderson ist als Influencerin unterwegs. Sie macht Werbung für Schuhe, und zwar keine gewöhnlichen, sondern Tanzschuhe, und alles was sonst zum Tanzen benötigt wird.«

»Das ist interessant, sie hat ihr Hobby also zum Job gemacht.«

Frank rief dazwischen: »Seit wann kann man mit solchem Schwachsinn Geld verdienen?«

»Eine Lücke eben, und Tanzen ist in den letzten Jahren sehr beliebt geworden und hat nicht nur in den Großstädten seine Anhänger gefunden. Mich hat es auch schon gepackt und der Tango wird mich auch in Rostock nicht mehr loslassen.«

»He, hört mal her. Ich habe mal in den sozialen Medien nach älteren Beiträgen von Ava Anderson geschaut. Sie war beim Ballett, dann musste sie wegen gesundheitlicher Probleme aufhören. Auch in einem aktuellen Podcast spricht sie über diese Jahre.«

»Sie ist relativ jung, da ist eine Berufsunfähigkeit bitter. Wenigstens hat sie sich in dem Bereich ein neues Standbein gesucht, finde ich nicht schlecht, dagegen gibt es nichts einzuwenden.« Lisa meinte das ehrlich. In ihrer Vorstellung sah sie Ava tanzen und wusste jetzt, woher ihr besonderes Talent kam.

Martin riss sie aus ihren Gedanken. »Also, meine weiteren Recherchen haben ergeben, dass sie oft umherreist. Sie hat Kunden europaweit, das ist wirklich bemerkenswert.«

»Mit anderen Worten«, machte Lisa weiter, »hat sie einen Arbeitsplatz zu Hause am Computer oder in ihrem Auto.«

»So sieht es aus. Einen Arbeitgeber in dem Sinn wird sie nicht brauchen. Schau dir mal ihren Blog an. Für Frauen sicher sehr interessant.«

Martin notierte die Adresse ihres Blogs und den Link zu einem Podcast und schob alles zu Lisa, die dem aber vorerst keine Beachtung schenkte.

»Und was machen wir nun? Für eine Fahndung gibt es keine Rechtfertigung. Alles was wir bisher wissen, sind reine Vermutungen.«

»Es bleibt Hannah Ritter. Vielleicht ist sie über ihren Job greifbar?« Lisa ließ nicht locker, weil sie wusste, dass ihr nicht mehr viel Zeit in Berlin blieb.

Frank nahm jetzt am gemeinsamen Austausch teil. »Hattet ihr nicht gerade den Zufall mit der Mutter? Wieso habt ihr die nicht ausgequetscht?«

»Dazu gibt es zum jetzigen Zeitpunkt keinen Anlass.«

»Ich denke, wir sollten bei Ava Anderson bleiben. Du hast erwähnt, dass sie bis zum Schluss mit Adam Weber getanzt hat. Beide sogar als leidenschaftliches Tanzpaar beschrieben. Das dürfte ausreichen für ein Gespräch.«

»Okay, bleibt uns als letzte Möglichkeit die Handyortung.« Lisa fiel nichts Besseres ein.

»Dafür müssen wir uns allerdings eine stichfeste Begründung einfallen lassen, und die sehe ich im Moment nicht.«

»Ich erkundige mich bei Dreyer, ob er unsere Idee unterstützt, dann gäbe es im Anschluss kein Problem.« Lisa wartete nicht lange eine Antwort ab und wählte stattdessen gleich Clemens Dreyers interne Nummer.

»Clemens, wir kommen nicht weiter. Die einzigen Frauen, die etwas aussagen könnten, sind nirgendwo erreichbar. Was hältst du von einer Telefonortung?«

»Meinetwegen, wenn es sonst kein Mittel gibt.« Er legte auf.

»Dreyer gibt uns das Okay.«

»Und wenn ihr Handy eingeschaltet ist, haben wir sie.«

Lisa sah auf die Adressen und Telefonnummern, die sie als gesammelte Werke vor sich liegen hatte und die sie später chronologisch in ein Buch eintragen wollte. Sie griff nach den aufgeschriebenen Nummern der beiden Frauen und wollte erneut einen Anruf starten, da hörte sie Martin ausrufen: »Bingo, wir haben Ava, und eine Überraschung gibt es gratis dazu.«

Lisa sah ihn erstaunt an. »Na, schieß schon los, ist sie in Deutschland?«

»Ja, und zwar an einem Ort, an dem wir heute bereits waren.«

»Hat sie es etwa in ihrer Wohnung vergessen?«

»Falsch, in der Wohnung ihrer ehemaligen Tanzpartnerin Hannah Ritter.«

»Da waren wir so dicht dran. Erinnerst du dich? Wir haben ein Telefon läuten hören.«

»Ja, aber das war nicht Avas Handy, sondern Hannahs, bei der wir ständig anriefen!«

»Ich denke, wir behalten die Wohnung von Hannah Ritter im Blick; ihre Freundin wird sich mit hoher Wahrscheinlichkeit auch dort aufhalten.«

»Ist nicht mal schlecht, dann hätten wir gleich beide.«

»Es gibt bisher kein Indiz für eine Straftat. Sie ist lediglich eine Zu-Befragende, auch keine Zeugin. Dabei können wir nicht das volle Programm, das uns zur Verfügung steht, anwenden.«

»Du meinst Telefon abhören und so?«

»Genau, wir haben zwar ein paar andere ausgeklügelte Möglichkeiten, die zeige ich dir, wenn die Sache hier erledigt ist.«

Frank mischte sich mit ein. »In dem Fall würde ich den nicht einfachen Weg der Überwachung vorschlagen. Irgendwann muss sie nach Hause kommen.«

Lisa schlug etwas anderes vor: »Ich setze mich mit Hannahs Mutter in Verbindung, die soll uns anrufen, falls ihre Tochter sich meldet oder Ava nach Hause kommt.«

»Genau, gute Idee«, meinte Martin. Ohne ihn hätte einiges viel länger gedauert und die Chemie zwischen Martin und ihr stimmte auch.

Am späten Nachmittag beschäftigten sie sich im Dezernat 73 vor allem mit den letzten Lebensetappen von Adam Weber und Ava Anderson.

»Vielleicht gibt es Hinweise, die uns zeigen, wo Ava Anderson sich aufhalten könnte? Die Frau kann sich schließlich nicht einfach in Luft aufgelöst haben.«

Martin war inzwischen anderer Meinung. »Offiziell dürfen wir keine Fahndung rausgeben, falls Hannah Ritters Mutter sich nicht bis Dienstschluss meldet, hätte ich auch nichts gegen eine Nachtschicht einzuwenden. Wie sieht es bei dir aus?«

»Na klar, ich bin dabei«, meinte Lisa spontan, gleichzeitig musste sie an Max denken. Sie würde zum ersten Mal eine Verabredung mit ihm platzen lassen müssen. Lisa würde ihn später anrufen.

Bei den Recherchen zu Adam Weber kam heraus, dass er nicht in Berlin geboren wurde, sondern erst vor fünf Jahren aus Nordrhein-Westfalen nach Berlin gezogen war. Seine Eltern lebten nicht mehr, ein weiterer Bruder kam bei einem Verkehrsunfall ums Leben. Adam blieb zeitlebens ein ewiger Junggeselle. Seine größte Leidenschaft war das Tanzen. Seit er in Berlin lebte, hatte er sich komplett dem Tango verschrieben. Als Lisa die Skizzen von Adam Webers Vita las, sah sie wieder vor sich, wie er mit Ava tanzte: *Er hielt Ava mit festen Armen. Man sah es der Frau an, dass sie sich auf den Mann verlassen konnte. Während sie tanzten, verschmolzen zwei Seelen wortlos mit der Musik und die Umgebung existierte nicht mehr.*

In dem Augenblick, als die Bilder der beiden vor ihrem inneren Auge wiederauftauchten, glaubte Lisa mehr als zuvor daran, dass es zwischen dem Gifttod und den Frauen einen Zusammenhang geben musste. Nur welchen? Ava wirkte zumindest nach außen hin kühl. Konnte es sein, dass Adam ihr gegenüber zu aufdringlich wurde und ihr deutliche Avancen machte?

Lisa musste endlich mit der Frau sprechen. Und die Absicht, am Abend vor ihrer Haustür zu warten, bis sie eintraf, war längst beschlossene Sache.

»Der Provider hat sich gemeldet«, rief Martin auf einmal aufgeregt in den Raum.

»Wir wissen jetzt, mit wem sie bis gestern gesprochen hat.«

»Hoffentlich bringen die Namen uns einen Schritt weiter.«

»Lisa, komm mal, das solltest du dir unbedingt ansehen!«

Lisa sah auf Martins Bildschirm und bemerkte, dass Ava bis Donnerstag mehrere längere Gespräche mit Adam Weber geführt hatte, aber auch eine Vielzahl unbekannter Namen. Die meisten Anrufe kamen von Hannah Ritter und ein ihnen bekannter Name war dabei. Lisa wollte ihren Augen nicht trauen, aber da stand es schwarz auf weiß: Robert Weber.

»Was hat Ava Anderson mit Adams Bruder zu tun? Das wirft ja ein völlig neues Bild auf die Geschichte. Ich muss unbedingt im Kreuzberger Kommissariat anrufen, bevor Robert Weber dort befragt wird. Es wird ein paar Zusatzfangfragen geben müssen.«

Lisa wählte Stolbergs Nummer, schnell war die Neuigkeiten von Robert Weber und der Tänzerin rausgebracht. Lisas Neuigkeit kam rechtzeitig, der Bruder war noch nicht da.

Hauptkommissar Stolberg schien genauso erstaunt zu sein: »Das wirft ein neues Licht auf den Fall, dazu wird der Mann uns etwas sagen müssen.«

»Ich gehe davon aus, dass es belanglos sein könnte. Immerhin tanzte sein Bruder mit der Frau, da könnte er ihr auch mal begegnet sein.«

»Du hast recht, aber falls es in eine andere Richtung geht, werde ich mich melden. Kann nicht schaden, bevor ihr mit den Frauen weiter macht.«

»Gut, dann erwarten wir gegebenenfalls deinen Anruf. Bis später.«

Lisa sah zu Martin, der weiterhin die Anrufliste inspizierte. Auf einmal sah er hoch und sprach Lisa an: »Sieh dir das an, die Telefonate versiegen abrupt am Freitag, dem Tag, als Adam auf der Tanzfläche zusammenbrach. Seitdem gab es keine Gespräche mehr.«

»Findest du das nicht seltsam? Ein Tag nach dem Giftanschlag schweigt ihr Telefon?«

»Mir bereitet das allerdings in eine andere Richtung mehr Kopfzerbrechen.«

»Meinst du, ihr ist auch etwas passiert?«

»Wäre möglich. Jedenfalls hat die Nachbarin sie eine Weile nicht gesehen.«

»Am effektivsten wäre es, den Kontakt zu Hannah Ritters Mutter aufrechtzuhalten und uns vor der Tür ihrer Tochter zu positionieren.«

»Okay, ich rufe Frau Ritter an und bitte sie, den Kontakt zu ihrer Tochter herzustellen.« Lisa war sich sicher, dass sie über diesen Weg Hannah Ritter erreichen würden. Sie wählte die Nummer. Es dauerte nicht lange bis Frau Ritters Stimme am Telefon zu hören war: »Ritter«.

»Hallo Frau Ritter, ich bin es noch einmal, Lisa Liebich vom LKA. Hat sich ihre Tochter inzwischen gemeldet?«

»Nein, aber das ist auch gar nicht ihre Art, sich täglich zu melden.«

»Dann möchte ich Sie dringend bitten, Kontakt zu Ihr herzustellen, und wenn es keine Umstände bereitet, ein Auge auf Frau Andersons Tür zu werfen. Das ist eine sehr wichtige Aufgabe und Sie würden der Polizei wirklich helfen.«

»Aber was soll meine Tochter Ihnen sagen? Ehrlich gesagt wundert mich allmählich ihr großes Interesse. Das Ganze verstehe ich überhaupt nicht.«

»Bitte gedulden Sie sich ein wenig. Alles wird sich bestimmt als belanglos herausstellen, wenn wir erst mit den beiden gesprochen haben.«

»Also gut, ich rufe zurück, falls ich jemanden von ihnen erreiche.«

»Ich gebe Ihnen sicherheitshalber meine Handynummer, damit erreichen Sie mich auch nach Dienstschluss.« Lisa nannte ihre Handynummer und legte auf.

Während sie mit der Mutter gesprochen hatte, hatte Martin immer wieder bei Ava Anderson angerufen.

Martin sah enttäuscht aus. »Inzwischen geht ihr Handy gar nicht mehr.«

»Wahrscheinlich braucht es Strom«, schlussfolgerte Lisa knapp.

»Jedenfalls ist über diesen Weg nichts zu machen.«

Martin hielt es nicht mehr länger am Schreibtisch, er schlug vor, was längst überfällig war. »Was hältst du davon, wenn wir uns endlich auf den Weg zu Hannah Ritter machen?«

»Okay, aber lass uns erst Arno Stolbergs Anruf abwarten, das kann nicht mehr lange dauern.«

»Dienstschluss ist ohnehin gleich, und wir werden an Überstunden nicht vorbeikommen.«

»Ich muss nur eine Verabredung verschieben.«

Lisa stellte sich auf die Observation ein und hoffte, dass die nicht bis Mitternacht dauern würde, sagte dann aber zu Martin: »Wir müssen endlich Klarheit in diesem Fall bekommen.«

Lisa griff zum Telefon. Sie musste Max endlich anrufen. Vielleicht hatte er Lust, etwas später vorbeizukommen? Sie zögerte nicht lange und hörte gleich seine erstaunte Stimme am Telefon.

»Lisa, du hast mich noch nie im Dienst angerufen. Was ist los?«

»Mein Dienst verlängert sich. Hättest du Lust, vielleicht später vorbeizukommen? Allerdings kann ich nicht sagen, wann später sein wird. Wir observieren eine Frau.«

»Schade, aber der Dienst geht nun mal vor. Das könnte mir genauso passieren. Ruf mich an, wenn du fertig bist, natürlich möchte ich dich heute noch sehen.«

»Mache ich.«

»Ich drücke dich jedenfalls schon mal und wünsche euch für das abendliche Vorhaben ein glückliches Händchen. Hoffen wir, dass daraus keine Aktion bis in den frühen Morgen wird.«

Martin zeigte indes auf das andere Telefon; Stolberg war dran. Lisa wurde nervös und verabschiedete sich ungewohnt hastig von Max. »Ich drück dich auch. Bis später.«

Lisa legte das Handy zur Seite und nahm den anderen Hörer in die Hand.

»Und ist bei dem Gespräch mit dem anderen Weber etwas Interessantes herausgekommen?«, fragte sie.

»Eigentlich nicht. Außer, dass er tatsächlich seinem Zwillingsbruder zum Verwechseln ähnelt. Aber ansonsten bestritt er vehement, dass er im *El Gato* war oder dass er Adams Bekannte, geschweige denn diese Tänzerin Ava kennt.«

»Hast du ihn mit dem Phantombild konfrontiert?«

»Natürlich. Er belächelte das Bild und meinte, das müsse ein Missverständnis sein. Und ehrlich gesagt traf die Aussage über seine Schlampigkeit nicht zu. Vor mir stand ein gepflegter, gut situierter Mann.«

»Das ist seltsam. So täuschen kann man sich doch nicht?«

»Okay, ich habe ihn für morgen in die Gerichtsmedizin bestellt, dort kann er seinen Bruder zum letzten Mal sehen, und wir geben ihn anschließend zur Beisetzung frei.«

»Darüber sprechen wir morgen, dann informiere ich dich, was dabei rausgekommen ist. Wir werden einige Zeit brauchen.«

12. Kapitel

Die Wende

Martin war startklar. Draußen wurde es längst dunkel und kleine Schneeflocken tanzten am Fenster. »Endlich wird es Winter. Aber warum ausgerechnet heute Abend die Temperaturen drastisch fallen müssen?«

Lisa lächelte zustimmend und sah auf ihr Handy, das bereits minus acht Grad angezeigte. Sie hatte zum Glück an dicke Wintergarderobe gedacht und war für eine abendliche Observierung bestens präpariert.

Als sie sich gerade von Frank verabschieden wollten, unterbreitete er ihnen ein unerwartetes Angebot. Dabei schaute er Lisa an. »Falls die Observation zu lang dauern sollte, könnt ihr euch bei mir melden. Ich halte mich in Bereitschaft, um einen von euch abzulösen.«

Lisa antwortete darauf prompt: »Wir müssen morgen nicht alle drei in den Seilen hängen. Aber danke für das Angebot. Wir werden sehen, wie lange wir wirklich brauchen.«

Zum zweiten Mal an diesem Tag fuhren sie in Richtung Tempelhof. Als sie in die ruhige Straße mit den Häusern aus den Sechzigerjahren einbogen, sahen sie von Weitem, dass inzwischen Hannah Ritters Jalousien heruntergelassen waren.

»Sie ist also zu Hause, dann wird es hoffentlich schnell gehen.« Innerlich jubelte Lisa. Brauchte sie die Verabredung mit Max etwa doch nicht über Bord zu werfen?

Voller Erwartung stiegen sie aus dem Fahrzeug, das sie auf der gegenüberliegenden Straßenseite abgestellt hatten. Lisa fröstelte, obwohl sie eine dicke Jacke trug. Der Wind hatte sich verstärkt, dazu setzte stärkerer Schneefall ein. Sie zog intuitiv ihre Jacke fester um sich.

Sie standen zum zweiten Mal vor der Haustür von Hannah Ritter. Martin klingelte energisch.

Lisa glaubte leise Wortfetzen zu hören, die sich aber nicht weiter lokalisieren ließen.

»Ich habe das Gefühl, dass da drinnen unser Klingeln ignoriert wird. Da wir keinen Durchsuchungsbeschluss haben, kommen wir so ohne Weiteres nicht rein.«

»Rufen wir die Mutter an, ob die inzwischen mehr weiß.«

Lisa wählte die Nummer.

»Hallo Frau Ritter, hier Lisa Liebich. Konnten Sie Ihre Tochter erreichen?«

»Hallo«, meldete sich eine dünne Stimme.

»Stellen Sie sich vor, ich habe mit meiner Tochter gesprochen. Sie war mehr als durcheinander, als sie hörte, dass die Polizei sie sprechen will. Sie verbot mir sogar, mit Ihnen zu sprechen. Ich musste ihr versprechen, Ihnen nichts von unserem Telefonat zu erzählen.«

»Hat sie Ihnen erzählt, was passiert ist?«

»Nein, und jetzt mache ich mir große Sorgen.«

»Wir stehen vor der Tür Ihrer Tochter, sie macht nicht auf. Könnten Sie ein Taxi nehmen und herkommen? Wir dürfen ohne einen bestimmten Anlass nicht in die Wohnung eindringen.«

»Wenn es hilft, komme ich natürlich. Ein Nachbar hat übrigens einen Schlüssel für die Wohnung.«

»Wir warten auf Sie, bis gleich.«

Martin hatte aufmerksam das Gespräch mit der Mutter verfolgt. »Hast du etwa die alte Dame herbestellt?«

»Ja, die war so durch den Wind, aber sie kennt einen Nachbarn, der einen Schlüssel hat.«

»Dann warten wir im Auto, bis sie da ist.«

Sie liefen zurück zum Auto und stellten sich auf mindestens eine halbe Stunde Wartezeit ein. Sie hörten Radio und unterhielten sich. In letzter Minute bekamen sie mit, dass jemand hastig das Haus verließ und in einem flotten Tempo mit dem Auto wegfuhr.

»Los, lass uns hinterherfahren!«, rief Martin.

»Woher willst du wissen, dass das die Ritter war? Ich habe nicht mal erkannt, ob das ein Mann oder eine Frau war. Genauso sieht es mit dem Auto aus. Hast du das Nummernschild gesehen?«

»Mist«, sagte Martin laut. »Das war sicher Hannah Ritter.«

Lisa hielt dagegen. »Wir warten auf die Mutter und sehen weiter.«

Martin beruhigte sich schnell und bestätigte, dass es keinen Sinn gemacht hätte, einem Phantom hinterherzujagen. Dann betonte er: »Wenn die Mutter da ist, kommen wir ohne Probleme in die Wohnung und sehen, ob ihre Tochter da ist oder nicht.«

»Seltsame Geschichte mit den Frauen. Keine ist zu erreichen. Da stimmt etwas nicht!« Lisa sah unentwegt auf die Straße, um alles im Blick zu behalten. »Da drüben ein Taxi! Das wird die Mutter sein.«

Eine ältere Frau stieg umständlich aus dem Auto und Lisa beeilte sich, um ihr behilflich zu sein. Die Kälte hatte weiter zugenommen und es machte keine Freude, draußen zu warten.

»Da sind Sie ja, Frau Ritter. Verzeihen Sie, dass wir Sie herbemüht haben, aber Sie möchten sicher wie wir wissen, was mit Ihrer Tochter ist?«

»Guten Abend«, sagte Frau Ritter kurz. »Am Telefon hatte sich meine Tochter seltsam angehört, und jetzt bekomme ich Hannah nicht mehr ans Telefon. Am besten holen wir gleich den Schlüssel vom Nachbarn.«

Frau Ritter ging zielgerichtet zwei Türen weiter und klingelte.

An der Tür waren klappernde Geräusche zu hören, bevor sie geöffnet wurde.

»Sie kennen mich, Herr Schmidt, ich bin Hannahs Mutter. Ich muss dringend in die Wohnung meiner Tochter, ich habe etwas vergessen«, flunkerte sie.

Der Nachbar zögerte. »Ist sie nicht zu Hause? Am Nachmittag habe ich sie gesehen.«

»Nein, telefonisch konnte ich sie jedenfalls nicht erreichen.«

»Sie sind ja die Mutter, das dürfte in Ordnung gehen. Bringen Sie mir den Schlüssel zurück? Es muss alles seine Ordnung haben.«

»Das mache ich, es dauert nicht lange.«

Der Nachbar nahm den Schlüssel vom Haken, der gleich neben der Tür angebracht war, und händigte ihn ohne ein weiteres Wort widerwillig an Frau Ritter aus.

Lisa und Martin standen außerhalb seines Blickfels, mit ihrer Gegenwart hätten sie ihn nur irritiert. Sie wollten keine unnötige Aufmerksamkeit wecken und wären nur in Erscheinung getreten, falls der Mann sich geweigert hätte, den Schlüssel auszuhändigen.

Wenige Minuten später standen sie vor Hannah Ritters Haustür. Frau Ritter zitterte beim Aufschließen der Tür.

»Es ist zweimal abgeschlossen, so wie immer, wenn Hannah nicht zu Hause ist.«

Hannahs Mutter bewegte sich vertraut in den Räumen und öffnete eine Tür nach der anderen. Offenbar entdeckte sie nichts, was ihr auffiel.

»Es sieht aus wie immer. Hannah muss erst vor kurzem das Haus verlassen haben, die Kaffeemaschine ist warm.«

Martin schaute mit hochgezogener Braue zu Lisa. Er hatte also recht, Hannah Ritter war es, die so schnell aus der Wohnung gelaufen war.

»Hier unten fällt mir nichts Ungewöhnliches auf.«

In der Küche warf die alte Dame einen Blick in den Kühlschrank.

»Der sieht ungewöhnlich gut gefüllt aus. Oft kaufe ich für sie ein, weil sie nie dazu kommt. Na ja, wenn ich mal da bin.«

»Vielleicht erwartet sie Besuch?«, sprach Lisa mehr zu sich selbst.

»Aber nein, davon hätte sie mir erzählt.«

»Offenbar hat sie Ihnen schon eine Zeit lang nicht mehr alles erzählt«, meinte Martin und erntete von Lisa einen schrägen Blick.

»Ich gehe mal nach oben, da sind zwei weitere Räume und das Bad.«

Die Beamten gingen mit der Frau zusammen die Treppe hoch. Die Mutter öffnete zielstrebig eine Tür und Lisa, die neben ihr stand, sah in ihrem Gesicht großes Entsetzen, das der Anblick des Zimmers ausgelöst haben musste.

»Ava! Was machst du hier? Was hat das zu bedeuten?«, stammelte die Mutter und lief in den Raum rein. Lisa und Martin folgten ihr und erfassten sofort die Situation. Lisa rief geistesgegenwärtig den Rettungsdienst.

Ava lag gefesselt und geknebelt auf einer Liege und wirkte irgendwie geistesabwesend. Nur ihre Augen bewegten sich müde hin und her.

Lisa kümmerte sich um Frau Ritter, während Martin sich um Ava kümmerte.

»Frau Ritter, ich rufe Ihnen ein Taxi, hier können Sie jetzt ohnehin nicht mehr bleiben. Wir klären alles und ich melde mich später bei Ihnen, einverstanden?«

»Was soll das bedeuten?«, rief die Frau immerzu. Sie war aufgeregt und völlig entsetzt, sodass Lisa beschloss, die alte Frau nicht in dem Zustand allein nach Hause zu schicken. »Haben Sie Verwandte oder Freunde in der Stadt, die sich um Sie kümmern können?«

»Ja, mein Sohn. Bitte rufen Sie Leonard an, der soll mich von hier abholen.«

Auf den ersten Blick sah es aus, als ob Ava Anderson nicht vernehmungsfähig war. Jedenfalls blickte sie die Leute um sie herum entrückt an, ohne einen Ton von sich zu geben. Lisa hoffte, dass bald die Rettungskräfte kämen, um ihr zu helfen. Zumindest äußerlich sah sie unversehrt aus, und doch musste sie einige unvorstellbare Strapazen hinter sich haben.

Vor wenigen Stunden hatte Lisa fest damit gerechnet, dass Ava am Giftanschlag beteiligt war, und nun lag sie selbst völlig desolat vor ihnen.

Hannah Ritters Bruder und die Rettungskräfte trafen fast zusammen ein. Er lief neben den Rettungskräften unruhig hin und her. »Was ist denn passiert? Ist etwa auch Hannah etwas zugestoßen? Mutter, was machst du überhaupt hier?

Martin wiegelte die Fragen des Bruders geschickt ab.

»Wir wissen selbst nicht, was passiert ist. Die Frau muss schnellstmöglich ins Krankenhaus. Bitte nehmen Sie Ihre Mutter mit zu sich nach Hause. Sie sollte jetzt auf keinen Fall allein bleiben.«

Die Rettungsleute legten Ava, die Martin zuvor von ihren Fesseln befreit hatte, vorsichtig auf eine Trage. Sie untersuchten den Blutdruck und testeten den Sauerstoffgehalt im Blut. Der Blutdruck war etwas niedrig, aber nicht bedrohlich.

»Sie muss mit einer Substanz ruhiggestellt worden sein.«

»Das werden die Mediziner im St. Josephs Krankenhaus schnell herausbekommen. Dort bringen wir sie hin. Wenn Sie Glück haben, wird sie morgen mit Ihnen sprechen können. Ernsthafte Schäden können wir auf den ersten Blick ausschließen.«

Lisa sah den Rettungskräften lange hinterher, bis sie mit dem Wagen verschwunden waren.

»Das ist eine merkwürdige Wende in diesem Fall«, sagte Lisa.

»Wie meinst du das?«

»Ich hatte die ganze Zeit Ava unter Verdacht. Hannah Ritter war gar nicht in meinem Fokus.«

»Noch wissen wir nichts. Ich schlage vor, Hannah Ritter eine Nachricht zu hinterlassen. Sie soll sich bis morgen früh bei uns im Dezernat melden. Wenn Sie nicht freiwillig kommt, leiten wir eine Fahndung ein. Für uns ist damit der Dienst erst mal vorbei.«

»Informierst du Frank? Ich sage dem Nachbarn Bescheid, dass wir für die Spurensicherung den Schlüssel behalten.«

Lisa ging und rief, bevor sie bei dem Nachbarn klingelte, Max an. Ehe Lisa etwas sagen konnte, sprach Max. Scheinbar hatte er auf ihren Anruf gewartet. »Ich hatte gehofft, dass du früher anrufst. Kannst du jetzt Schluss machen?«

»Es ist 21 Uhr, wenn dir das nicht zu spät ist?

»Auf keinen Fall. Soll ich dich irgendwo abholen?«

»Ich spreche mit meinem Kollegen und melde mich. Also bis gleich.«

Lisa legte auf und klingelte beim Nachbarn. Als sie ihm sagte, dass der Schlüssel in Verwahrung kommt, wirkte er entsetzt.

»Und was sage ich Frau Ritter, wenn Sie den Schlüssel zurückhaben möchte?«

»Seien Sie unbesorgt, das klären wir mit ihr.«

Lisa wollte sich zum Vorfall nicht weiter äußern und keine Pferde scheu machen. Der Mann würde sich ohnehin seinen Teil denken und womöglich bald in der Zeitung von der Geschichte erfahren.

Martin saß inzwischen im Auto und schaute unentwegt auf die Straße, bis Lisa einstieg.

»Meinst du, wir sollten warten, bis Hannah Ritter nach Hause kommt?«, fragte er.

»Ich dachte, das hätten wir geklärt. Wir geben ihr die Chance, sich selbst zu melden. Morgen wird garantiert ein langer Tag, lass uns heute hier abbrechen. Wir haben viel erreicht. Wer weiß, was mit Ava Anderson passiert wäre, wenn wir nicht in die Wohnung eingedrungen wären?«

»Stimmt, das möchte ich mir nicht vorstellen. Ich fahre dich natürlich nach Hause, pardon, in die Mietwohnung.«

»Bereitet dir das keine Umstände?«

»Überhaupt nicht. Außerdem kannst du um diese Uhrzeit nicht mit den öffentlichen Verkehrsmitteln durch die halbe Stadt düsen. Wir Berliner wissen schließlich, was sich gehört.«

»Aha, wenn das so ist, bin ich einverstanden.«

Lisa nahm ihr Handy und schrieb Max eine kurze Nachricht: »Bin etwa in einer halben Stunde in der Wohnung.«

Sie war zwar müde, aber Max' Anwesenheit würde bestimmt ihre Lebensgeister wieder wecken.

13. Kapitel

Sechster Tag im Landeskriminalamt

Obwohl sie am Vorabend lange nach Feierabend mit diesem Fall beschäftigt waren, ließen es sich Martin und Lisa am nächsten Morgen nicht nehmen, pünktlich im Büro zu sein. Seit sie an ihrem Schreibtisch saßen, telefonierten sie ununterbrochen.

Lisa informierte Clemens Dreyer und hielt Hauptkommissar Arno Stolberg von der Kripo Kreuzberg über den letzten Abend auf dem Laufenden. Der teilte ihr mit, dass er erneut mit Robert Weber nach dessen Besuch in der Gerichtsmedizin verabredet war.

»Der Bruder konnte mir glaubhaft erklären, was er in Berlin gemacht hat. Dazu später mehr.«

»Na, das interessiert mich jetzt und vor allem, warum er in der Villa war. Ich traue ihm irgendwie nicht.«

»Ihr Norddeutschen hört Flöhe husten, ich sehe bei ihm nichts. Wenn doch, bekommen wir das raus.«

Die Ankündigung blieb im Raum zurück.

Martin hatte sich in der Zwischenzeitließ zur Rettungsstelle des St. Josephs Krankenhauses durchstellen lassen. Er kam nicht durch, jedenfalls bekam er keinen verantwortlichen Arzt an den Apparat. Er nahm sich vor, solange dranzubleiben, bis er selbst mit Ava Anderson gesprochen hatte.

Allmählich schlitterte der Vormittag in die Mittagszeit hinein und Hannah Ritter hatte sich noch immer nicht bei ihnen gemeldet. Falls sie bis 15 Uhr nichts von ihr hörten, mussten sie das übliche Programm einleiten, so wie es mit Clemens Dreyer verabredet war.

»Okay, noch hat sie vier Stunden, danach leiten wir die Fahndung ein und du, Lisa, wirst sehen, wie eine Fahndung bei uns abläuft.«

»Auch, wenn mich das interessiert, hoffe ich, dass sie aus freien Stücken zu uns kommt. Selbst, wenn sie nicht zu Hause war, weiß sie seit gestern von ihrer Mutter, dass wir sie sprechen wollen.«

»Nicht nur mit ihr, Ava Anderson ist mit Bestimmtheit spätestens ab morgen vernehmungsfähig. Sie sah kaum lädiert aus, auch nicht krank, aber sicher psychisch mitgenommen.«

»Stimmt, den Eindruck hatte ich auch. Da keine bleibenden Schäden zu erwarten sind, bin ich gespannt, was das Ganze überhaupt für einen Sinn hatte. Was wollte Hannah Ritter mit diesem Übergriff bezwecken?«

»Das wird Frau Ritter uns hoffentlich bald selbst sagen.«

»Und Ava Anderson, die Geschädigte«, fügte Martin hinzu.

»Falls sie überhaupt mit uns reden will. Das Geschehene wird nicht einfach zu verarbeiten sein«, sagte Lisa. Sie erinnerte sich an den letzten Sommer. Im Wald war sie einem Monster ausgeliefert gewesen und nur mit Hilfe kompetenter Fachleute hatte sie mental das Erlebnis einigermaßen glimpflich überstehen können.

»Wer weiß, was das alles zu bedeuten hat?«

»Wer weiß, ob beide Frauen überhaupt die Wahrheit sagen werden?«

»Ich bin genauso gespannt, Lisa, und eigentlich muss Ava Anderson dir dankbar sein, denn du hast die ganze Zeit nicht lockergelassen und deiner Intuition vertraut.«

Plötzlich läutete das Telefon, Lisa war in der Nähe und nahm den Hörer ab.

»Notaufnahme St. Josephs Krankenhaus. Nur eine kurze Info, wir werden nach der Visite in einer Stunde Frau Anderson entlassen. Es gibt keinerlei Hinweise auf Verletzungen. Ich denke, Sie können jetzt selbst mit ihr sprechen. Soll ich Frau Anderson gleich zu ihnen durchstellen?«

Lisa bejahte das und meinte: »Das ist eine gute Idee.«

Der Arzt gab offensichtlich das Telefon weiter, woraufhin eine leise Stimme ertönte: »Anderson«.

»Lisa Liebich, es freut mich, dass Sie wohlauf sind. Aber wie es zu dieser misslichen Situation gekommen ist, interessiert mich natürlich schon. Sie werden das bestimmt plausibel erklären können, nicht wahr?«

»Hier am Telefon?«

»Nein, am besten sprechen wir uns am Nachmittag im Kommissariat.«

Martin hatte mitbekommen, wer am Apparat war, und gab ein Zeichen, dass sie besser zu Ava Andersons Wohnung fahren sollten, um sich dort gleich umzusehen.

»Moment, ich sehe gerade in meinem Kalender, dass wir am Nachmittag ohnehin in Ihrer Nähe sind, also kommen wir zu Ihnen«, fand Lisa schnell eine Ausrede. »Wann passt es?«

»Bin zwischen 15 und 16 Uhr zu Hause«, meinte Ava Anderson mit gequälter Stimme.

»Gut, dann sehen wir uns!« Lisa legte auf. »Perfekt, damit sprechen wir heute wenigstens mit Ava Anderson und kommen ein großes Stück weiter«, meinte sie.

»Mal sehen, was dabei rauskommt. Sie hörte sich eben sehr gedrückt am Telefon an. Nur von Robert Weber gibt es nichts Neues.«

»Wir sollten uns etwas stärken, bevor es zur Sache geht. Was hältst du von einem Espresso und einer Pizza bei deinem Lieblingsitaliener? Ich gebe einen aus.« Lisa sah Martin fragend an.

»Na klar«, meinte er, wie aus der Pistole geschossen. »Das haben wir uns verdient.«

Martin schaltete gerade seinen Computer aus, als es kurz an die Tür klopfte und gleich danach ein Paar eintrat. Eine Frau, blass und verlegen, und ein Mann älteren Semesters, der seriös in einem modernen Anzug steckte.

»Mein Name ist Hannah Ritter, ich möchte eine Aussage machen. Rechtsanwalt Winkler wird mir dabei zur Seite stehen«, meldete sich die Frau zu Wort.

»Na endlich! Auf Sie haben wir den ganzen Vormittag gewartet. Kommen Sie rein.«

Martin fügte hinzu: »Da Ihnen eine Straftat zu Lasten gelegt wird, wird es sich hierbei um ein Verhör handeln. Gut, dass Sie freiwillig gekommen sind und uns damit die Fahndung ersparen. Vielleicht wirkt sich das später mildernd auf das Strafmaß aus. Aber das hängt vor allem davon ab, ob Sie uns die Wahrheit sagen, und zwar die ganze Wahrheit.«

Die Frau wurde bei Martins Worten rot. Seine harte Aufforderung, die Wahrheit zu sagen, schien sie zu verunsichern.

Lisa erinnerte sich an die Good Cop, Bad Cop-Methode, die sie in Rostock manchmal bei Verhören favorisierten. Die wäre bei dieser Frau genauso angebracht. Lisa flüsterte Martin ihren Vorschlag zu und er gab nickend sein Einverständnis. Auf einmal begann der Rechtsanwalt seine Mandantin in Schutz zu nehmen.

»Frau Ritter ist freiwillig hier, weil sie eine Aussage machen möchte. Ich bitte Sie, ihr den Respekt entgegenzubringen, den sie verdient hat.«

»Respekt und eine Straftat, die definitiv vorliegt, das passt irgendwie nicht zusammen. Wir wollen die Wahrheit und werden anschließend entscheiden, wer welchen Respekt verdient hat.« Martin redete sich geradezu in Rage.

Dieser Rechtsanwalt kam Lisa wie die gesamte Geschichte suspekt vor. Solche glatten Typen konnte sie nicht leiden. Dennoch übte sie sich in ihrer Rolle und begann, den Ton etwas zu entschärfen. »Lassen Sie uns in Ruhe miteinander reden. Wir gehen in den Verhörraum und nehmen die Aussage Ihrer Mandantin auf. Später sprechen wir auch mit der geschädigten Frau Ava Anderson. Ich gehe davon aus, dass sie als Nebenklägerin auftreten wird. Aber wir sammeln erst alle Fakten, bevor die gesamte Angelegenheit der Staatsanwaltschaft übergeben wird.«

Sie gingen gemeinsam den langen Flur entlang, bis sie vor einer Tür standen, die bisher nie geöffnet wurde. Lisa betrat den Raum und erkannte sofort, dass die technische Ausstattung überaus hochwertig war.

Martin bediente nur einige Knöpfe, dann ging ein Aufnahmegerät geräuschlos an. Er überprüfte, ob alles zur Aufnahme bereitstand und bat Frau Ritter samt Anwalt, gegenüber Platz zu nehmen.

Lisa setzte sich neben Martin.

»Frau Ritter wollen Sie gleich beginnen oder sollen wir Ihnen besser Fragen stellen?« Lisa stellte die Frage betont sanft, um die Anspannung zu entschärfen.

»Ich möchte lieber beginnen. Falls ich etwas vergesse, können Sie gern mit Fragen nachhaken.«

Martin brachte einen ersten Einwand: »Es geht hier um die Entführung von Ava Anderson und den Mord an Adam Weber.«

Hannah Ritter wurde bleich im Gesicht. Ihr Rechtsanwalt sah sie mit weit aufgerissenen Augen an und unterbrach das Verhör: »Entschuldigen Sie bitte, kann ich kurz mit meiner Mandantin sprechen? Von einem tödlichen Ausgang weiß ich nämlich nichts.«

»Bitte! Aber nur fünf Minuten.« Martin klang richtig sauer.

Der Rechtsanwalt zog sich mit seiner Mandantin auf den Flur zurück. Die Auseinandersetzung zwischen den beiden wurde immer lauter und ernsthafter.

»So unsicher kann die Frau nicht sein, hörst du ihre starke Stimme?«, fragte Martin.

»Stimmt, wir sollten sie fester rannehmen. Immerhin hat sie selbst ihrem Rechtsanwalt nur Halbwahrheiten erzählt.«

»Oder der Giftanschlag steht tatsächlich auf einem ganz anderen Blatt?«

»Ich hole sie jetzt rein, wenn sie sich nicht einig sind, macht sie ohne Beistand die Aussage.«

Lisa ging zur Tür. Auf dem Flur sah sie den Anwalt gerade noch in Richtung Ausgang laufen. »Wir wollen weitermachen. Kommen Sie bitte.«

Martin schien nicht erstaunt darüber zu sein, dass Hannah Ritter allein zurückkam. Der Rechtsanwalt hatte sich verabschiedet.

»Auch gut, dann machen wir mit Ihnen allein weiter. Damit wir alles erfahren, was uns wichtig ist, stellen wir besser ab jetzt die Fragen.«

Hannah Ritter sah Lisa an und nickte stumm, dabei fiel sie leicht in sich zusammen.

Lisa bat Frau Ritter, wieder Platz zu nehmen, und stellte gleich die erste Frage: »Können Sie uns erklären, weshalb Sie Frau Anderson in Ihrem Haus gefangen hielten?«

Auf einmal rappelte Hannah Ritter sich auf, setzte sich aufrecht hin und hob in einem überraschend festen Ton ihre Stimme. »Das war nie meine Absicht, das müssen Sie mir glauben.«

»Wir glauben an die Wahrheit, fangen Sie endlich an damit.«

Hannah Ritter fiel es schwer, passende Worte zu finden, und man merkte ihr an, wie sie nach solchen suchte. Es dauerte, ehe sie anfing, zu sprechen. »Ich muss etwas ausholen, damit Sie die Zusammenhänge verstehen.«

»Hauptsache, es ist die Wahrheit«, forderte Lisa und sah Hannah Ritter herausfordernd an.

»Vor einigen Jahren hatte ich einen Tanzpartner, Adam Weber. Wir waren zwar kein Paar im eigentlichen Sinn, aber ein eingespieltes Tanzpaar. Bei Adam merkte ich nach langer Zeit wieder, dass es jemanden gab, auf den ich mich verlassen konnte. Das schweißte uns zusammen und wir tanzten meist miteinander. Einige Zeit später lernte ich bei meiner Mutter Ava Anderson kennen. Sie ist ihre Nachbarin, aber das wissen Sie sicher schon längst. Zuerst fanden wir uns nur sympathisch, später telefonierten wir öfter oder verabredeten uns zum Essen. Von Anfang an erzählte ich ihr von meiner Leidenschaft: dem Tangotanz. Etwas später lud ich sie ein mitzukommen.«

Das Verhör verlief jetzt deutlich flüssiger als vor wenigen Minuten, dennoch unterbrach Martin den

Sprachfluss. »Bleiben Sie bitte beim Wesentlichen, sonst sitzen wir morgen noch da«, brachte Martin seinen Einwand schroff zum Ausdruck.

Hannah Ritter wischte nervös in ihrem Gesicht herum, dann sprach sie in einem schnelleren Tempo weiter. »Okay, ich bemühe mich. Also, Ava gefiel die Atmosphäre in der Villa. Um ihr den Start zu erleichtern, tanzten wir am Anfang gemeinsam. Darüber ärgerte sich Adam, weil er keine Tanzpartnerin fand, die zu ihm passte. Kurze Zeit später fiel ich wegen gesundheitlicher Probleme für einige Abende aus. Während dieser Zeit tanzte er mit Ava. Ja, was soll ich sagen?« Sie machte eine Pause und ihre Tränen flossen von ganz allein.

»Seit sie das erste Mal die Tanzfläche betraten, tanzten nur sie gemeinsam. Selbst nach meiner Krankheit war ich bei beiden abgeschrieben.«

»Das hat Sie verletzt und Sie schmiedeten Rachepläne?«

»Rache? Nein, ich war enttäuscht, weil ich mich bei den einzigen Personen, die mir etwas bedeuteten, geirrt hatte.«

»Wir kommen so nicht weiter. Warum haben Sie Frau Anderson gefesselt? Was hatten Sie überhaupt mit ihr vor?« Auch Lisa wollte, dass die Frau endlich konkret antwortete.

»Ava wollte auf einmal nichts mehr von mir wissen, ganz abgesehen vom Tanzen. Und als ich die beiden zusammen sah …« Hannah Ritter stockte für einen Moment und schnäuzte sich in ein Taschentuch. Wieder sprach sie erst nach einer kurzen Pause weiter. »Sie tanzten voller Hingabe und Adam holte aus Ava alles raus. Sie waren so gut, eine ganz andere Liga!

Wenn Sie verstehen, was ich meine? Jedenfalls werde ich nie so einen guten Tango können. Sie waren ein echtes Traumtanzpaar. Mir wurde auf einmal klar, dass ich meinen Tanzpartner und meine Liebste verloren hatte.«

»Liebste? Waren Sie mit Frau Anderson liiert?«

»Nicht wirklich. Ich begehrte sie, aber das Gefühl blieb einseitig. Spätestens als sie mich während des Tanzes mit Adam abschätzig anschaute, wusste ich, dass sie für immer verloren war.«

»Dass Gefühle nicht erwidert werden, passiert einigen Menschen. Ich wiederhole mich, wie kam es zu der jetzigen Straftat?«

»Ich muss etwas weiter ausholen, sonst verstehen Sie mich nicht.«

»Fassen Sie sich trotzdem bitte kurz«, meinte Martin erneut mit schroffer Stimme.

»Ich bin nicht mehr in die Villa gegangen, ich konnte den beiden einfach nicht länger zusehen. Denn wissen Sie, beim Tango ist es so, meist werden nur die Frauen aufgefordert, die bekannt für anpassungsfähige Schritte sind und bereits ein besonderes Level haben.«

»Meinen Sie etwa, beim Tango geht es elitär zu?«, fragte Martin.

Lisa wusste sofort, was Hannah Ritter meinte. Sie hatte es selbst im Saal des *El Gato* erlebt. Meist wurden dieselben Tanzfreudigen aufgefordert, andere blieben den ganzen Abend sitzen.

»Ja, so in der Art«, sagte Hannah Ritter. »Elitär, so könnte man es vielleicht nennen. Ich saß also meist rum. Mich forderte nach Adam und Ava keiner mehr auf. Was sollte ich da? Damit wurde mir ein wichtiger Teil in meinem Leben genommen.«

»Sie hätten woanders hingehen können. In Berlin gibt es sicher sehr viele Milongas.«

»Nein, ich versuchte einen anderen Weg ...« Plötzlich stockte sie wieder. »Ein Jahr später hatte ich das schäbige Verhalten der beiden noch immer nicht verdaut. Ich überlegte lange, was ich tun konnte, um das zu ändern. Am letzten Donnerstag lud ich Ava und Adam zu mir nach Hause ein. Das sollte der erste Versuch werden, uns endlich auszusprechen. Dabei wollte ich beiden einen von mir lang überlegten Vorschlag unterbreiten.«

»Einen Vorschlag?«

»Ja, ich schlug ihnen vor, dass wir gemeinsam in die Villa *El Gato* fahren, um uns beim Tanzen abzuwechseln. Ich weiß, Sie werden das nicht verstehen. Aber, ob Sie es glauben oder nicht, ich wollte Ava einfach im Arm halten.«

»Und? Kam es zu dem Treffen?«

»Ja, wir kamen zusammen.«

»Kommen Sie endlich zum Kern, wir haben hier nicht ewig Zeit. Was passierte dann?«

»Zuerst saßen wir freundlich zusammen, aber nachdem ich Ava und Adam meinen Vorschlag unterbreitet hatte, lachten sie laut los. Ich war so wütend. Sie meinten, ich sei naiv. Selbst Ava haute in dieselbe Kerbe, das hätte ich ihr nie zugetraut.«

»Und dann haben Sie zum Gift gegriffen?« Lisa war nervös und wollte endlich die Vernehmung zum Ende bringen.

»Kann ich ein Glas Wasser bekommen?«

Lisa ging und holte für alle etwas zu trinken. Hannah Ritter trank hastig ihr Glas Wasser aus, bevor sie weitersprach: »Sicher, meine Wut hatte sich drastisch zugespitzt und ich musste etwas unternehmen. Vor allem Ava wollte ich einen Denkzettel verpassen. Ich war so enttäuscht von ihr.«

»Sie hatten Gift zu Hause?«, fragte Martin frei heraus.

»Ich neige zu Migräne. Eine kleine Dosis Arsenik hilft mir, die in den Griff zu bekommen. Die Substanz hatte ich mir vor sehr langer Zeit für diesen Zweck organisiert. Nach dem Gespräch kam mir die Idee, Ava genauso leiden zu lassen. Verstehen Sie mich richtig, nur für kurze Zeit. Ich wusste, dass sie sich bald wieder erholen würde. Sie sollte eine Zeit lang krank sein und sich schlecht fühlen. Das wäre die Chance gewesen, mir Adam zurückzuholen. Alles sollte genau wie früher werden, als wir beide allein tanzten. Ava war mir inzwischen gleichgültig, sie hatte sich zu drastisch verändert.«

»Den Giftanschlag haben Sie also geplant oder wie können wir uns das vorstellen?«

»Natürlich nicht. Der Gedanke kam mit meiner Wut. Ich machte eine kleine Dosis in ihren Kaffee und vermischte den mit der Milch. Ich wusste ja, dass Adam seinen Kaffee ohne Milch trank.«

»Erklären Sie uns, warum dann Adam vergiftet wurde und nicht Ava.«

»Das weiß ich nicht. Außerdem wollte ich niemanden vergiften, lediglich einen Denkzettel wollte ich Ava verpassen.«

»Und die Frau zu fesseln, war auch als Denkzettel gedacht, oder wie?«

Hannah Ritter wurde wieder ganz still und sackte in sich zusammen. Sie musste gemerkt haben, dass ihre Erzählung Lücken aufwies und nicht ganz zusammenpasste. Leise hob sie erneut ihre Stimme: »Adam ging schließlich allein ins *El Gato*. Ich bat Ava, bei mir zu bleiben, um uns ein letztes Mal auszusprechen. Sie blieb auch und es sah aus, als würden wir uns wieder besser verstehen. Plötzlich tat es mir leid, ich meine das mit dem Gift. Ich wollte bei ihr sein und ihr helfen, falls es ihr nicht gut ging. Das war alles.«

»Wir werden Ihre Aussage überprüfen und mit der von Ava Anderson vergleichen, die wir heute Nachmittag befragen. Halten Sie sich bitte zu unserer Verfügung. Wir sind nicht am Ende unseres Verhörs. Vermutlich geht es morgen weiter.«

Hannah Ritter stand befreit auf, froh, diesen Ort zu verlassen. Bevor sie die Tür hinter sich schloss, drehte sie sich kurz um und meinte: »Ich habe mit Adams Tod nichts zu tun, das werden Sie sicher bald herausfinden.«

Lisa und Martin blickten Hannah Ritter erstaunt hinterher, bevor sie sich mehrmals die Aufnahme der Befragung anhörten.

»Also mir kommt ihre Aussage sehr fragwürdig vor. Vom Vergifteten war keine Rede. Der Denkzettel für Ava scheint mir auch ohnehin eine Notlüge zu sein. Was meinst du?«

»Meine Empfindungen und was ich glaube stehen auf einem anderen Blatt. Was wir brauchen, sind handfeste Beweise, und die hat diese Dame uns nicht geliefert.«

»Bevor wir zu Ava Anderson fahren, erkundigen wir uns einmal im St Josephs Krankenhaus, wie es tatsächlich um Ava Anderson stand. Heute früh meinten die zwar, dass alles viel schlimmer aussah, als es in Wirklichkeit war, aber ich will Genaueres. Die können uns garantiert mitteilen, ob sich betäubende Substanzen im Blut befanden.«

»So wie sie aussah, kann ich mir das kaum vorstellen.«

Lisa und Martin stellten den Rekorder ab und gingen zurück ins Büro. Kaum dass Martin an seinem Platz war, rief er im St. Josephs Krankenhaus an. Dieses Mal hatte er mehr Glück und der richtige Arzt war gleich am Telefon.

»Martin Meyer, LKA. Wir haben eine Frage zu Ava Anderson. Ist der Abschlussbericht schon zu uns unterwegs?«

»Der dürfte jeden Moment bei Ihnen sein.«

»Gut, können Sie mir vielleicht jetzt schon sagen, ob bei der Frau Gifte oder Opiate im Blut nachgewiesen wurden?«

»Wir können nur gängige Gifte mit Bestimmtheit ausschließen. Eine Substanz war im Blut, die muss noch untersucht werden.«

»Oh, vielen Dank, dann erwarten wir den letzten Befund.«

»Etwas Neues?« Lisa erkannte am Gesicht ihres Kollegen, dass es eine Unbekannte gab.

»Ja, in ihrem Blut wurde eine Substanz entdeckt. Die Untersuchung steht noch aus.«

Lisa wählte Ava Andersons Nummer. »Mal sehen, ob Ava Anderson schon zu Hause ist. Jedenfalls muss sie das Handy geladen haben. Es gibt ein Signal, wenn auch nur ein Besetztzeichen.«

»Was soll das Theater mit dem Handy. Wir sind ohnehin mit ihr verabredet, also machen wir uns gleich auf den Weg.«

Lisa nickte zustimmend.

Lisa und Martin fuhren bis zum Landwehrkanal und standen nach zwanzig Minuten vor dem Haus im dekorativen Jugendstil. Martin klingelte lange und eindringlich, als sich jedoch nichts rührte, wollten sie sich bei Frau Ritter melden. Martin hielt bereits den Finger an den Knopf, als plötzlich der Türöffner bedient wurde. Mit schnellen Schritten liefen sie die Treppen hoch.

Die Tür war nur angelehnt und ein leises, klägliches Stimmchen war zu hören: »Kommen Sie rein, ich liege im Wohnzimmer.«

Die Beamten betraten die Wohnung und stellten fest, dass diese ziemlich unübersichtlich war. Für eine alleinstehende Frau genoss sie den Luxus großzügiger Wohnräume. Wenigstens drei Zimmer gingen von dem langgestreckten Flur ab. Eine Tür war weit geöffnet und sie hörten von dort erneut die zarte Stimme. »Hier bin ich.«

»Hallo Frau Anderson, freut uns, dass es Ihnen besser geht. Wir haben ein paar Fragen, das können Sie sich bestimmt vorstellen«, sagte Lisa. Vor ihr auf dem Sofa lag eine gebrochene Frau. Nichts erinnerte mehr an die glanzvolle Tänzerin, die im *El Gato* wie im Rausch über das Parkett gewirbelt war.

»Frau Anderson, wir möchten wissen, wie Sie in diese prekäre Lage geraten sind.« Lisas Stimme passte sich der Situation an und sie sprach leiser als zu ihrer Begrüßung.

Ava Anderson setzte sich aufrecht hin und bemühte sich aufzustehen. Lisa unterstützte diese Idee. Sie wollte unbedingt ein Gespräch auf Augenhöhe mit dieser Frau, um ihre Reaktionen auf die Fragen genau zu erkennen. »Wenn es Ihnen nichts ausmacht, würden wir uns gern mit Ihnen setzen?«, sagte Lisa und zeigte auf einen ovalen Tisch, der in unmittelbarer Nähe stand.

»Ich denke, das geht.« Sie erhob sich mit wackligem Gang, deshalb bot Martin Ava Anderson seine Hilfe an. Die nahm sie gern an.

Sie setzten sich zu dritt an den Esstisch, an dem vier Stühle standen.

»Wir haben ein Aufnahmegerät dabei, damit wir später ein exaktes Protokoll anfertigen können. Ist das okay?«, fragte Martin.

Frau Anderson nickte stumm.

»Im Vorfeld haben wir mit Hannah Ritter gesprochen. Jetzt möchten wir von Ihnen wissen, was tatsächlich passiert ist. Wie konnten Sie in eine solch ungewöhnliche Lage kommen?«

Ava Anderson suchte genau wie Hannah Ritter nach passenden Worten. Es fiel ihr sichtbar schwer, auf Martins Frage zu antworten. Sie schwieg relativ lange.

»Das war Hannahs Idee«, kam plötzlich schwach aus ihr heraus.

»Was war Frau Ritters Idee?«, übernahm Lisa das führende Wort.

Im Kopf der Frau schien es weiter zu arbeiten. »Na ja, mich bei sich zu behalten.«

»Und weshalb?«

»Weshalb … nur?«, stammelte Ava Anderson.

»Frau Anderson, Sie wissen doch mehr!«

»Sie wollte mich eben bei sich haben. Ja, warum? Haben Sie Hannah das nicht selbst gefragt?«

»Wir möchten das gern von Ihnen wissen. Sie waren mehrere Tage in Johanna Ritters Wohnung, da gab es sicher Gespräche zwischen Ihnen?«

»Ich habe meist geschlafen, gesprochen haben wir nicht viel.«

»Sie wissen inzwischen längst, dass Ihr Tanzpartner Adam Weber nicht mehr lebt?« Lisa glaubte Ava Anderson nicht und erlaubte sich einen schnellen Wechsel zu Adam Weber hin, um Avas Reaktion zu testen. Und tatsächlich, Ava wurde hochrot und senkte den Blick. Lisa machte weiter. »Sie waren ein Traumpaar. Das kann nicht spurlos an Ihnen vorbeigehen?«

»Nein, das tut es auch nicht. Adam war der Beste! Nie mehr werde ich so einen Tänzer finden. Darum habe ich mich entschieden, keinen Tango mehr zu tanzen.«

»Ein schneller Entschluss. Trotzdem werde ich den Verdacht nicht los, dass Adam Webers Tod und Ihr Verschwinden eng miteinander zusammenhängen. Helfen Sie uns bitte, damit wir weiterkommen.« Lisa entging nicht, dass es Ava Anderson schwerfiel, über ihren Tanzpartner zu sprechen. Sie wurde blasser und ihre Augen huschten unruhig durch den Raum.

»Ich kann Ihnen nichts sagen. Sie haben gestern gesehen, in welcher Lage ich mich befand. Ich wäre Ihnen dankbar, wenn Sie mich jetzt allein lassen. Wie Sie wissen, wurde ich gerade aus dem Krankenhaus entlassen.«

Lisa flüsterte Martin zu: »Okay, wir gehen.«

Er gab mit einem kurzen Nicken sein Einverständnis zum Ausdruck, dann erhoben sie sich.

»Okay, Frau Anderson«, sagte Lisa laut. »Für heute sind wir fertig. Aber wir sprechen uns wieder, darauf können Sie sich verlassen.«

»Aus dem Bisschen, was Sie bereit waren, uns zu erzählen, können wir keine Schlüsse ziehen. Vieles stimmt obendrein nicht mit den Worten von Frau Ritter überein«, schob Martin bewusst hinterher.

In Ava Andersons Gesicht war ein Aufblitzen zu erkennen, das Unsicherheit verriet. Offenbar hatte Martin mit seinem Nachsatz ins Schwarze getroffen.

»Wir bekommen jedes Detail raus, dessen dürfen Sie sicher sein.« Lisa zog sich bewusst langsam die Jacke an.

»Und, falls Sie uns etwas verheimlichen, könnte sich das nachteilig auf Sie auswirken«, schloss sich Martin an.

»Wir haben natürlich Verständnis dafür, dass Sie nach dem Krankenhausaufenthalt Ruhe brauchen. Doch wir müssen ein Tötungsdelikt aufklären und geben keine Ruhe, bis wir die Wahrheit kennen. Auf Wiedersehen, Frau Anderson.« Lisas letzte Worte klangen nicht mehr so freundlich wie zu Beginn ihres Besuchs.

Sie standen bereits in der Tür, als Lisa sich zu Ava umdrehte. »Halten Sie sich zu unserer Verfügung. Wir laden Sie morgen für ein weiteres Gespräch zu uns ein. Ach ja, ich habe doch noch eine Frage. Kennen Sie vielleicht Robert Weber?«

Ava sah unangenehm überrascht aus, was Lisa jubeln ließ. Es sollte ein Versuch sein, und der war gelungen.

Draußen hatte sich inzwischen eine dicke Nebelschicht breitgemacht und die einsetzende Dunkelheit ließ die Gegend unheimlich erscheinen. Der Fall, der wieder offen wie am Anfang war, stellte sich genauso nebulös dar.

»Was die beiden uns bisher erzählt haben, klingt nach einem abgesprochenen Märchen, das allerdings von beiden nicht richtig wiedergegeben wurde. Wir müssen beide aus ihrer Komfortzone locken und gegeneinander ausspielen. Wäre nicht das erste Mal, dass dann einer beginnt zu plaudern«, sagte Lisa.

»Ich verspreche dir, ab morgen ist die Märchenstunde vorbei. Wir laden beide ein und werden sie direkt mit der Aussage der anderen konfrontieren.«

»Ehrlich gesagt traue ich beiden Frauen nicht über den Weg.«

»Ich auch nicht. Morgen werden wir härter vorgehen. Kann ich dich irgendwo absetzen?«

»Ja, gern. Ich glaube, der Wittenbergplatz liegt auf unserer gemeinsamen Strecke? Allmählich habe ich das gesamte U-Bahnnetz im Kopf.«

Die U-Bahnfahrt dauerte nicht lange. Kurz vor dem Ziel rief Lisa Max an. Sie wollte ihm mitteilen, dass er sie erst unmittelbar vor dem Tanz abholen sollte. Sie brauchte etwas Abstand von dem Fall, aber vor allem wollte sie ihren Freund nicht gleich mit den Geschehnissen überfrachten. Sie musste sich erst ihre eigenen Gedanken machen. Alles schien verworren und gleichzeitig der Lösung so nahe zu sein.

In der Wohnung angekommen, stellte sich ausnahmsweise keine Vorfreude auf den Kurs ein.

In Graal-Müritz hätte sie in einer ähnlichen Situation nicht gezögert, am Strand zu joggen. So hätte sie schnell ihren Kopf frei bekommen. Heute fehlte ihr Graal-Müritz ganz besonders. Die Ostsee mit seiner ständig frischen Brise, die im Winter besonders erholsam war. Der Wald in seiner Stille und die Menschen, die ohne jede Hektik auskamen. Und natürlich fehlten ihr genauso die Kollegen in Rostock. Mit denen konnte sie auch mal ein persönliches Wort wechseln, genauso verstanden sie sich ohne viel Gerede.

Sie seufzte. In Berlin lebte Max. Mit zärtlichem Gefühl dachte sie an ihren Freund, den sie in den wenigen Tagen erstaunlich schnell in ihr Herz geschlossen hatte, und sie war zurück in der Gegenwart. Mit einem Glas Tee zog sie sich auf die Couch zurück, in der gesamten Wohnung war das die einzige bequeme Sitzgelegenheit, die an ihr zu Hause erinnerte. Dabei gab die wohlige Wärme des Tees ihr die innere Ruhe zurück, die ihr seit dem frühen Nachmittag abhandengekommen war. Mit diesem Wohlgefühl kam auch Lisas Wunsch nach der Nähe zu Max.

14. Kapitel

Dritter Tanzkurs im *El Gato*

Am Abend war kein helles Licht hinter den hohen Fenstern der Villa *El Gato* zu erkennen, wie sie es an den anderen Tagen zuvor sehen konnten. Nicht mal, als sie näherkamen. Der große Saal blieb stockfinster.

»Vielleicht fällt unser Kurs aus?«, mutmaßte Max.

»Nein, dann hätte Francesco uns informiert, da bin ich mir sicher. Und falls doch, tanzen wir eben bei mir zu Hause ein paar Schritte.«

»Hast du heimlich geübt?« Max lachte herzhaft und Lisa stimmte mit ein. Die Tür der Villa ließ sich öffnen und alles schien unverändert. Außer dass der große Saal die ganze Woche verschlossen bleiben sollte. Ein großer Aushang an der Tür zeigte, dass aus betriebsinternen Gründen bis auf weiteres keine Tanzabende stattfinden würden. Doch oben begrüßte sie in gewohnter Weise Francesco: »Gut, dass euch die Finsternis nicht abgeschreckt hat. Wir machen natürlich mit unserem Kurs weiter. Am Samstag ist schließlich unser letzter Kurstag und bis dahin gibt es viel zu besprechen. Äh, ich meine natürlich, zu tanzen.«

Er nahm Lisa beiseite: »Stimmt das? Ich habe gehört, dass ihr Ava und Hannah verhört habt? Stehen sie etwa unter Verdacht, den armen Adam vergiftet zu haben?«

»Francesco, während der Ermittlungen darf ich keine Angaben dazu machen. Erst, wenn wir genaue Fakten haben und fertig sind, kann ich mich offiziell äußern. Ehrlich gesagt hoffe ich, dass das bis Freitag der Fall sein wird. Dann erfährst du mehr, versprochen.«

»Ja klar, ich verstehe das, aber eigentlich auch wieder nicht. Jedenfalls, was die beiden Frauen angeht. Ich hätte niemals geglaubt, dass die Liebe zum Tango zu solch einem dramatischen Vorfall führen kann. Aber jetzt genug. Alle sind da. Wir können beginnen.«

Ein weiteres Tanzpaar hatte sich verabschiedet, es standen gerade mal sechs Teilnehmer auf der Tanzfläche.

Susanna stellte die Musik an und hielt Francesco eine Hand hin, der sie sogleich ergriff. Gemeinsam präsentierten sie einen schnellen Tango mit einer Vielzahl von Drehungen, die von Francesco diskret angedeutet wurden. Als das Lied endete, verharrten sie kurz in einer innigen Umarmung.

»Wir wollten euch heute mit einem Tanz willkommen heißen«, sagte Susanna und löste sich von Francesco. »Ist euch aufgefallen, wie diskret Francesco geführt hat? Traditionsgemäß führt der Mann die Frau und sie folgt ihm. Seit jüngerer Zeit sieht man allerdings immer mehr Frauen, die führen. Heutzutage tanzen gleichgeschlechtliche Paare genauso gut. Doch was heißt eigentlich ›führen‹? Die Antwort darauf wird uns Francesco geben.«

»Der Führende zeigt, welche Schritte und Kombinationen getanzt werden, damit bestimmt er auch das Tempo.«

»Die andere Person muss also die Führung akzeptieren und sich bemühen, die Impulse des Partners so aufzunehmen, dass jeder von ihnen zu einem harmonischen Tanz kommt?«, fragte eine Frau aus der Runde.

»Richtig«, antwortete Francesco. »Nur so kann ein kontinuierlicher Tanzfluss entstehen.«

Susanna ergänzte: »Das Führen des Partners kann auf verschiedene Arten interpretiert werden, daher muss der Führende unbedingt auf die Reaktionen des Partners reagieren. Im Idealfall entwickelt sich ein kreativer Dialog zwischen den Tanzpartnern.«

»Lasst uns heute besonders darauf achten, wie die Männer ihren Führungsstil gestalten und ob sie dabei auf ihre Partnerin eingehen. Beim letzten Mal haben wir die Drehung geübt, bezieht diese bitte in euren Tanz mit ein.« Während Susanna sprach, stellte sie die Musik lauter, und alle Paare standen im Kreis bereit. Max hielt Lisa fest im Arm, kündigte seine Drehung mit dem Blick an und nahm galant ihren Arm.

Als zwei Stunden vorbei waren, verteilte Francesco kleine Heftchen, in denen er Schritte samt Bezeichnung notiert hatte.

»Schaut euch das zu Hause ruhig etwas genauer an. Nächstes Mal werde ich einige der Begriffe verwenden, es wäre gut, wenn ihr direkt wissen würdet, was ich meine.«

»Aus gegebenem Anlass möchte ich euch ein paar Worte als Anregung mit auf den Weg geben«, schloss sich Susanna dem Abschluss des Abends an. »Besprecht mit eurem Partner, wie er sich bei einem Partnerwechsel fühlen würde. Der Tango ist besonders körperbetont und führte schon das ein oder andere Mal zu leidenschaftlichen Gefühlen. Ihr könnt euch sicher vorstellen, dass es oft genug zu Eifersucht zwischen Tanzpartnern kommt. Genauso kann es möglich sein, dass der Stil eines anderen Tänzers besser zu eurem passt. Ich möchte euch eigentlich nur auffordern, diese Themen einfach mal zu Hause zu besprechen, damit ihr selbst nicht in eine Eifersuchtsfalle tappt.«

Francesco schloss sich den Worten von Susanna an: »Wenn die Beziehung stimmt, kann ein anderer Tanzpartner nichts ausrichten. Wer darüber persönlich mit uns sprechen will, dem bieten wir das gern an. Aber jetzt kommt gut nach Hause. Wir freuen uns, euch am Donnerstag wiederzusehen.«

Ursprünglich hatten Lisa und Max geplant, den fortgeschrittenen Tänzern im großen Saal über die Schulter zu schauen. Lisa wollte dabei in einem lockeren Gespräch mit den Alteingesessenen auch etwas Klatsch mitbekommen. In Gerüchten steckte oft etwas Wahres.

»Auch gut«, betonte Max erfreut. »Dann habe ich dich ab jetzt ganz allein für mich. Wir fahren zu mir und schließen den Abend in aller Gemütlichkeit ab. Ein bisschen darfst du mir von euren neuen Ermittlungen erzählen.«

»Ach, lass uns nicht den Abend verderben. Die Geschichte nimmt gerade sehr abstruse Formen an. Morgen werden wir die Frauen mit der Aussage der jeweils anderen konfrontieren. So können wir sie vielleicht überführen. Bisher hat es jedenfalls den Anschein, dass nichts von ihren Aussagen stimmt.«

»Du entscheidest, ob du etwas erzählen willst. Ein entspannter Abend wäre mir natürlich viel lieber, zumal unsere Zeit ohnehin in ein paar Tagen vorerst vorbei sein wird.«

Lisa kuschelte sich an ihn. »Am liebsten würde ich dich mitnehmen.«

»Was hältst du davon, wenn ich dich mit dem Auto nach Graal-Müritz fahre? Das wäre deutlich einfacher für dich. Vielleicht kann ich sogar ein paar freie Tage anhängen.«

»Das wäre großartig und wir hätten mehr Zeit für uns.«

Obwohl sie noch nicht getrennt waren, freute sich Lisa auf die zusätzlichen Tage mit ihrem Freund an der Küste.

15. Kapitel

Siebter Tag im Landeskriminalamt

Am Morgen war Lisa die erste im Büro. Zu wichtig waren ihr die wenigen Stunden, die ihr blieben, und sie durfte keine unnötige Zeit verstreichen lassen. Genau drei Tage blieben, um den Mord an dem Tänzer aufzuklären.

Plötzlich klingelte das Diensttelefon. Sie wunderte sich, eigentlich begann ihre Dienstzeit erst in einer halben Stunde. Schnell nahm sie den Hörer ab.

»Dezernat 73, Liebich.«

»Guten Morgen, Lisa. Gut, dass du früher im Büro bist. Wir haben uns lange nicht gesprochen und ich habe ein schlechtes Gewissen, weil ich dich im Dschungel der Großstadt unter meine Fittiche nehmen wollte. Hat nicht geklappt und nun fährst du bald wieder nach Hause. Gestern erst bin ich von meiner Dienstreise zurückgekommen und da erzählte mir Clemens Dreyer, dass du in dem Giftmord Fortschritte nachweisen kannst.« Die Stimme von Walter Althaus klang beeindruckt.

»Danke für die Nachfrage, mir geht's soweit gut. Ja, wir haben hier volles Programm. Der Giftmord hält uns in Schach. Heute haben wir zwei weitere Verhöre, die hoffentlich zur endgültigen Lösung des Falls beitragen werden.«

»Clemens sagte mir, dass du persönlich in die Geschichte verwickelt bist?«

»Na ja, das ist übertrieben. Ich war lediglich dabei, als der Betroffene zusammenbrach und Hilfe brauchte.«

»Eigentlich wollte ich dir einen Vorschlag unterbreiten und fragen, ob ich dich am Samstag mit nach Rostock nehmen kann. Ich habe dort eine Tagung und du brauchtest nicht mit dem Zug zu fahren.«

Lisa wollte nicht unhöflich sein, sie hatte schließlich schon das Abendessen mit ihm abgesagt. Souverän antwortete sie deshalb schnell: »Die Einladung kommt leider etwas zu spät. Trotzdem vielen Dank. Ich habe bereits eine Einladung für die Rückfahrt angenommen.«

»Schade, ich hätte gern wenigstens das für dich getan.«

»Die Zeit verging wirklich schnell. Wer hätte zu Beginn daran gedacht, dass mir bei euch so ein Fall begegnet. Nun stecke ich mittendrin und mein Wunsch, etwas zu lernen, nimmt ganz andere Formen an.«

»Richtig, Freitag wird dein letzter Tag bei uns sein. Falls du dich nicht entschlossen haben solltest, ganz hierzubleiben.«

»Natürlich nicht, obwohl ich sagen muss, dass die Großstadt eine Menge Vorzüge bietet. Aber ich freue mich auf die frische Luft an der Küste und auf meine Kollegen.«

Lisa fiel ein, dass sie sich lange nicht in Rostock gemeldet hatte. Das musste sie im Anschluss dieses Gesprächs unbedingt nachholen. Auf einmal hatte sie es sehr eilig. Walter Althaus kam ihr zuvor und beendete das Gespräch. »Dann sehen wir uns wohl erst am Freitag. Ich lasse es mir natürlich nicht nehmen, dich persönlich zu verabschieden.«

»Schön, dann sehen wir uns, und hoffentlich können wir bis dahin ein erfolgreiches Ergebnis präsentieren.«

»Das hoffe ich«, war das letzte Wort, das von Althaus zu hören war.

Lisa legte auf und ihr wurde klar, dass sie den Mann nicht als Protegé brauchte, so wie sie es sich vor der Reise vorgestellt hatte. Sie kam sehr gut allein zurecht, und das war eine wichtige Erfahrung nach den Erlebnissen des letzten Sommers, als sie unprofessionell in die Falle eines Psychopathen getappt war.

Martin und Frank kamen fast zeitgleich ins Büro.

»Morgen, sehen wir uns in zehn Minuten für eine kurze Besprechung? Um elf Uhr sind die beiden Frauen zum Verhör eingeladen«, grüßte Martin, eingemummelt in eine dicke Jacke.

»Gut, wir sollten keine Zeit verlieren«, kommentierte Frank und schickte sofort eine Frage hinterher. »Glaubt ihr, dass es um Rache geht?«

»Das wird sich hoffentlich herausstellen. Aber ich denke eher, dass Macht eine Rolle spielen könnte«, griff Lisa den Gesprächsfaden auf.

»Daran glaube auch ich«, bestärkte Martin Lisas Aussage. »Außerdem bin ich gespannt, was die Damen uns heute auftischen werden. Wir müssen uns noch auf eine Verfahrensstrategie einigen, mit der wir die Frauen überführen wollen.«

»Robert Weber sollten wir nicht aus den Augen verlieren. Wer ruft Arno Stolberg diesbezüglich an?«, fragte Frank.

Lisa fühlte sich angesprochen. »Ich rufe ihn an, bevor wir mit der Dienstbesprechung beginnen. Obwohl er sich sicher gemeldet hätte, wenn er etwas Neues hätte!«

Inzwischen hatte Lisa die Gesprächsnotiz vom Vortag in ein Protokoll umgewandelt, das jetzt neben ihr lag. Sie war startklar und griff zum Telefon. Am anderen Ende hörte sie sofort die bekannte Stimme Stolbergs.

»Lisa, bei dir wollte ich mich auch gerade melden. Es gibt etwas zu berichten, das für euch von Interesse sein dürfte.«

»Du machst mich neugierig. Außerdem passt es sehr gut, Hannah Ritter und Ava Anderson kommen erst in einer halben Stunde zum Verhör.«

»Also ich war mit Robert Weber in der Gerichtsmedizin. Ich glaube, Weber begriff erst vor Ort, dass sein Bruder tatsächliche tot ist. Plötzlich sprach er mit tränenreicher Stimme davon, ein Geständnis ablegen zu wollen.«

»Ein Geständnis, was soll das heißen?«

»Ihr werdet staunen, das liegt mir in Form eines Protokolls vor.«

»Das ist kaum zu fassen. Schickst du uns die Aussage? Die kommt wohl genau zur rechten Zeit.«

»Schon gemailt. Schau in dein Postfach!«

»Lisa sagte hektisch »Danke« und verabschiedete sich rasch, bevor sie auflegte. Robert Webers Aussage sollten alle vor dem Verhör zu lesen bekommen. Lisa druckte die Nachricht drei Mal aus. Sie hielt zwei Seiten in den Händen und überflog das Wichtigste:

Freiwillige Aussage:

Robert Weber: »Mein Bruder Adam hat sich im letzten Jahr stark verändert. Ich begann, mir Gedanken zu machen. Ich merkte während unserer Telefonate, dass er nur noch selten im Antiquitätengeschäft war, obwohl er bis dahin die Arbeit liebte und alles daransetzte, es stilvoll auch in schwierigen Zeiten über die Runden zu bringen. Das Geschäft war ja vor allem der Grund, weshalb er von Kempten nach Berlin gezogen war. Ich musste also etwas tun.

Etwa vor drei Jahren erfuhr ich, dass er seine Vorliebe zum Tango entdeckt hatte. Zuerst machte ich mich darüber lustig und belächelte ihn. Doch er ließ sich nicht abbringen und ich merkte bald, dass ihm das Tanzen zumindest am Anfang guttat. Dann stellte eine neue Tanzpartnerin sein Leben komplett auf den Kopf. Selbst am Telefon merkte ich, wie besessen er von dieser Frau war, und sein Verhalten verschlimmerte sich von Tag zu Tag. Bis dahin hatten wir ein gutes Verhältnis. Als ihm meine kritischen Vorhaltungen zu viel wurden, erzählte er mir nichts mehr und meldete sich nicht. Das brauchte er auch nicht, ich wusste längst, dass ich ihn retten musste.«

Stolberg: »Wie sollte Ihre Rettung aussehen? Das Gegenteil ist eingetreten.«

Weber: »Das war diese Tänzerin. Ich hatte gleich so ein Gefühl, dass es mit ihr nicht gutgehen kann. Darum habe ich sie gestalkt, ohne mich als Zwillingsbruder zu outen. Sie muss gedacht haben, Adam rücke ihr auf den Pelz.«

Stolberg: »Und was wollten Sie damit bezwecken?«

Weber: »Sie sollte die Lust am Tanzen mit Adam verlieren.« (Verhörter macht längere Pause.)

Weber: »Ja und nun? Das Gegenteil habe ich erreicht. Das tut mir alles so leid. Wenn ich könnte, würde ich alles rückgängig machen.«

(Verhörter macht erneut Pause.)

Stolberg: »Rückgängig machen? Gibt es etwas, das Sie uns sagen möchten?«

Weber: »Ich hätte das Spiel mit der Frau nicht auf die Spitze treiben sollen. Sie hat sich für mein Verhalten an Adam gerächt.«

Stolberg: »Wie sah Ihr Spiel aus?«

Weber: »Eine Woche lang habe ich sie zu Hause mit Anrufen bombardiert. Manchmal verfolgte ich sie auch. Als Schatten sozusagen. Sie ahnte nichts von einem Zwillingsbruder und ich wusste von Adam, dass sie sich kaum unterhielten. Nun hat sie sich womöglich mit dem Gift an Adam gerächt!«

Dem kurzen Protokoll war eine ebenso kurze Nachricht von Stolberg beigefügt: »Soweit die kurze Aussage von Robert Weber. Sehr interessant, wie ich finde. Damit gibt es eine Handhabe, die Tänzerin etwas mehr auszuquetschen. Zur Not könntet ihr eine Gegenüberstellung mit ihm veranlassen. Weber sagte mir zu, bis zur Beisetzung in Berlin zu bleiben und die Stadt nicht zu verlassen, solange wir seine Anwesenheit benötigen.«

Lisa und ihre Kollegen sahen sich erstaunt an. Womöglich hielten sie gerade ein Indiz für die Tat in den Händen.

Die Frauen trafen pünktlich nacheinander ein. Frank platzierte jede in einen separaten Verhörraum, dann ging er zu seinen Kollegen zurück.

»Wir können davon ausgehen, dass die sich abgesprochen haben, bin gespannt auf die Masche, mit der sie ihren Kopf aus der Schlinge ziehen wollen«, sagte er.

»Ehrlich gesagt traue ich keiner von ihnen über den Weg«, warf Lisa ein.

»Und wenn wir uns irren? Wenigstens Hannah Ritter könnte die Wahrheit sagen.«

»Spekulationen bringen uns nicht weiter. Neu wird Robert Webers Aussage sein, die bringen wir gleich mit ins Gespräch. Mal sehen, was Frau Ritter über ihn zu sagen hat. Lasst uns mit ihr beginnen. Sie ist am zugänglichsten und sagt vielleicht sogar einen Teil der Wahrheit.«

»Das werden wir herausbekommen, kommt, lasst uns beginnen.«

Mit Lisas letztem Satz betraten sie den Verhörraum und sahen eine verlegene, fast schüchterne Frau vor sich.

»Frau Ritter, wir hoffen, dass wir die vor uns liegende Akte heute schließen können. Sie tun sich selbst keinen Gefallen, falls wir weiter nur Halbwahrheiten von Ihnen zu hören bekommen.«

»Sie und Frau Anderson haben eine Chance auf Strafminderung. Wir sind gespannt, wer diese Chance nutzt und zuerst die ganze Wahrheit sagt.« Nachdem Lisa diesen Satz fallen ließ, rappelte sich Frau Ritter augenblicklich auf und ihre Schüchternheit war wie weggeblasen.

»Keine Geschichten, versprochen. Ich erzähle, wie es wirklich war.« Als wollte sie den Beweis dafür antreten, setzte sie sich aufrecht hin und schaute Lisa mit festem Blick in die Augen. Dann hob sie ihre Stimme: »Eigentlich stimmte vieles, was ich gestern erzählt habe. Nur der Schluss nicht, den werde ich jetzt berichtigen.«

»Das hoffen wir für Sie, Frau Ritter.«

»Ava bekam stets, was sie wollte. Und erst recht, seit sie spürte, dass ich mich in sie verliebt hatte. Von da an nutzte sie mich schamlos aus. Auf andere wirkte sie charmant, eloquent und sympathisch. Doch wenn ihr etwas nicht gelang, machte sie mich dafür verantwortlich. Sie redete mir ständig Schuld ein. Ich war in unserer Beziehung die Schwächere und kam nicht gegen sie an. Wenn es Ärger in ihrem Job gab, wenn sie sich nicht wohlfühlte, stets ließ sie ihre Wut an mir aus. Eines Tages war alles zwischen uns aus, weil sie in Adam ihren ebenbürtigen Tangotänzer fand. Ich war einfach abgeschrieben. Ehrlich gesagt war ich anfangs sehr enttäuscht, auch, weil der Tango einen großen Platz in meinem Leben einnahm.

Ava und ich waren ein tolles Paar. Doch als ich sie mit Adam sah, wurde mir klar, dass ich keine Chance hatte. Ich bin nicht mehr in die Villa gegangen, was sollte ich auch dort?«

Frau Ritter machte eine Pause, holte laut tief Luft und sprach erst dann weiter: »Vor etwa drei Wochen meldete sich Ava nach einem Jahr telefonisch bei mir. Zuerst glaubte ich, dass sie mich vermisste, doch dann erfuhr ich, dass zwischen Adam und ihr etwas vorgefallen war. Adam stalkte sie nach dem Tanzen, rief ständig an und bedrängte sie derart, dass sie sogar Angst vor ihm bekam. Zwar tanzte sie sehr gern mit Adam, aber sein Verhalten muss immer abstruser geworden sein, so beschrieb sie es mir jedenfalls. Mein

Vorschlag war, sie sollte mit mir tanzen, um ihn in die Schranken zu weisen, doch das lehnte sie rigoros ab. Ich wurde aus ihr einfach nicht schlau.«

»Das sind ihre persönlichen Wahrnehmungen, die uns nicht interessieren. Wir wollen nur wissen, wer Adam Weber das Gift verabreicht hat und warum.« Lisa wollte, dass die Frau endlich zum Wesentlichen kam.

Die Frau schwieg lange, bis eine leise Stimme kleinlaut weitersprach: »Das Gift hatte Ava von mir.«

»Also waren Sie an dem Giftanschlag schuld?«, unterbrach Lisa sie.

»Ich wollte doch nicht, dass er stirbt! Sie wusste, dass ich eine Minimaldosis Arsenik im Hause habe und nur im Ausnahmefall bei starker Migräne brauche.«

»Sie gaben das Gift an Ihre Freundin weiter, damit diese eine Straftat begeht!« Lisa konnte sich nicht mehr beherrschen. »Wie naiv sind Sie eigentlich?«

»Sie wollte ihm lediglich einen Denkzettel verpassen, damit er sie endlich in Ruhe lässt.«

»Und warum gestern die Story, dass Sie das Gift verabreicht haben? Und das Theater mit den Fesseln in Ihrer Wohnung?« Lisa konnte nicht glauben, was sie gerade hörte, und musste sich zusammenreißen, nicht drastischer ihren Unmut zum Ausdruck zu bringen. Stattdessen machte sie beherrscht weiter: »Wir werden hören, was Ava Anderson uns zu erzählen hat, und sehen dann weiter.«

Lisa und Martin verließen den Raum und überließen Hannah Ritter ihren eigenen Gedanken.

Ava Anderson sah erwartungsvoll auf, als sie den Raum betraten.

»Guten Tag Frau Anderson, jetzt zu Ihnen. Sie werden die Strapazen Ihres Krankenhausaufenthalts sicher überstanden haben, hob Lisa lakonisch hervor. Wir empfehlen Ihnen allerdings, endlich die Wahrheit zu sagen, damit ersparen Sie uns wertvolle Zeit und sich selbst eventuell eine lange Haft.«

»Wieso Haft? Ich habe nichts getan. Hat Hannah Ihnen etwas anderes erzählt? Sie hatte das Gift, das lässt sich bestimmt überprüfen. Immerhin war Adam mein Tanzpartner! Den bringt man doch nicht einfach um.«

»Von einfach war nicht die Rede. Wir glauben Ihnen sogar, dass Sie Adam Weber nicht töten wollten. Irgendwas muss Sie in letzter Zeit an ihm gestört haben. Vielleicht erzählen Sie der Reihe nach, was sich zwischen Ihnen verändert hat. Außerdem verbuchen wir Ihre vorgetäuschte Entführung unter dem Versuch, die Polizei hinters Licht zu führen. Dafür gibt es eindeutige Beweise und es wird zusätzlich geahndet. Nur, wen dieses Theater beeindrucken sollte, das bleibt uns ein Rätsel!« Lisa sah unauffällig auf Martin, als der von eindeutigen Beweisen sprach.

Als Ava Anderson begann, ihre Antwort zu formulieren, ging die Tür auf. Frank bat Lisa und Martin zu sich, um ihnen eine wichtige Information zu übermitteln.

»Frau Anderson, wir machen eine kurze Pause. Nutzen Sie die Zeit, um sich Gedanken zu machen.«

Draußen vor der Tür hielt Frank einen Zettel in der Hand, der offensichtlich eine dringende Mitteilung enthielt.

»Ich wollte das Verhör nicht unterbrechen, aber ich denke, diese Nachricht ist wichtig. Gerade im Verhör mit Frau Anderson.«

»Wir sind ganz Ohr.«

»Die Kreuzberger Kollegen waren eben am Telefon. Sie haben etwas herausgefunden, das für die weiteren

Ermittlungen wichtig sein könnte. Die Kollegen haben sich mit den Damen genauer beschäftigt. Bei Hannah Ritter wurden sie nicht fündig, auch keinerlei Hinweise auf Straftaten. Ava Anderson war zwar nie wirklich straffällig, aber es gibt den Hinweis, dass die Dame sich mehrfach in psychiatrischer Behandlung befand. Der Arzt hat sich bereits bei den Kreuzberger Kollegen gemeldet, sobald die Staatsanwaltschaft ihn von der ärztlichen Schweigepflicht entbunden hat. Lange Rede kurzer Sinn, Frau Anderson leidet an einer narzisstischen Persönlichkeitsstörung. Die Anamnese in solchen Fällen läuft meist nach einem bestimmten Muster ab.«

»Wurde die gleich mitgeschickt?«

»Ja.«

»Und was bedeutet das konkret für unseren Fall?«

»Seht euch die Einschätzung des Arztes an. Er hat alles in einem kurzen Bericht formuliert.«

Frank übergab Martin das Schreiben. Der überflog den Bericht kurz und las die fettgedrückten Details vor:

»Frau Anderson leidet an einer narzisstischen Persönlichkeitsstörung. Dabei tritt bei ihr vor allem ein unrealistisches Selbstbild auf. Sie giert nach Bewunderung und einer besonderen Behandlung, aber auch das Ausbeuten ihrer Mitmenschen gehört zu den Wesenszügen ihrer Erkrankung. Sie neigt zu bösartiger Eifersucht, die bis zum Gewaltakt führen kann.«

Nachdem Martin die Sätze laut vorgelesen hatte, machte er eine kurze Pause, bis er weitersprach: »Hier steht auch, dass Ava Anderson den Mann, Ulf Kreisel, dazu angestiftet beziehungsweise manipuliert hatte, eine Überdosis Schlaftabletten zu nehmen. Nur durch Zufall konnte er damals gerettet werden. Trotzdem hatte es für die Frau zur Folge, dass sie sich einer therapeutischen Behandlung unterziehen musste. Ihre Behandlung hatte Frau Anderson am 14.09.2020 auf eigenen Wunsch abgebrochen.«

Martin reichte das Blatt an Lisa weiter. Sie las zügig und fand schnell passende Worte. »Die gesundheitliche Verfassung dieser Frau werden wir wohl in die Untersuchung und unsere darauffolgende Einschätzung einbeziehen müssen. Die Fakten können uns womöglich helfen, Adam Webers Tod aufzuklären. Wir sollten sie mit ihren eigenen Waffen aus der Reserve locken.«

»Meinst du, wir sollten sie an ihrer Eitelkeit packen und provozieren?«

»Genau, wenn diese narzisstische Frau merkt, dass wir sie auf eine mittelmäßige Person reduzieren.«

»Exakt, und sie das sogar spüren lassen, wird sie reagieren. Aufgrund ihrer Störung kann sie das nicht ohne weiteres durchgehen lassen oder gar kontrollieren.«

»Jedenfalls kommt dieses Hintergrundwissen zur rechten Zeit. Vielen Dank, Frank.«

Lisa und Martin besprachen kurz das weitere Vorgehen und gingen in den Verhörraum. Ohne sich anmerken zu lassen, was sie inzwischen erfahren hatten, machten sie wie zuvor weiter.

Ava Anderson aber hatte sich verändert, das erkannte Lisa sofort an ihrer Mimik. Das lange Warten hatte sie nervös gemacht.

»Warum lassen Sie mich so lange warten«, sprach der Zorn aus Ava Anderson. »Ich habe nichts verbrochen. Hoffentlich sind Sie mit Hannah genauso umgegangen. Sie hat Ihnen ja bereits erzählt, wie die Geschichte abgelaufen ist. Sie besaß das Gift und hat es selbst verabreicht.«

»Immer der Reihe nach, Frau Anderson. Wer wem was verabreicht hat, das untersuchen wir gerade. Das ist unsere Aufgabe. Sie sind hier, um die Wahrheit zu sagen. Wir sind uns sicher, dass wir mit Ihren Angaben bisher weit davon entfernt sind.«

»Was soll das heißen? Glauben Sie Hannahs Aussagen mehr als meinen?«

»Ehrlich gesagt ja. Sie treiben ein perfides Spiel und es wäre nicht das erste Mal, dass jemand durch Sie Schaden nimmt. Allerdings hatte der Mann vor fünf Jahren mehr Glück als Adam Weber. Erinnern Sie sich an Ulf Kreisel?«

Ava Anderson zuckte deutlich zusammen.

»Der Name des Mannes dürfte Ihnen gut bekannt sein, Frau Anderson! Aber wir wissen sogar einiges mehr, deshalb hat Leugnen keinen Zweck. Soll ich Ihnen erzählen, wie das Ganze abgelaufen ist, oder wollen Sie das besser selbst tun?« Martin war regelrecht ungehalten in Anbetracht von Avas selbstherrlichen Art.

»Das Tanzen wird jetzt wohl eine ganze Zeit für Sie vorbei sein. Ich kann mich nicht erinnern, dass im Knast jemals getanzt wurde.« Lisa erkannte ihren harten Ton selbst kaum wieder, aber sie machte weiter: »Frau Anderson, eines ist sicher, vorige Woche haben Sie zum letzten Mal auf dem Parkett gestanden.«

Jede Faser von Ava Andersons Körper schien zu beben. Mit den Worten »zum letzten Mal« hatte Lisa sie endgültig aus der Komfortzone gelockt. Ihr Schweigen würde gleich gebrochen, da war sich Lisa sicher, und sie hatte recht.

Ava Anderson sprang auf. »Sie haben keine Vorstellung, wie mich dieser Kerl in letzter Zeit verfolgt hat! Überall wo ich war, traf ich ihn. Klar tanzte ich gern mit ihm. Er war der beste Tänzer weit und breit. Wir sahen beide auf der Tanzfläche gut aus.« Sie machte eine Pause als erinnerte sie sich sehnsuchtsvoll an einen ihrer Tänze, dann hob sie wieder ihre Stimme wie im Rausch. »Die bewundernden Blicke der anderen Tänzer, hätten Sie sehen müssen. Aber er wollte mich beherrschen, zuerst beim Tanz und dann in meiner persönlichen Atmosphäre. Er wollte mich besitzen. Das konnte ich nicht zulassen.«

»Sie wollten Adam Weber sicher nur einen Denkzettel verpassen?«, hakte Lisa behutsam nach. »Er sollte sich wieder anpassen, so wie er es am Anfang gemacht hatte. Habe ich recht?«

Ava Anderson schaute Lisa mit großen Augen lange an und schien dankbar für diesen Einwurf.

»Genauso war es. Er wurde mir zu selbstsicher. Er wollte mich beherrschen. Das konnte ich einfach nicht zulassen. Ich war immer schon die Bessere. Die Aufmerksamkeit galt mir.«

»Und wo gaben Sie ihm das Gift?«

»Ach, hören Sie auf! Was für ein Gift? Ich habe niemandem Gift gegeben. Sie haben eine Aussage von Hannah Ritter. Ich bin unschuldig.«

Jetzt wurde Lisa wütend über das Ausmaß an Lügen und Arroganz. Sie gab Martin ein Zeichen, dann gingen sie aus dem Raum und ließen Ava Anderson allein.

»Dass sie jetzt weiterlügt, hätte ich nicht für möglich gehalten. Die Zeit läuft uns davon.« Lisa brachte ihre Worte in voller Wut heraus.

»Wir kriegen sie, und ich weiß auch schon wie. Ich lass mir Robert Webers Rufnummer geben. Wir bitten ihn für eine Gegenüberstellung her«, sagte Martin beschwichtigend.

»Sehr gut. Sein Anblick wird sie aus der Bahn werfen. Meinst du, das könnte heute klappen?«

»Sicher. Ich rufe Stolberg an, sein Kommissariat kann veranlassen, dass er hergebracht wird. Wenn wir Glück haben und alles glattläuft, könnte er spätestens in einer Stunde eintreffen.«

»Was mache wir in der Zwischenzeit mit ihr?«

»Wir lassen Sie schmoren, damit sie gesprächiger wird, wenn Weber da ist.«

Lisa rief Stolberg an und Martin wartete, bis sie zurückkam.

Ohne sich eine Pause zu gönnen, gingen sie anschließend zu Hannah Ritter, um sie mit den Aussagen ihrer Freundin zu konfrontieren.

»Sie hat mir eine ganz andere Geschichte aufgetischt und mich angefleht, ihr in ihrer Not zu helfen«, berichtete sie aufgeregt. Die Geschichte, die ich Ihnen erzählt habe, hat sie mir regelrecht eingebläut. Zum Schluss hat sie mir sogar gedroht. Sie wollte mich bei meiner Mutter schlecht machen, wenn ich ihr nicht helfe. Sogar mir aus dem Weg gehen wollte sie. Ist das zu fassen, nach allem, was wir zusammen erlebt haben?«

»Sie sehen ja, was bei falscher Hilfe rauskommt. Man sollte besser vorher überlegen, wohin Unrecht führt. Schuldlos an Adam Webers Tod sind Sie damit nicht. Damit ist die Geschichte für Sie nach dem Verhör nicht zu Ende. Das Strafmaß muss dann der Richter klären.«

»Aber für heute können Sie erst mal nach Hause gehen.«

Hannah Ritter verließ wortlos mit gesenktem Kopf den Raum. Nachdem sie sich nur mit einem Nicken verabschiedet hatte, hörte man sie hemmungslos schluchzen.

Es dauerte tatsächlich nur eine knappe Stunde, bis ein Kollege vom Kommissariat Kreuzberg mit Robert Weber eintraf. Lisa staunte nicht schlecht, als sie Weber in natura vor sich sah.

»Die sind sich bemerkenswert ähnlich. Nie wäre ich auf den Gedanken gekommen, dass das nicht Adam Weber ist«, flüsterte sie Martin zu, dann begrüßten sie Robert Weber und dankten ihm, dass er sich so schnell auf den Weg machen konnte.

»Wenn ich helfen kann, die Mörderin meines Bruders zu überführen, herzlich gern.«

»Sie müssen nicht mit der Verdächtigen sprechen. Eine Gegenüberstellung durch die Scheibe genügt.«

Martin bestätigte Lisas Worte und führte Weber in einen kleineren Raum gleich neben dem Verhörraum.

Lisa schmunzelte, während sie ihm nachsah. Robert Weber sah weder ungepflegt noch abgerissen aus, so wie das Ehepaar aus dem *El Gato* ihn beschrieben hatte. Und von einem schlechten Geruch hatte Lisa auch nichts mitbekommen. Er sah original wie Adam Weber aus. Das irritierte sie, aber sie hatte Adam Weber selbst auf der Tanzfläche liegen gesehen. Ein Irrtum war also ausgeschlossen.

Martin sah auf seine Uhr und drängte zur Gegenüberstellung. »Spät genug, lass uns sofort beginnen.«

Robert Weber stand längst hinter der Scheibe und war bereit.

Lisa holte Ava Anderson. Gleich als diese hereinkam, musste sie den Mann hinter der Scheibe erkannt haben. Ein plötzlicher Aufschrei hallte weit im Raum.

»Das da, das ist Adam! Er lebt?«

Sie wurde abwechselnd blass, dann rot und stand komplett neben sich. Sie zappelte und nuschelte vor sich her. »Er lebt. Er lebt«, sagte sie immerzu wie in Trance.

Lisa musste Ava Anderson regelrecht fortreißen, um sie mit in den Verhörraum zu nehmen.

Martin und Lisa mussten, was sie nicht wollten, dort weitermachen, wo sie vor einer Stunde aufgehört hatten. Aber Ava Andersons Verhalten veränderte sich ohnehin gravierend. Von jetzt an sprudelten die Worte nur so aus ihr heraus. Sie sprach wie im Rausch. »Ich wusste, dass Hannah wegen ihrer ständigen Migräne Arsenik im Haus hatte. Das lieh ich mir aus. Sie hat nicht mal gefragt, wozu ich es brauchte. So naiv ist sie, aber ihr war das wohl auch egal.«

Frau Anderson lachte spöttisch auf. »Vorige Woche reichte es mir. Adam stalkte mich. Er verfolgte mich an diesem Tag wieder bis nach Hause. Kaum dass ich in meiner Wohnung war, rief er auch sofort an. Zuerst war er freundlich, dann beschimpfte er mich. Das ging hin und her. Auf einmal fiel mir der Tee ein, den er gerne trank. Von dem hatte er mir mal erzählt.«

»Tee …?«

»Genau, bei dem Gedanken an den Tee wusste ich, was zu tun war. Als er mich also mit frechen Worten anrief, kam mir die Idee mit dem Arsenik und ich verabredete mich mit ihm. Er sollte zu mir nach Hause kommen. Er willigte sofort ein und war pünktlich!«

Ava lachte wieder in einer höhnischen Art, die ihre Gesichtszüge komplett entgleisen ließ. Ihr Gesicht wurde zur Fratze und ließ auf ein krankhaftes Wesen schließen.

»Er war so aufmerksam, das Gegenteil von den Nachstellungen der Tage zuvor. Ich ließ mich aber nicht blenden. Er sollte wissen, dass ich mir nichts gefallen lasse und nur mit ihm tanzen will, sonst nichts. Natürlich hatte ich längst festgestellt, dass er der Einzige war, der meinem Tanzstil gerecht wurde. Umgedreht war es genauso. Er fand keine Bessere, das war klar. Als er bei mir war, sagte er seltsames Zeug, wie: »Ich will nichts von dir, lass mich in Ruhe!«

»Dieses Gerede brachte mich erst recht in Rage, denn er bewies zuvor genau das Gegenteil.« Ava Anderson hielt kurz inne und fing in einem höheren Tempo an zu sprechen: »Als er vor mir saß, wurde mir klar, dass ich etwas tun musste. Also bot ich ihm Mate Tee an, den trank er gern.«

»Und er willigte sofort ein?«

»Ich staunte zwar etwas darüber, dass er ihn anfänglich nicht trinken wollte, aber schließlich trank er ihn doch. Er schien mir sowieso irgendwie verändert, wie ausgewechselt. Das fiel mir bereits auf, als er in der Tür stand. Aber das interessierte mich nicht weiter. Ich hatte einen Plan und achtete darauf, dass er den Tee bis zum letzten Tropfen austrank, damit er seine Wirkung komplett entfalten konnte. Der Denkzettel sollte sitzen. Ich erfand eine Ausrede, warum ich an diesem Abend erst später zum Tangoabend kommen würde, und fuhr ihn mit meinem Auto ins *El Gato*. Natürlich wollte ich nicht dabei sein, wenn er sich übergab und seine Schwäche den anderen preisgab. Ich fuhr anschließend wieder nach Hause.«

»Schwäche?«, fragte Lisa irritiert.

»Ist Ihnen nicht in den Sinn gekommen, dass etwas viel Schlimmeres passieren könnte?«

»Wieso? Hannah nahm gelegentlich dasselbe Zeug.«

»Eines müssen Sie uns erklären! Wie kamen Sie auf die Masche mit der Entführung und darauf, die Schuld bei Ihrer Freundin abzuladen?«

»Sie selbst wollte mir helfen, als sie hörte, dass Adam an einer geringen Dosis Gift gestorben war. Sie hat immer das gemacht, was ich wollte. Deshalb ist sie auf meinen Vorschlag eingegangen, die Entführung vorzuspielen. Sie wollte auch das Gift als ein Versehen ins Spiel bringen.«

»Ein perfides Spiel, Frau Anderson. Ich bin froh, dass Ihre Spielchen vorbei sind. Sie kommen in Untersuchungshaft und der Staatsanwalt wird entscheiden, wie es mit Ihnen weitergeht.«

»Ein psychologisches Gutachten wird sicher auch angefertigt, da es bereits ihr zweiter Versuch ist, einen Menschen zu töten.«

Martin konnte nicht mehr an sich halten, mit seinen letzten Worten brachte er das zum Ausdruck: »Auf alle Fälle werden Sie für lange Zeit weggesperrt und können niemandem mehr schaden.«

Ava Anderson stand neben sich. Als die Untersuchungshaft angesprochen wurde, erblickte Lisa zum ersten Mal eine Art Gefühlsregung in ihrem Gesicht. Mit Tränen im Gesicht hob Ava Anderson erregt ihre Stimme: »Eines können Sie mir glauben, Adam und ich, wir haben alle anderen mit unserem Stil beeindruckt. Da er lebt, werden wir es bald allen zeigen. Er ist mein Tanzpartner, und wenn er mich in der letzten Woche nicht ständig verfolgt hätte, hätte er das Gift gar nicht erst bekommen. Damit hat er mich wahnsinnig gemacht. Er hätte es beim Tanzen belassen sollen! Da blieb er seriös und zurückhaltend. Wäre es beim Tanzen geblieben, dann …«

Ava Anderson schrie die Worte raus, aber Reue ließ sich nicht erkennen. Lisa half nach. »Was dann … Meinen Sie etwa, das alles wäre nicht passiert?«

»Es ist nichts passiert. Adam lebt! Lassen Sie mich nach Hause gehen.«

»Nein, Frau Anderson, daraus wird nichts. Adam Weber ist tot. Der Mann, den Sie gesehen haben, war sein Zwillingsbruder Robert. Er sieht ihm zum Verwechseln ähnlich.«

»Sie werden keinem Menschen mehr Übles antun!« Martin konnte es abschließend nicht unterlassen, seine Wut über die Dreistigkeit dieser Frau zu zeigen. Er rief einen Kollegen, der Ava Anderson wegbrachte.

Lisa war erleichtert, die Frau nicht mehr sprechen zu müssen. Obwohl der Fall gelöst war, wollte keine richtige Freude aufkommen.

Lisa fand als Erste ihre Sprache wieder. »Falsche Freundschaft hat nie Früchte getragen.«

»Im Gegenteil, darum prüfe, wer sich ewig bindet, das gilt wohl auch für eine Freundschaft.«

»Sprichst du aus Erfahrung?«

»Du nicht? Ein Beispiel kennt wahrscheinlich jeder, doch Avas Machtspiele sind besonders abschreckend.«

»Richtig, ihre Krankheit ist auch nicht zu unterschätzen.«

»Aber du hättest die Frau tanzen sehen sollen! Einfach perfekt.«

»Sie wollte um jeden Preis glänzen, im Mittelpunkt stehen und in ihrer narzisstischen Selbstverliebtheit die Aufmerksamkeit und Blicke genießen.«

»Von außen habe ich nichts davon erahnt.«

»Du hast nur Äußerlichkeiten gesehen. Ich denke, wer keine echte Freude mehr an seinem Hobby hat, sondern nur glänzen will, bei dem läuft etwas falsch.«

»Und Adam Weber?«, fragte Lisa. »Ist er zum Opfer seiner Selbstsucht geworden?«

»Er merkte nicht, dass er eine selbstsüchtige Frau umwarb. Sie bewegte sich zu beeindruckend und er verliebte sich in den Tanz mit ihr. Vielleicht nicht einmal in die Frau selbst.«

»Aber seit sie sich in den Kopf gesetzt hatte, dass Adam Weber sie beherrschen will, musste sie aufgrund ihrer Persönlichkeitsstörung eingreifen. Sie heckte den perfiden Plan mit dem Gift aus und nutzte dazu ihre Macht über Hannah Ritter.

Lisa dachte an ihre gerade erst entfachte Leidenschaft zum Tangotanz. Wie gern tanzte sie mit Max. Jeder neue Schritt begeisterte sie und natürlich liebte sie die argentinische Musik. Eine tolle Symbiose, um nach ihrer beider Arbeit zu entspannen.

Martin riss sie aus ihren Gedanken. »Ava Anderson kann nicht mit normalem Maß gemessen werden. Fachleute werden entscheiden müssen, inwieweit sie überhaupt schuldfähig ist.«

»Ich rufe gleich bei den Kreuzberger Kollegen durch und werde ihnen mitteilen, dass wir mit Hilfe ihrer Recherchen die Frau endgültig festnageln konnten.«

»Gut, ich schreibe inzwischen das Protokoll, dann können wir eine späte Mittagspause machen.«

»Die brauche ich auch. Es ist bereits 16 Uhr, wenn du willst, gebe ich einen Kaffee aus«, schlug Lisa vor.

Beide lachten, weil sie wussten, dass der Kaffee bereits fertiggebrüht war und sie bisher lediglich vergessen hatten, ihn sich einzugießen.

»Eine gute Idee«, meinte Martin schmunzelnd. »Endlich, eine sinnvolle Ablenkung haben wir uns verdient. Die Lügen und Anmaßungen hätte ich nicht länger ertragen können.«

16. Kapitel

Zwillingsbrüder

Ava Andersons widersprüchlichen Aussagen zu folgen, war anstrengend genug. Der Kaffee tat Lisa und Martin gut und machte sie wieder munter. Vor Dienstschluss musste der Kreuzberger Hauptkommissar Stolberg unbedingt das Ergebnis ihrer Arbeit erfahren, denn erst seine Ermittlungen brachten das Verhör in die richtige Richtung.

Lisa hielt den Kaffee in der Hand, zögerte nicht lange und griff zum Telefon. Sie hatte Glück, Arno Stolberg war im Büro.

»Lisa, du erwischst mich auf den letzten Drücker. Ich hatte ehrlich gesagt früher mit eurem Anruf gerechnet. Moment, ich ziehe nur meinen Mantel wieder aus.«

Lisa wollte vorschlagen, das Telefonat auf morgen zu verschieben, da fiel ihr die vage Vermutung ein, mit der sie sich seit dem Verhör herumschleppte. Sie konnte nicht bis zum nächsten Tag warten. Schnell meinte sie: »Ich halte dich nicht lange auf, aber du solltest das Ergebnis heute noch erfahren.«

»Du machst es spannend.«

»Das hoffe ich, es war kein leichtes Spiel, die Dame aus der Reserve zu locken. Erst die Gegenüberstellung mit Robert Weber brachte sie zum Sprechen. Sie glaubte tatsächlich, Adam Weber hätte den Anschlag überlebt. Ein klarer Schachzug, und in ihrer Euphorie berichtete sie den ganzen Hergang. Zudem beschrieb sie, wie es zur Straftat kam.«

»Und was war das Schwierige daran?«

»Na ja, es dauerte, bis Robert Weber eintraf, bis dahin bestand sie auf Hannah Ritters Schuld. Die neue Situation, keine Straftat begangen zu haben und einer Haftstrafe zu entkommen, ließ sie kleinste Einzelheiten berichten.«

»Chapeau! So ähnlich habe ich mir das vorgestellt. Außerdem deutete ihr psychiatrisches Gutachten ohnehin auf ein besonderes Wesen hin. Damit können wir endgültig die Akte Weber schließen, und Robert Weber kann seinen Bruder unter die Erde bringen.«

Lisa wusste, dass es Zeit wurde, Stolberg von ihrer Vermutung zu berichten, bevor es zu spät war und sie den Fall endgültig abschlossen. Ja, die Sache duldete keinen Aufschub, auch weil sie bald nicht mehr in Berlin sein würde.

Als Robert Weber heute direkt vor ihr gestanden hatte, hatte sie sofort an Adam Weber denken müssen. Ein Argwohn, der sich weiter verstärkte, seit Ava Anderson weggebracht wurde. Nun musste sie ununterbrochen daran denken, ob ihre Vorahnung doch richtig war. Nämlich, dass es nicht Robert, sondern Adam Weber war, der vor ihr stand.

Martin konnte sie bisher ihre Unsicherheit nicht mitteilen, er hatte Weber nie zuvor gesehen. Er konnte also gar keinen Vergleich anstellen. Vielleicht gelang es ihr, Stolberg den Gedanken glaubhaft zu vermitteln, und sie würden sich der Sache kriminaltechnisch annehmen.

Lisa überwand ihre Skepsis und meinte schließlich: »Eigentlich könnten wir mit dem Verhör die Akte heute schließen, wenn ich nicht ein merkwürdiges Gefühl hätte, dass da etwas nicht stimmt.«

»Wie meinst du das? Du weißt, mit Gefühlen kommen wir in unserem Job nicht weit.«

»Als mir Robert Weber heute zum ersten Mal gegenüberstand, wurde ich den Gedanken nicht los, dass es sich um Adam und nicht um Robert Weber handelt.«

»Wie? Adam Weber? Du hast ihn selbst in der Villa auf dem Boden liegen sehen und veranlasst, dass er ins Krankenhaus kommt.«

»Ich weiß, das ist nur eine Idee. Aber so eine frappierende Ähnlichkeit ist selbst bei Zwillingen eher selten. Würde es größere Umstände bereiten, einen Identitätstest durchzuführen? Ich möchte nur sichergehen, dass uns kein Fehler unterläuft.«

»Interessant. Gerade im Bereich der Zwillingsforschung muss einiges getan werden. Seit kurzem ist es möglich, die DNA von Zwillingen zu differenzieren. Aber das ist sehr kostenintensiv und es gibt derzeit keine Veranlassung dafür. Wir haben die Täterin! Und dem Mann ist nichts vorzuwerfen.«

»Bisher …«, meinte Lisa resigniert und hielt gleichzeitig dagegen: »Es war Robert, der Ava nachstellte, und noch ist gar nicht sicher, ob tatsächlich Adam zum Treffen mit ihr erschienen ist.«

Plötzlich schien Stolberg von dem Gedanken an Zwillinge beeindruckt zu sein und holte gleich ein paar Fakten hervor: »Eineiige Zwillinge sind genetisch nahezu identisch. Doch sie sind keine absolut exakten Kopien voneinander. Wenn es vor sieben Jahren beim Juwelendiebstahl im Berliner Kaufhaus diese Möglichkeit gegeben hätte, wären die Täter garantiert überführt worden.«

»Ja, und in unserem Fall? Siehst du eine Möglichkeit, dass wir Robert Weber auf den Zahn fühlen könnten?«

»Lass uns darüber schlafen. Vielleicht fällt uns ein, womit wir ohne großen Wirbel allein herausbekommen, ob deine Vermutung zutrifft. Für eine Gegenüberstellung und das ganze Programm sehe ich im Moment keine Veranlassung. Zumal es lediglich um ein Gefühl geht und keine Strafsache. Wir haben ohnehin keine Zeit, Mutmaßungen nachzugehen.«

»Gut, ich mache mir Gedanken. Einen schönen Feierabend.« Lisa legte enttäuscht den Hörer auf. Hatte sie sich geirrt und machte sich mit ihrer Vermutung nur lächerlich? Wenigstens hatten weder Martin noch Frank das Gespräch verfolgt. Sie musste ihre Kollegen dennoch über ihre Zweifel informieren. Vielleicht hatten sie ja eine Idee?

Martin war guter Dinge, weil für ihn die Akte Weber geschlossen werden konnte. Er fertigte gerade das Protokoll an und für Lisa blieb Zeit, die angesammelten Notizen auf dem Schreibtisch zu ordnen. Am liebsten hätte sie Max angerufen, doch die Arbeit ging vor. Dazu gehörte, ihren Rostocker Kollegen vom Erfolg in Berlin zu berichten. Sie überlegte nicht lange und wählte die Nummer.

»Kripo Rostock, Wilke«, kam ihr eine vertraute Stimme entgegen.

»Olli, schön, dass du dran bist.«

»He, Lisa! Hast du Sehnsucht?«

»Klar, meine Heimkehr dauert zwar nicht mehr lange, aber ich zähle schon die Tage. Es gibt übrigens eine frohe Nachricht. Den Tangofall konnten wir heute zu den Akten legen.«

»Dann wirst du pünktlich zurück sein?«

»Richtig, und ich freue mich, obwohl ich hier tolle Erfahrungen sammeln konnte.«

»Bei uns liegt eine Menge auf dem Tisch, du fehlst. Peter hatte kurz daran gedacht, dich zu bitten, zurückzukommen, doch wir wollten dir die Zeit in der Großstadt nicht nehmen. Außerdem wussten wir, dass du kurz vor dem Ende des Falls stehst, also strecken wir uns.«

»Muss ich ein schlechtes Gewissen haben?«

»Alles gut.«

Lisa überlegte, ob sie über den Fall erzählen sollte, hielt sich aber zurück, die Kollegen hatten ihre eigene Arbeit und wenig Zeit. Schnell schob sie hinterher: »Okay, ich muss hier das letzte Protokoll lesen. Grüß alle von mir. Wir sehen uns am Montag. Freu mich drauf.«

»Ich auch«, sagte Olli, dann legte er auf.

Kaum dass Lisa den Hörer aus der Hand gelegt hatte, kam Martin auf sie zu und gab ihr das Protokoll. Der Kollege hatte besonders ausführlich beschrieben, welchen Wandel Ava Anderson während des Verhörs vollzogen hatte. Er legte das Gutachten des Psychologen als Anlage dazu.

»Alles geht heute noch zur Staatsanwaltschaft.«

»Das ist gut. Wir haben uns etwas Gutes verdient. Was haltet ihr vom Italiener?«

Lisa gelang es, auch Frank für den Umtrunk zu gewinnen, immerhin sollte das ihr Ein- und Ausstand gleichermaßen sein. Es wäre auch eine gute Gelegenheit, mit beiden über ihre Vermutung zu reden.

Gegen 17 Uhr kamen sie los. Martin nahm sie in seinem Auto mit, so saßen sie wenige Minuten später bereits in dem italienischen Café.

Frank kannte sich anscheinend genauso gut aus wie Martin. »Wer möchte außer mir einen Caffè Corretto?«, fragte er.

»Korrigierter Kaffee?« Lisa hatte nie davon gehört.

»Ja«, meinte nun auch Martin.

»Das Besondere ist der Grappa dazu, der bringt das gewisse Etwas. Probiere den einfach. Ich selbst muss heute allerdings verzichten, kann mein Auto nicht stehen lassen, weil ich meine Frau abholen muss.«

Der Kaffee kam und sie waren alle drei in guter Laune, diesen entspannt zu genießen. Der Alkohol stieg Lisa sofort in den Kopf, hinterließ aber kein dumpfes, sondern eher ein beschwingtes Gefühl. So fühlte sich ein Adrenalinrausch an. Sie spürte geradezu, wie ihre Energiereserven mobilisiert wurden und ihr Herz schneller schlug. Sie sollte endlich das Thema Robert Weber ansprechen, der Alkohol lockerte ihre Zunge:

»Gut, dass wir in Ruhe zusammensitzen. Mir ist heute bei Robert Weber etwas aufgefallen, was ich nicht länger allein mit mir rumschleppen will.

»Du machst es schön spannend«, preschte Frank vor.

»Das hängt vielleicht damit zusammen, dass ihr Adam Weber nicht auf der Tanzfläche gesehen habt. Unglaublich war das! Ich hatte ihn sehr intensiv beobachtet und war echt beeindruckt, aber das wisst ihr längst. Also, als heute sein Bruder Robert vor mir stand, wurde ich einfach den Gedanken nicht los, dass es Adam war. Das ist eigentlich alles, was ich euch sagen wollte.«

Die beiden Männer sahen sich verblüfft an.

Martin ergriff als Erster das Wort. »Wenn das zutrifft und statt Adam dessen Bruder Robert vergiftet wurde, muss es dafür einen Grund geben.«

»Genau«, meinte nun auch Frank.

»Ihr haltet es also für möglich und seht das nicht als Hirngespinst an?«

»Wieso? Alles ist möglich. Ich traue dir eine gute Menschenkenntnis zu. Gleichzeitig könnte da viel mehr dahinterstecken. Wenn das der Fall ist, sollten wir das wissen.«

»Wenn deine Vermutung stimmt, muss Adam einen schwerwiegenden Grund haben, in die Rolle seines Bruders zu schlüpfen.«

Frank gab Martin nickend recht. Der hakte nach und fragte: »Wie sieht es mit Stolberg aus? Kennt er deine Zweifel?«

»Ja, habe ihm vorhin am Telefon davon erzählt. Er riet mir, eine Nacht darüber zu schlafen.«

»Recht hat er. Vielleicht kriegen wir das mit einfachen Mitteln raus, ohne das große kriminalistische Prozedere.«

»Gut, wir schlafen alle eine Nacht und tauschen uns morgen dazu aus.« Lisa war froh, ihre skeptische Beobachtung mit ihren Kollegen besprochen zu haben. Auf einmal fiel ihr Max ein. Er sollte wissen, dass sie Feierabend hatte. Sie löste sich aus der Runde, um ihn anzurufen.

»Lisa, schön, dass du dich meldest. Seit Dienstschluss gehst du mir nicht aus dem Sinn.«

»Mir geht es ähnlich. Ich wollte dir Bescheid geben, dass ich mit meinen Kollegen beim Italiener bin. Wir trinken einen korrigierten Kaffee. Das dauert vielleicht eine Viertelstunde, dann mache ich mich auf den Weg zu dir.«

»Wenn du mir sagst, wo du steckst, hole ich dich ab. Darf ich?«

»Gern, dann können wir etwas länger beieinander sein.« Lisa nannte die Adresse des Cafés, dann verabschiedeten sie sich schnell.

Max versprach, sich sofort auf den Weg zu machen. Als Lisa an den Tisch kam, erhob sich Martin. »Tut mir leid, aber ich will meine Frau nicht warten lassen.«

»Morgen besprechen wir, wie wir unkompliziert herausbekommen, ob Robert Weber tatsächlich Robert Weber ist. Dann kümmern wir uns wieder intensiver um die Clankriminalität. Allzu viel hast du davon bisher nicht mitbekommen.«

»Ich denke schon. Wie bei euch die Verhöre und Recherchen ablaufen, auf alle Fälle. Am Ende zählt immer das Ergebnis«, rief Lisa dem Kollegen hinterher.

Martin holte seine Jacke, winkte Frank und Lisa zu und weg war er.

Mit Frank hatte Lisa in den letzten Tagen nur am Rande zu tun. Hier kamen sie zum ersten Mal näher ins Gespräch. Das ging recht unkompliziert, weil er sich für die Ostsee und die schönen Ecken dort interessierte. Lisa schwärmte ihm von der idyllischen Lage ihres Heimatortes vor.

»Graal-Müritz ist ein Ort für Naturliebhaber und gilt als das Tor zum Fischland-Darß-Zingst.«

»Ahrenshoop kenne ich, einmal war ich dort mit einer Freundin für ein langes Wochenende. Die traditionellen Rietdächer und bunt bemalten Häuser fand ich beeindruckend. Na ja, von der Luft und dem Meer ganz zu schweigen.«

Lisa griente. »Weißt du aber, was das Besondere an Graal-Müritz ist?«

»Die Länge des Strandes?«

»Fast richtig, es ist die Lage zwischen Wald und Ostsee. Genau deshalb darf unser Ort einer der wenigen an der Küste sein, der den Namen ›Ostseeheilbad‹ tragen darf.«

»Tatsächlich? Das wusste ich nicht.«

»Graal-Müritz liegt inmitten der Rostocker Heide, und auf der anderen Seite erstreckt sich ein mindestens fünf Kilometer langer, feiner, goldgelber Sandstrand. Wenn ich abends aus Rostock nach Hause komme und aus dem Auto steige, kommt mir sofort die frische Meeresbrise entgegen. Ohne das Meer und eben diese Brise käme ich wahrscheinlich nicht mehr aus.«

Kaum hatte Lisa den Satz beendet, stand Max in der Tür. Lisa wurde etwas rot und sie stellte schnell die Männer gegenseitig vor. »Das ging flott, trotz Rushhour.«

»Ich war in der Nähe und hatte es nicht weit.«

»Wir sind eigentlich fertig und könnten gleich los«, meinte Frank geistesgegenwärtig.

»Kann ich Sie irgendwo absetzen?«

»Nein, danke. Ich wohne in der Nähe und laufe gern ein paar Schritte.«

Lisa zahlte und sie verabschiedeten sich bald darauf.

Endlich waren sie allein. Max neigte leicht den Kopf, um Lisa einen Kuss zu geben, den diese glücklich erwiderte. Es war schön, ihn endlich in ihrer Nähe zu wissen.

»Der Fall an sich ist abgeschlossen«, meinte sie freudig.

»Da gibt es nur eine Sache, vielleicht erzähl ich dir nachher mehr davon. Das heißt, wenn du es überhaupt möchtest?«

»Wie kannst du das fragen? Ich war gewissermaßen am Geschehen beteiligt. Aber jetzt entführe ich dich, wenn es dir recht ist? Uns bleiben für Berlin nur wenige Tage und du hast das Theater noch nicht kennengelernt.«

»Hast du Karten organisiert?«

»Nach deinem anstrengenden Tag könnte ich mir vorstellen, dass leichte Kost mit dem Blick auf schöne Bilder das Richtige sein wird. Dabei wirst du dich vom Job gut ablenken können. Oder warst du schon im Friedrichstadtpalast?«

»Nein, wieso? Hast du etwa ...?«

»Ja, ich habe mir erlaubt Karten zu bestellen. Es gibt ein neues Programm. *›VIVID Grand Show‹ – Eine Liebeserklärung an das Leben.* Ich finde, das Motto passt besonders gut zu uns. Zudem kenne ich in der Nähe eine Bar, dort könnten wir den Abend mit einem Glas Wein gemütlich ausklingen lassen. Hast du Lust?«

»Natürlich. Du bringst mich jeden Tag ins Staunen und überraschst mich mit neuen Möglichkeiten, die deine Stadt zu bieten hat.«

»Nicht uneigennützig!«

Lisa tat, als überhörte sie seine Bemerkung. »Bleibt bei deiner Planung überhaupt Zeit, um mich umzuziehen?«, fragte sie ihn stattdessen.

»Das habe ich eingeplant. Die Show startet um 20:30 Uhr. Bleibt also Zeit für dich. Einen Happen zu uns nehmen können wir an Ort und Stelle.«

»Du bist unschlagbar aufmerksam, auch deshalb liebe ich dich.« Lisa erschrak. Zum ersten Mal brachte sie diese tiefe Offenbarung einfach so heraus. Es war erstaunlich, wie leicht ihr dieser Satz über die Lippen ging. Bisher hatte sie Schwierigkeiten, über Gefühle zu sprechen. Sie erinnerte sich nicht mal daran, wann sie diesen Satz zum letzten Mal gesagt hatte. Die Worte kamen so spontan und frei heraus, dass Max spüren musste, dass sie die Wahrheit sagte. Es war eine glückliche Fügung, dass sie sich an der Küste kennengelernt hatten.

Auf der Fahrt zur Reichsstraße erzählte Lisa ausgiebig von dem Verhör und ließ dabei ihre Vermutung Adam Weber betreffend nicht aus. Max war erstaunt.

»Welchen Grund sollte das Ganze haben? Die Täterin steht fest, und wieso sollte Adam Weber so eine abartige Vorstellung liefern?« Max' berechtigte Frage kam wie aus der Pistole geschossen.

»Das ist genau die Frage. Da der Mann einwandfrei von Ava Anderson vergiftet wurde, stellt sich eine weitere Frage: Hatte sie auch mit Robert Weber zu tun oder hatte sie es wirklich auf Adam abgesehen?«

»Seltsame Geschichte, muss ich zugeben.«

»Ich selbst habe bei der Gegenüberstellung erlebt, wie sie Robert erstarrt ansah. Sie hielt ihn eindeutig für Adam Weber.«

»Mir fällt da eine Regel aus früheren Zeiten ein, die wurde gern für Zwillinge genutzt. Wenn ich mich richtig erinnere, gab es sowas wie eine Herrschaftsfolge bei Zwillingen. Der Erstgeborene wurde durch ein Zeichen oder seinen Namen bevorzugt, damit wurde sichergestellt, dass ihm eine besondere Bedeutung zufiel.«

»Aha, die Namen? Darauf wäre ich selbst nie gekommen, dass die eine Rolle spielen könnten.«

»Vielleicht, muss nicht so sein. Aber wenn wir bei Adam den Anfangsbuchstaben nehmen, wäre das ein A. Wahrscheinlich ist er der Erstgeborene und ihm gegenüber wurden von der Familie wahrscheinlich mehr Zugeständnisse gemacht.«

»Interessant, nur dadurch wird alles verworrener.«

»Das sehe ich genauso, lass uns ab jetzt besser an den Abend im Friedrichstadtpalast denken.«

»Darauf freue ich mich wirklich riesig.«

Lisa duschte rasch und zog sich um. Max bereitete währenddessen einen Happen Essen und Tee zu. Lisa nahm die Selbstverständlichkeit im Umgang mit ihm wohlwollend zur Kenntnis. Erstaunlicherweise waren sie in der kurzen Zeit in Berlin zu einem guten Team zusammengewachsen. So ein unkomplizierter Umgang war Lisa mit manchen Leuten ein Leben lang nicht gelungen.

Sie mussten sich beeilen, um den Anfang der Show nicht zu verpassen. Max kannte sich in der Friedrichstraße gut aus und sie fanden einen Parkplatz in der Nähe. Pünktlich zu Beginn des Programms saßen sie auf ihren Plätzen.

Lisa sah Max dankend an. Er schenkte ihr mal wieder einen Tag, der abwechslungsreicher nicht hätte sein können. Wie gut, dass er mit einer Pracht an Farben, kunstvollen Kostümen und beeindruckenden Tänzern zu Ende ging. Sie sprachen nicht mehr über Adam Weber und genossen entspannt den gemeinsamen Abend. Es wurde ihnen bewusst, wie kostbar die Zeit war, denn bald hieß es Abschied nehmen.

17. Kapitel

Adam oder Robert Weber

Am Morgen schlug Max vor, Lisa mit dem Auto mitzunehmen. Sein Dienst begann später. Lisa war dankbar, denn der Blick aus dem Fenster stellte einen nasskalten Tag in Aussicht. Ihnen blieb so Zeit für ein längeres Frühstück. Jetzt kehrten auch die Gedanken an Adam Weber zurück und Lisa kam nicht daran vorbei, mit Max über ihn zu sprechen.

»Heute erwartet Stolberg meinen Anruf und ich habe noch keine Idee, wie wir ohne großen Aufwand herauszubekommen, ob Robert Weber wirklich Robert ist.«

Max war ausgeruht und ihm machte das Gespräch nichts aus. »Das Ganze ist ohnehin eine unglaubliche Geschichte und ich hätte nie gedacht, dass diese beeindruckende Tänzerin so viel kriminelle Energie besitzt.«

»Es geht mir wie dir. Ich kann mir nur vorstellen, dass es für Alleinstehende schwierig sein kann, einen Tanzpartner zu finden. Und haben sie ihn endlich, können sie kaum ihre Gefühle außen vor lassen. Beim Tango sind sie ständig romantischen Versuchungen ausgesetzt. Während wir als Paar lernen, erfahren wir gemeinsam Neues. Unsere Verbindung wird getestet, weil wir nicht nur zusammen, sondern auch voneinander lernen.«

»Ich glaube sogar, dass der Tango eine Beziehung erblühen lassen kann oder eben der Anfang vom Ende sein könnte.«

»Vielleicht«, sagte Lisa. »Wir tanzen zu unserer Freude, aber auch, damit wir uns persönlich weiterentwickeln. Das kann zwar eine Arena für Beziehungsprobleme sein, doch nur, wenn Probleme vorhanden sind und nur darauf warten, an die Oberfläche zu kommen.«

»Stell dir vor, der Tango wäre das Einzige, was uns verbinden würde? Darauf eine Langzeitbeziehung aufzubauen, wird wohl eher schwierig sein.«

»Natürlich gebe ich dir da recht. Damit eine Beziehung funktioniert, braucht es unterschiedliche wie gemeinsame Interessen.«

»Einen gemeinsamen Hintergrund sozusagen und eine starke Freundschaft. Eben etwas, worin man Gemeinsamkeiten entdeckt und darüber reden kann.«

»Dennoch verlieben sich einige während des Tangos.«

»Egal wie intensiv die Gefühle beim Tango sind, letzten Endes bleibt es ein Tanz. Viele solcher Beziehungen überleben nicht, weil die Tänzer außer dem Tango nicht viel haben, was sie im alltäglichen Leben verbindet.«

Max lächelte und nahm Lisas Hand. »Nur gut, dass bei uns mehr dahintersteckt. Du hast mir mit deinem wilden Haar im Wind auf der Graal-Müritzer Seebrücke und deinem natürlichen Lächeln sofort gefallen. Auch ohne zu wissen, dass du eine gewisse Affinität zum Tanzen hegst.«

Lisa errötete leicht und senkte verlegen den Kopf, wobei ihr Blick auf ihre Uhr fiel. Sie erschrak, die Zeiger waren nicht stehen geblieben. »Die Zeit rennt und wir haben Robert Weber vergessen. Jetzt weiß ich immer noch nicht, wie ich vorgehen soll.«

»Das ist das Einfachste der Welt. Beim Tango natürlich!«

»Wie meinst du das? Wir sollen uns anschauen, wie er tanzt?

»Genau!«

Lisa überlegte, dann stimmte sie mit ihrem Freund überein: »Du hast recht, niemand anders könnte so tanzen wie er.«

»Der Tango wird uns und allen anderen in der Villa verraten, ob es sich um Adam oder Robert handelt.«

»Ich kann mir kaum vorstellen, dass zwei Brüder dasselbe Hobby haben und sein Bruder genauso kunstvoll tanzen kann.« Lisa sah Max zufrieden an. »Das bekommen wir jedenfalls ohne großes Aufsehen hin.«

Lisa wurde nervös. »Ich könnte ewig weiter mit dir sprechen, aber die Pflicht ruft. Heute ist mein vorletzter Tag. Zuerst werde ich Stolberg den Test vorschlagen. Mal sehen, was der dazu meint. Meine Kollegen haben vielleicht auch eine Idee.«

»Und vergiss nicht, unser letzter Tangokurs steht an.«

»Lass uns die letzten Tage einfach genießen. Außerdem sind wir bei einer Entfernung von gut 200 Kilometern wirklich nicht aus der Welt und du kommst mit.«

»Was das angeht, das ist noch nicht sicher. Ich erfahre erst heute Abend, ob ich ein paar Tage länger in Graal-Müritz bleiben kann. Mein Kollege hat viele Dienste von mir übernommen, ich will seine Bereitschaft, mir zu helfen, nicht überfordern.«

»Falls es klappen sollte, wäre das ein Geschenk und wir könnten nach den Kulturangeboten in Berlin unsere Seelen bei langen Strandspaziergängen baumeln lassen.«

»Nicht zu früh freuen, jetzt steht uns der Alltag bevor.«

Lisa war pünktlich und allein im Büro. Sie wählte angespannt Stolbergs Nummer.

Stolbergs Stimme hörte sich müde an. »Guten Morgen Lisa, was gibt es so früh?«

Lisa staunte. Er hatte offenbar der Geschichte mit den Zwillingen keine große Bedeutung beigemessen und sie längst vergessen.

»Wollten wir uns nicht zu Robert Weber verständigen?«

»Ach ja, die Geschichte mit dem Zwillingsbruder. Ist dir dazu mehr eingefallen?«

Lisa war enttäuscht. Für Stolberg war die Geschichte also längst erledigt. Schoss sie wirklich mit ihrer Fantasieüber das Ziel hinaus? »Ich habe einen Vorschlag, der keinerlei polizeilichen Einsatz erfordert«, sagte sie schnell und hoffentlich belanglos klingend.

»Wie meinst du das?«

»Beide Brüder hatten bestimmt nicht das gleiche Faible zum Tango. Und genau dort werde ich ansetzen. Eine Einladung im Namen von Adams Tanzfreunden zum Tangoabend.«

»Okay, das hört sich unkompliziert an, und was du in deiner Freizeit machst, geht uns schließlich nichts an.«

»Dabei will ich nur herausfinden, ob wir eine Familienfehde ausschließen können. Oder womöglich noch was ganz anderes dahintersteckt.«

»Ich schätze zwar deine Bemühungen und bin froh, dass du deiner Vermutung auf den Grund gehen willst, aber für uns ist die Sache momentan ohne Belang. Auch weil offiziell keine Zeit dafür bleibt. Der Fall Weber ist geklärt.«

»Robert oder Adam Weber, ich werde es herausbekommen.«

»Da bin ich mir sicher«, lachte Stolberg, auf einmal wieder putzmunter.

Kaum hatte Lisa den Hörer aufgelegt, ließ Martin sich im Büro sehen. »Jetzt, wo ich mich an die Frau im Team gewöhnt habe, willst du uns verlassen. Eigentlich schade! Na ja, ein paar Tage bleibt uns deine Gegenwart erhalten.«

Lisa schmunzelte. »Kann ich das als Kompliment auffassen?«

»Meinetwegen«, lächelte Martin zurück.

»Ich habe vorhin mit Stolberg telefoniert, um ihm meine Absicht bezüglich Weber mitzuteilen.«

»Und die wäre?«

»Mein Freund und ich haben uns gestern beraten. Er hat Adam Weber genau wie ich beim Tanzen erlebt. Ihm kam die simple Idee, Robert Weber dort zu packen, wo sein Bruder am besten war.«

»Also beim Tanzen?«

»Richtig, wir laden ihn in die Villa *El Gato* ein. Das wäre eine einfache Möglichkeit, zu testen, mit wem wir es tatsächlich zu tun haben. Was meinst du?«

»Den Einfall deines Freundes finde ich realisierbar. Lass es darauf ankommen. Spannend wird es, wenn deine Vermutung zutrifft. Eine Menge offener Fragen wären zu beantworten. Zum Beispiel den Zweck des Schauspiels.«

»Viel Zeit bleibt mir nicht. Heute Abend ist der letzte Kurs, aber wie kann ich Robert zum Mitkommen bewegen?«

»Das sollten wir mit einer offiziellen Einladung hinkriegen.«

»Okay, du rufst ihn an und bestellst ihn in die Villa *El Gato*?«

»Einer meiner leichtesten Übungen.« Schon nahm Martin das Telefon, stellte den Lautsprecher an und hatte Robert Weber tatsächlich sofort an der Leine. »Herr Weber, Sie erwähnten während unseres Gesprächs, dass Sie gern den Ort aufsuchen würden, an dem ihr Bruder zusammenbrach. Besteht der Wunsch noch? Ihr Bruder Adam war ein exzellenter Tänzer und in der Villa war er sehr beliebt.«

Am anderen Ende trat Schweigen ein und Martin musste nachhaken: »Herr Weber, sind Sie noch am Apparat?«

»Ja, ja«, war eine verhaltene Stimme zu hören. »Vielleicht wäre das gut, aber ich bin mir nicht sicher.«

»Das hätte Ihr Bruder auch für Sie getan«, beschwichtigte Martin die Unsicherheit des Mannes.

»Wie meinen Sie das?«, fragte Weber, weiterhin unsicher.

Martin geriet mit seinen Argumenten ins Schleudern, und so schrieb Lisa schnell eine Idee auf einen Zettel: »Von seinen Tanzfreunden das letzte Mal Abschied nehmen.« Dieselben Worte nannte er Weber.

»Nun ja, ich kann mir vorstellen, dass seine Freunde auch an ihn denken, und vielleicht kommen Sie mit dem einen oder anderen Tänzer ins Gespräch. Das könnte für beide Seiten wichtig zum Abschiednehmen sein. Wann soll ich da sein?«, fragte Weber plötzlich erstaunlich gefasst.

»Kleinen Moment bitte.« Martin drehte sich zu Lisa und zeigte auf die Uhr, die schrieb 22 Uhr im *El Gato* auf einen Zettel.

»Herr Adam, ich habe mich erkundigt, um 22 Uhr geht es im *El Gato* los. Oder ist das zu spät für Sie?«

»Nein, ich kenne die Villa und es ist kein Problem, dorthin zu kommen.«

»Wenn Sie etwas früher am Ort wären, würde das passen, und Frau Liebich könnte Sie begrüßen.«

Weber nahm den Vorschlag dankend an und beendete gleich darauf das Gespräch. Martin legte den Hörer aus der Hand und schaute Lisa herausfordernd an, als erwartete er ein Lob. Das kam auch prompt.

»Gut gemacht, das ging ziemlich flott. Hatte mir den Part, ihn zum Tanzen zu bewegen, deutlich schwieriger vorgestellt.«

»Du kennst mich eben nicht.« Martin lächelte Lisas erstauntes Gesicht fort. Doch ihr war aufgefallen, dass Martin einen Trick angewandt hatte.

»Eines musst du mir erklären«, sagte Lisa. »Weber hat nie den Wunsch geäußert, ins *El Gato* zu gehen. Wie kommst du darauf?«

»Ich sagte doch, dass das eine meiner kleinsten Übungen ist. Suggerieren heißt das Zauberwort. Wenn es uns dabei hilft, der Wahrheit auf den Grund zu gehen, sollte flunkern erlaubt sein.«

»So sehe ich das auch, und wir verschwenden keine Zeit.«

»Und du erfährst, bevor du an der Küste bist, ob deine Intuition richtig ist.«

»Perfekt, weil der Mann keinen Verdacht schöpft, denn er denkt, es wäre seine eigene Idee.«

»Bei diesem Bäumchen-wechsle-dich-Spiel interessiert mich sehr, welchen Sinn das Ganze haben könnte?«

»Diese Frage stellt sich erst, wenn wir tatsächlich wissen, mit welchem Weber wir es zu tun haben.« Lisa stimmte Martin mit einem leichten Kopfnicken zu und ging an den Schreibtisch zurück. Etwas später sollte eine Arbeitsbesprechung stattfinden und sie wollte sich darauf vorbereiten. Gedanklich zog sie schon jetzt Resümee ihrer bisherigen Zeit in Berlin. Eine Bilanz, die durchaus positiv ausfiel. Zum Abschluss war es an der Zeit, ein klein wenig mehr Einblick in die Arbeit des LKA zu nehmen. Im italienischen Café am Tag zuvor hatte sie ihren Wunsch bereits an Martin weitergegeben. Er hielt sich bedeckt und tat geheimnisvoll. Lisa hatte den Verdacht, dass etwas für den letzten Tag geplant war, doch sie hakte nicht weiter nach. Vielleicht wollten die Kollegen sie damit überraschen.

Am heutigen Tag konnte es Lisa einrichten, das Büro früher zu verlassen. Das passte zu ihrem Vorhaben. Sie wollte einen Kuchen backen. Zwar hatte sie keine Ahnung, ob das in so einer großen Behörde überhaupt üblich war, aber sie wollte sich mit einer netten Geste verabschieden. Einen Tag zuvor hatte sie in der Wohnung eine Kuchenform gefunden, und schon war die Idee geboren. Nun brauchte sie nur die Zutaten für eine Käsetorte zu organisieren. Von der wusste sie zumindest, dass sie viele mochten.

18. Kapitel

Tangokurs

In der Wohnung breitete sich längst der betörende Duft des Käsekuchens aus. Den nahm Lisa nur nebenbei wahr, langsam stellte sich Wehmut ein. Es war der letzte Abend, an dem Max und sie sich Susannas und Francescos Tanzkünsten anvertrauen würden. Ein letzter Tangoabend wäre auch am Samstag möglich, doch mit dem Kurs war heute Abend definitiv Schluss.

Max hatte gegen Mittag eine kurze Nachricht hinterlassen. Er bekam nicht frei. Damit fiel die geplante Zeit an der Küste aus. Gleichzeitig schlug er vor, bereits am Freitag nach Dienstschluss von Berlin nach Graal-Müritz zu fahren. Lisa überlegte, ob sie einwilligen sollte, obwohl die verbleibenden beiden Tage in Berlin zu verbringen auch eine gute Option wäre. Zumal ein weiterer Tanzabend möglich wäre.

Der Abschied vom Kurs würde zwar nicht den Abschied vom Tango bedeuten, aber hier hatte sie Max und er würde ihr in Rostock fehlen.

In Graal-Müritz könnte sie wieder Hajo Mehring und seiner Frau zusehen. Die beiden hatten ihre Leidenschaft für den Tanz überhaupt erst geweckt. Im Rhododendronpark tanzten sie regelmäßig Tango zu eigens mitgebrachten argentinischen Klängen.

Zum ersten Mal hatte Lisa sie an einem strahlenden Frühlingstag getroffen. Trotz ihres Alters waren sie gekonnt und leidenschaftlich über eine Schachbrettfläche im Park geglitten. Als Hajo Lisas Interesse mitbekommen hatte, zeigte er ihr ein paar Schritte und lud sie nach Rostock ein, um in seiner Tanzschule vorbeizuschauen und an einem Kurs teilzunehmen. Das würde sie später auf alle Fälle tun.

Dieser Nachmittag im Park war im Grunde schuld daran, dass sie Adam und Ava in der Villa *El Gato* tanzen gesehen und mit diesem Fall zu tun bekommen hatte.

Im Hintergrund lief das Radio und Lisa hörte gerade noch, als ihre Gedanken ins Hier und Jetzt zurückkehrten, Roland Kaisers Stimme mit seinem Lied: »Schach Matt durch die Dame im Spiel, Schach Matt packte mich Zug um Zug.«

Ihr huschte ein Lächeln über das Gesicht. Das passte. Auf einem Schachbrett wurde sie zum ersten Mal mit dem Tango konfrontiert und als sie ein Traumtanzpaar kennenlernte, spielte es in perfider Weise ein Spiel.

Ihre Gedanken wanderten zum Abend im *El Gato* und dem, was sie neben dem Kurs erwarten würde. Sie musste unbedingt rechtzeitig mit Francesco und Susanna sprechen, um den Besuch von Robert Weber anzukündigen. Francesco kannte Adam Weber aus vergangener Zeit sehr gut, das würde garantiert helfen, die wahre Identität des Mannes herauszubekommen.

Lisa hübschte sich entgegen ihrer sonstigen Gewohnheit besonders auf. Sie kämmte die Haare streng aus dem Gesicht nach hinten und band sie kunstvoll zu einem Knoten, dann entschied sie sich für ein bordeauxfarbenes Kleid und dunkle Strumpfhosen. Sonst schminkte sie sich kaum, aber heute betonte sie ihre Lippen mit einem für ihre Begriffe sehr roten Lippenstift. Als sie in den Spiegel sah, erkannte sie sich selbst kaum wieder. Nun war sie gespannt, wie Max reagieren würde.

Kaum war sie fertig, klingelte es. Lisa öffnete die Tür. Max stand vor ihr. Sie merkte deutlich, wie er bei ihrem Anblick kurz stutzte, aber nichts sagte. Erst in der Wohnung schaute er sie von allen Seiten an und konnte sich eine Bemerkung nicht verkneifen: »Du siehst toll aus, gar keine Frage. Dein Outfit drückt pure Leidenschaft aus. Aber außerhalb des Tangos möchte ich doch lieber mein mecklenburgisches Küstenmädchen sehen. In deiner natürlichen Schönheit, so wie ich dich kennengelernt habe, gefällst du mir am besten.«

Lisa zog Max an sich und küsste ihn, dann flüsterte sie, als würde sie jemand belauschen können: »Das war ein Versuch in zweierlei Hinsicht. Ich wollte mich zu unserem letzten Kurs etwas mehr als gewöhnlich aufbrezeln und gleichzeitig sehen, wie du darauf reagierst.«

»Zum Anlass passt deine Kleidung perfekt. Du siehst toll aus, aber deine Natürlichkeit ist durch nichts zu überbieten.«

»Okay, ich habe verstanden. Aber zum Tango werde ich hin und wieder eine andere Facette von mir zeigen. Lass dich einfach überraschen.«

»Da bin ich gespannt, was du alles zu bieten hast. Jetzt sollten wir besser los, um nicht zu spät zu kommen. Zwei Stunden sind schnell vorbei. Was meinst du, wollen wir unsere Tanzlehrer anschließend zu einem Drink einladen?«

»Wenn es ihnen passt, wäre das eine prima Idee. Ich muss ohnehin mit dir über ein dienstliches Vorhaben sprechen, wozu wir bisher keine Zeit hatten.«

»Du machst mich neugierig.«

»Wir haben Robert Weber heute Abend in den Großen Saal der Villa eingeladen. Er hat zugesagt. Damit können wir deinen Vorschlag also umsetzen.«

»Das ist gut. Ich werde all meine Menschenkenntnis einsetzen, um deinen Intuitionen auf den Grund zu gehen.«

Der Anblick der Villa *El Gato* unterschied sich deutlich von dem ihres letzten Besuchs. Bereits in der Ferne leuchteten die hellen Lichter einladend. Lisa freute sich, dass sie dem Saal wieder einen Besuch abstatten konnten und die Atmosphäre unter einem besseren Zeichen stand. Wenngleich sie sich im Schlepptau mit Robert Weber oder eben seinem Bruder befanden.

Im ersten Stock begrüßte Francesco sie, wie alte Bekannte. »Ich dachte ihr kommt nicht, seid heute spät dran.«

»Unseren letzten Kurstag lassen wir uns nicht entgehen. Lisa muss zurück nach Rostock. Ihre Arbeit ist hier erledigt. Das heißt, so gut wie.«

»Tatsächlich! Kannst du etwas sagen? Immerhin sind die Beteiligten mir nicht unbekannt.«

Da Lisa ohnehin mit Francesco sprechen musste, war das jetzt der richtige Moment. »Was hältst du davon, wenn wir nach dem Kurs unten im Saal etwas trinken und zusammensitzen. Ich gebe meinen Ausstand und erzähle, was die Ermittlungen erlauben. Gleichzeitig habe ich eine Bitte.«

»Eine Bitte?«

Lisa nickte. »Adam Weber hat einen Zwillingsbruder, Robert Weber, der gegen 22 Uhr hier eintreffen wird. Das hat mein Kollege Martin arrangiert. Ich habe einen Verdacht, den ich einfach nicht loswerde, bei dem ihr mich unterstützen könntet.«

»Verdacht? Und wir sollen helfen?«

»Ja, weil ihr Adam viel besser kennt als wir. Ich glaube, dass er sehr lebendig ist und sein Bruder vergiftet wurde.«

»Das wäre unglaublich!« Francescos Stimme klang fassungslos.

»Da ihr Adam schon häufig beim Tanzen gesehen habt, sind euch wahrscheinlich einige Details bekannt. Max und ich haben ihn ja nur einmal tanzen gesehen. Ich bin sehr gespannt, ob ich richtig liege. Ihr würdet mir sehr helfen. Bisher weiß ich nur, dass eineiige Zwillinge zu 99,999 Prozent gleiche DNA haben. In einem unterscheiden sie sich aber sicher, in den Fingerabdrücken. Bevor diese dienstlich untersucht werden, möchte ich mir annähernd sicher sein, ob meine Zweifel berechtigt sind.«

Susanna stand in der Nähe und hatte einige Sätze von Lisa mitbekommen. Sie konnte sich ihre Bemerkung nicht verkneifen. »Festzustellen, ob Adam wirklich Adam ist? Wäre für mich relativ einfach. Wenn ich mit jemandem getanzt habe, der so gut wie Adam ist, erkenne ich ihn viele Jahre später noch.«

Francesco sah sie bestätigend an. »Du sagtest mal, du erkennst einen guten Tänzer selbst mit geschlossenen Augen.«

»Na ja, das ist etwas übertrieben, aber schließlich war Adam nicht irgendein Tänzer. Lasst uns mit dem Kurs beginnen.«

Sie gingen gemeinsam in Richtung Tanzfläche und Susanna stellte die Musikanlage an, dann begrüßten beide die anderen Paare. »Wir starten zuerst mit den wichtigsten Schrittfolgen. Habt ihr die Aufzeichnungen gelesen, die wir euch beim letzten Mal ausgehändigt haben?« Während er sprach, schaute Francesco alle erwartungsvoll an. Er nahm das allgemeine Nicken wahr und sprach gleich weiter: »Sehr gut, dann wisst ihr, worum es uns heute geht. Zuerst führen Susanna und ich die Schritte vor und nennen dazu den Namen. Wir beginnen mit einer Milonga, das ist die fröhlichere Schwester des Tangos. Wogegen der langsamere Tango Argentino eher melancholisch ist.

Susanna fügte hinzu: »Man nennt ihn auch: ›Ein trauriger Gedanke, den man tanzen kann.‹«

»Bei der Milonga, Lisa, nutzt man den Tanzraum mit langen Schritten voll aus«, betonte Francesco wieder und sprach sofort weiter. »Tanzt man die Milonga mit einfachen Schritten, setzt man die Schritte mit dem ersten und dritten Schlag des Grundrhythmus. Das üben wir erst mal.«

In dieser Tonart ging es weiter und Lisa musste sich konzentrieren, um den Tanzlehrern zu folgen. Zur Milonga stellten Francesco und Susanna ihnen außerdem die beschwingte und die lyrische Variante vor. Dann schlug Francesco endlich eine Pause vor. Lisa war dankbar dafür. Der Kurs erforderte bis hierher höchste Aufmerksamkeit, gut ablesbar an den glühenden Gesichtern.

Susanna stellte die Musik aus und Francesco nutzte die Pause für ein Gespräch. »Ein Tanzschüler von mir, der Neurologie studiert hat, beschrieb mir einmal sein intensivstes Erleben eines Augenblicks während des Tanzes. Er meinte, dass ein Tango-Erlebnis Bewegung, Berührung, Umarmung, Gerüche und Schweiß beinhalten kann. Es kann sogar das Gehirn glauben lassen, dass man sich gerade verliebt hat. Erinnert ihr euch an meine Ansprache zum Abschluss des letzten Kurses?«

Er sah Susanna an und sie machte weiter. »Von diesem Tanz gehen viele unterschiedliche Impulse aus. Habt ihr mit euren Partnern darüber gesprochen, wie die Wahrnehmung eures Körpergefühls bisher war?«

Wieder war unter den Teilnehmern ein kurzes Nicken zu sehen.

»Außerdem wollte ich euch daran erinnern, dass ihr uns jederzeit ansprechen könnt, wenn es Fragen gibt. Natürlich auch nach dem Ende des Kurses.«

»Ich denke, jeder sollte nach den vorgegebenen Schritten so individuell tanzen, wie er gerne mag. Dafür setzen wir mit langsamer Musik ein. Und vergesst nicht, ein gutes Zusammenspiel heißt üben, üben und nochmals üben.«

Die Tänzer reihten sich in den Kreis ein und zogen ihre Bahnen. Dabei ließ sich unschwer erkennen, welches Paar mit Leichtigkeit zu tanzen verstand. Max musste ein Naturtalent sein. Er hielt Lisa fest im Arm und seine Beine vollzogen Drehungen, bei denen Lisa stets aufpassen musste, mitzukommen.

Der Kurs war viel zu schnell vorbei. Lisa und Max verabschiedeten sich von den anderen Tänzern mit dem Wunsch, sich irgendwo bei einer Milonga oder einer Tangonacht wiederzusehen. Beide gingen nach unten in den Saal. Sie hatten zuvor einen Tisch für fünf Personen reserviert, um Robert Weber in der Nähe zu wissen. Der war zum Glück noch nicht da. Umso besser, so konnte Lisa ihn am Eingang ohne großes Aufsehen abpassen und an ihrem Tisch platzieren. Damit wäre gleichzeitig gewährleistet, dass Susanna und Francesco ihn auch kennenlernten.

Lisa war aufgeregt. Die beiden mussten ihre Vermutung einfach bestätigen oder … Sie erstarrte. Ob Robert womöglich etwas ahnte und gar nicht erst kam?

Der Gedanke hatte nur für einen kurzen Moment Bestand. Lisa sah Robert am Eingang, wie er sich suchend nach allen Seiten umsah. Dabei entging ihr nicht, dass einige Blicke der anwesenden Gäste auf ihn gerichtet waren. Kein Wunder, denn er sah exakt wie Adam aus. Obwohl er die Haare in die andere Richtung gekämmt trug und etwas salopper gekleidet war, ließen seine Statur, seine Haltung und sein Blick keine andere Meinung zu.

Lisa gab Max ein Zeichen, dass sie dem Mann entgegengehen würde.

Jetzt stand er vor ihr und da war es wieder, dieses Déjàvu! Sie sah in ihm Adam Weber. Leicht irritiert sprach sie ihn an: »Herr Weber, ich bin Lisa Liebich. Gut, dass Sie sich herbemüht haben. Susanna und Francesco, Tanzlehrer in diesem Haus, werden Sie auch gleich kennenlernen. Sie kannten ihren Bruder sehr gut.«

Lisa glaubte, ein leichtes Zucken in seinem Gesicht zu erkennen. Falls es so war, gewann Weber recht schnell seine Contenance zurück.

»Es freut mich, gute Bekannte meines Bruders kennenzulernen. Ich weiß ja, dass er sich hier besonders wohlgefühlt hat«, sagte er ruhig und gefasst.

Am Tisch angekommen, wurden sie von Max und den Tanzlehrern begrüßt. Lisa machte sie miteinander bekannt: »Das ist Robert Weber, Adams Zwillingsbruder.«

Bei allen machte sich großes Staunen im Gesicht breit. Mit so einer Ähnlichkeit zwischen den Brüdern hatte wohl niemand gerechnet.

Lisa überspielte gekonnt die Unsicherheit der anderen und deutete zuerst auf die Tanzlehrer: »Das sind Susanna und Francesco, von Ihnen habe ich eben erzählt.«

Sie nickten zustimmend.

Obwohl die musikalische Pause es ermöglichte, sich in einem angemessenen Ton zu verständigen, blieben alle stumm. Sie starrten Weber an, und auch Max schien von der Ähnlichkeit verunsichert zu sein.

»Bitte, setzen Sie sich. Trinken Sie einen trockenen Rotwein mit uns?«, fragte Lisa, um die Situation zu retten.

»Gern.«

Kaum dass Weber saß, schaute er sich im Saal um, als ob er etwas suchte.

»Tanzen Sie eigentlich auch so gern, wie es ihr Bruder tat?«, fragte Lisa.

Weber wirkte unsicher. »Ich habe erst spät von Adams Leidenschaft erfahren. Einmal habe ich es sogar selbst versucht, aber es hat sich schnell gezeigt, dass ich absolut untalentiert bin.«

Lisa ergriff die Chance, die dieser Moment ihr bot, den Mann zum Tanzen zu bewegen. »Hier hätten Sie die beste Lehrerin, die Sie je bekommen könnten. Ein Versuch wäre es allemal wert.«

Weber antwortete prompt: »Ich könnte es probieren. Für Adam!«

»Eine gute Idee«, antwortete Susanna, jetzt wieder etwas gesprächiger geworden, und schickte gleich eine weitere Frage hinterher. »Wohnen Sie wie Ihr Bruder in Berlin?«

»Nein, in Kempen. Das ist eine kleine Stadt in Nordrhein-Westfalen.«

Seine Antwort war kurz. Sie mussten ihm jede weitere Frage wohl auch aus der Nase ziehen.

»War Ihnen bei der weiten Entfernung überhaupt möglich, regelmäßigen Kontakt zu Ihrem Bruder zu halten?«, fragte Max.

Lisa erschrak, weil die Frage zu direkt klang, doch Weber antwortete ohne Umschweife.

»Wir wurden in frühester Kindheit auseinandergerissen. Unsere Eltern trennten sich ein Jahr, nachdem wir geboren wurden. Adam wuchs bei unserem Vater auf und ich blieb bei Mutter am Niederrhein. Die meiste Zeit unseres Lebens sahen wir uns also nicht. Erst im reifen Alter suchte ich nach Adam und fand ihn schließlich in Berlin.«

Lisa fiel auf, dass der Mann von den meisten im Saal gemustert wurde. Vor allem die alteingesessenen Tänzer starrten ihn aufdringlich an.

Die Musik setzte ein und Susanna ließ es sich nicht nehmen, Robert Weber zum Tanz aufzufordern. Er lächelte gequält und begab sich, unsicher umherblickend, auf die Tanzfläche. Natürlich blieb auch ihm nicht verborgen, dass alle Blicke auf ihn gerichtet waren. Vor allem jene, die ihn auch für Adam Weber hielten und seine Tanzkünste kannten. Einige nickten ihm sogar freundlich zu, als freuten sie sich, dass er wieder gesund war. Zwar wirkten Webers Schrittfolgen auf den ersten Blick verkrampft, aber die Körperhaltung und die Handbewegung verrieten den Kenner. Da tanzte jemand mit Stil.

Francesco ließ keinen Blick von dem Tanzpaar und meinte im ernsten Ton: »Tanzt hier Adam Weber?«

Er beobachtete genau Körper und Fußstellung des Mannes. »Entweder ist der Mann ein Naturtalent oder es ist Adam. So tanzt auf keinen Fall ein Anfänger. Da kann er noch so sehr seine Füße schräg setzen, das sieht eher nach einer manipulierten Haltung aus. Mir macht er nichts vor.«

Lisa war aufgeregt, anscheinend hatte ihre Intuition sie nicht betrogen. Sie hakte intensiver nach: »Erkennst du außer dem Tanzstil etwas anderes, das dich an Adam erinnert?«

Francesco überlegte. »So gut kannte ich ihn nicht, aber ich bin sehr unsicher. Warten wir ab, was Susanna nach dem Tanz mit ihm meint. Ich habe einen Vorschlag, in der Nähe gibt es eine kleine Bar, lasst uns später für einen Drink dorthin gehen. Dann können wir alles abschließend und allein besprechen.«

»Eine gute Idee.« Lisa ahnte, dass es an diesem Tag spät werden würde.

Susanna und Robert Weber kamen zurück und Lisa sah an seinem unsicheren Blick, dass er genug von seinem Aufenthalt hatte.

»Wir kamen fast nicht zum Tanzen, weil Herr Weber so oft angesprochen wurde. Alle hielten ihn für Adam.«

»Ehrlich gesagt reicht mir dieser kurze Aufenthalt an diesem Ort. Ich hatte keine Vorstellung, welche Aufmerksamkeit mein Auftritt auf sich ziehen würde. Mein Erscheinen hier war wohl eine meiner weniger guten Ideen. Das können Sie in meiner Situation sicher nachvollziehen?«

»Natürlich«, meinte Lisa schnell.

»Wenn Sie nicht so lange bleiben wollen, könnten wir das verstehen. Wenigstens konnten Sie erleben, wie hoch die Tanzkünste Ihres Bruders geschätzt wurden.« Lisa fragte sich längst, ob das Zusammentreffen mit den anderen Tänzern sinnvoll war. Egal, wer er in Wirklichkeit war, hier wurde immerhin vor nicht langer Zeit sein Bruder tot aufgefunden. Zum weiteren Gespräch zwischen ihnen kam es nicht mehr. Die Musik setzte ein und Robert Weber verabschiedete sich, ehe die Musik aufhörte zu spielen. Ohne viele Worte zu verlieren, verließ er nach weniger als einer Stunde eilig den Saal.

Lisa erhob sich und begleitete ihn zur Tür. »Herr Weber, es tut mir leid, dass Ihr Aufenthalt für so viel Aufmerksamkeit gesorgt hat. Alle waren sicher von Ihrer Ähnlichkeit zu Ihrem Bruder irritiert. Das Kommissariat Kreuzberg wird Sie morgen für ein letztes Gespräch zu sich bitten, danach können Sie Ihren Bruder endlich beisetzen.«

»Das wäre gut, dann kann ich dem Gericht wegen der Vollstreckung seines Testaments Bescheid geben.«

Lisa glaubte, sich verhört zu haben. »Hinterlässt Ihr Bruder ein Vermögen?«, platzte es spontan aus ihr heraus.

»Na klar«, meinte er und merkte sogleich, was ihm für eine Panne unterlaufen war und stockte. »Ich wollte eigentlich sagen, dass ich das vermute. Aber es ist mir eigentlich nicht wichtig.«

Lisa nickte kurz. »Das glaube ich Ihnen sogar.«

Als Lisa an den Tisch zurückkam, sah sie in entsetzte Blicke. Es gab wohl keinen, der nicht glaubte, Adam Weber eben vor sich gesehen zu haben.

»Lass uns ein wenig Abstand gewinnen und wenigstens einige Runden tanzen.« Max sah Lisa liebevoll an und sie konnte nicht anders, als seine Hand anzunehmen, die sie auf die Tanzfläche führte.

Ihnen gelang es sofort, in den Rhythmus der Musik einzusteigen und relativ unbeschwert zu tanzen. Der Gedanke an Adam oder Robert Weber verschwand mit dem Einsetzen der argentinischen Klänge. Doch als ihr Blick ein wenig später zufällig die Uhr streifte, erschrak Lisa. Die Zeiger liefen längst auf Mitternacht zu. Es war zu spät, um morgen ohne Müdigkeitserscheinungen den Dienst anzutreten. Aber sie wollte trotz der fortgeschrittenen Stunden unbedingt mit Susanna und Francesco in die kleine Bar, dafür sollten sie sich jetzt auf den Weg machen.

Lisa gab Max ein Zeichen, sich in der Pause auf den Weg zu machen.

Die gemütliche Bar befand sich fußläufig um die Ecke. Lisa fühlte sich sofort in die Pink Lady Bar in Graal-Müritz zurückversetzt. Dort, wo sie mit Max ein Glas auf ihre zweite Begegnung getrunken hatte.

Sofort als sie saßen, wollten Francesco und Susanna mehr erfahren. Bisher wussten sie nur, dass Adam Weber vergiftet wurde, und das von seiner langen Tanzpartnerin Ava. Allein diese Nachricht war unfassbar und nun kam die Geschichte mit dem Zwillingsbruder und dem möglichen Identitätsdiebstahl dazu.

»Es wird Zeit, dass du uns aufklärst. Natürlich nur darüber, was du ohne Bedenken sagen kannst. Uns hat diese Geschichte tief erschüttert.«

»Ich darf zwar keine Details preisgeben, aber ein wenig kann ich verraten. Ava gab zu, Adam vergiftet zu haben. Beim Verhör kam allerdings zunächst ein zweifelhaftes Motiv heraus. Dann erfuhren wir, dass bei Ava eine Erkrankung vorliegt, und nun muss von medizinischer Seite überprüft werden, ob diese der Grund für das Unglück war. Das unterliegt aber nicht mehr unseren Ermittlungen.«

»Wenn sich das so verhält, ist sie überhaupt schuldfähig?«, fragte Susanna aufgeregt.

»Das wird an anderer Stelle entschieden, für uns ist dieser Fall erst mal geklärt.«

Francesco schien wie Susanna fassungslos zu sein. »Seltsam, eine Erkrankung hätten wir doch mitbekommen?«

Susanna widersprach Francesco sofort. »Ich denke, keiner kann in einen anderen Menschen hineinschauen. Es gibt zu viele dunkle Areale, die niemand durchblicken kann, und deshalb bleiben sie meist unsichtbar.«

»Und Adam? Wie kommst du darauf, dass er lebt?«

»Stopp Francesco!«, gebot Susanna. »Ich hoffe, dass ich dieser Frage selbst nähergekommen bin.«

Alle sahen gespannt zu Susanna.

»Ich habe mich sehr weit aus dem Fenster gelehnt, als ich sagte, dass ich schon herausfinden werde, wer mit mir tanzt. Ehrlich gesagt bin ich mir in dem Fall nicht sicher. Das ist mir bisher nie passiert.«

»Kurz gesagt, du weißt es nicht?«

»Nicht genau. Obwohl ich sagen muss, dass seine Haltung ungewöhnlich gut war. Für einen Unkundigen viel zu professionell.«

»Richtig, das ist mir auch aufgefallen«, meinte Francesco und sah interessiert zu Susanna.

»Also hat der Versuch, den Mann beim Tanzen zu entlarven, nicht wirklich etwas gebracht?« Max klang enttäuscht.

»Sieht fast so aus. Aber wir können nicht ausschließen, dass er es nicht ist. Aus diesem Grund werde ich eine andere Maßnahme einleiten.« Lisa zog ein Glas aus der Tasche, das in einer Tüte steckte.

Max lächelte sie an und meinte: »Geschickt! Das wird wahrscheinlich der einzig sichere Nachweis sein.«

Francesco und Susanna wussten nicht gleich, was das zu bedeuten hatte, und sahen Max fragend an. Der ließ mit einer Antwort nicht lange auf sich warten. »Seit kurzem ist es anhand von Fingerabdrücken möglich, eineiige Zwillinge zu identifizieren. Und Lisa hat gerade ein Glas mit seinen Fingerabdrücken sichergestellt.«

Lisa schmunzelte. »Genauso ist es, Herr Doktor.«

»Ist das legal? Kann man ohne offiziellen Grund Fingerabdrücke von einer Person nehmen?«

Max sah Lisa mit großen Augen an. Sie musste nicht lange überlegen, die Antwort kam wie aus der Pistole geschossen.

»Wenn ein Verbrechen vorliegt.«

»Aber das liegt in diesem Fall nicht vor, wie wir wissen«, mischte sich nun auch Susanna ein.

»Noch nicht«, bemerkte Max sarkastisch und sprach sofort weiter.

»Francesco hat recht. Die Frage ist doch eigentlich, was Adam mit einer falschen Identität bezwecken sollte?«

»Die Frage stellen wir ihm, sobald wir seine Fingerabdrücke untersucht haben und mit Bestimmtheit sagen können, dass er Adam Weber ist. Doch diese Maßnahme wird sozusagen präventiv sein, da keine wirkliche Straftat vorliegt. Wenn wir allerdings eine Straftat verhindern können, sollte diese Maßnahme vorbeugend erlaubt sein.«

»Da dürfen wir wohl gespannt sein, was herauskommt.«

»Die Sache hat nur einen Haken, morgen ist mein letzter Arbeitstag, spätestens am Sonntag muss ich zurück nach Rostock. Damit werde ich zum Ende dieser Geschichte nicht mehr dabei sein.«

»Das könnte allerdings ein offizieller Grund werden, um länger zu bleiben. Was meinst du?«, hakte Max nach.

»Das wird sich hoffentlich morgen klären. Heute haben wir erst mal genug von der Arbeit geredet.«

Lisa war dankbar, dass Max das Thema wechseln wollte, und begann von der Ostsee zu schwärmen. »Kennt ihr eigentlich die Ostseeküste in der Nähe von Rostock?«

»Nein, leider hatten wir bisher keine Gelegenheit. Es gab kein Event oder Turnier, das uns dahin verschlagen hat. Für einen Urlaub ohne Tanz hatten wir keine Zeit. Aber wenn du einen Tipp für uns hast, holen wir das gern später nach.«

»Das könnt ihr gern machen, ihr werdet nicht enttäuscht sein. Ein Besuch an der Küste lohnt sich auf alle Fälle zu jeder Zeit. Ihr könntet am Meer tanzen, das stelle ich mir atemberaubend vor.«

Die wenigen Minuten, die ihnen blieben, verbrachten sie weiter in einer entspannten Tonart und vor allem mit erfreulicheren Themen. Sie ließen die Nacht, die bereits in den nächsten Tag wechselte, harmonisch ausklingen. Am frühen Morgen verabschiedeten sie sich, nicht ohne sich gegenseitig zu versichern, dass sie sich bei einem Tangoevent garantiert wiedersehen würden.

»Wir bleiben zwischendrin in Kontakt«, betonte Max übermütig.

19. Kapitel

Lisas vorletzter Arbeitstag in Berlin

Lisa kam am nächsten Morgen müde im Büro an. Sie sah gerade noch in der Glastür ihr blasses Abbild und erschrak darüber.

»Moin Lisa! Ist wohl früh geworden? Du siehst müde aus«, sagte Martin salopp und ärgerte sich sofort. »Oh, entschuldige. Ich wollte dir nicht zu nahe treten.«

»Ich weiß ja, dass ihr von Weber erfahren wollt«, konterte Lisa und wischte Martins Feststellung sofort weg.

Der wich aus und fügte stattdessen hinzu: »Clemens Dreyer hat eben angerufen. Er wollte dich dringend sprechen und hat uns drei gebeten, heute gegen 14 Uhr zu ihm zu kommen. Er hat wohl etwas zu deiner Verabschiedung vorbereitet.«

»Oh, eine Überraschung? Das ist nett! Einen Moment, ich ruf gleich bei ihm durch und berichte anschließend.«

Lisa zögerte nicht, griff den Hörer des Telefons und wählte Dreyers Nummer. Es klingelte lange, ehe am anderen Ende abgenommen wurde.

»Hey Lisa, spät dran heute, was? Nichts für ungut, weiß ja von deinem Einsatz gestern Abend. Ist wenigstens etwas rausgekommen?«

»Nicht wirklich, eher Verunsicherung, nicht nur bei den Tanzlehrern, auch bei mir.«

»Was soll das heißen?«

»Wir sind nach der exklusiven Tanzbegegnung mit dem Mann nicht sicher, wer er wirklich ist.«

Lisa zögerte etwas, bevor sie weitersprach: »Ich habe seine Fingerabdrücke an einem Glas, obwohl ich mir nicht sicher bin, ob das Gesetz so eine Untersuchung erlaubt.«

»Dafür weiß ich das! In der Strafprozessordnung §163b Abs.2 steht sinngemäß: ›Zur Aufklärung einer Straftat kann die Identität einer Person festgestellt werden, die in der Straftat nicht selbst verdächtig ist.‹ Du siehst, das Gesetz gibt es her, also schick die Probe ins Labor und wir werden spätestens morgen mehr wissen.«

»Ehrlich gesagt gefällt es mir nicht, dass ich den Fall nicht zu Ende bringen kann. Schließlich war ich es, die den Zweifel gesät hat.«

»Verstehe, ich mache im Labor Druck, aber das Ergebnis wird dich auf keinen Fall in Berlin erreichen. Wir sehen uns nachher gegen 14 Uhr. Es bleibt doch dabei?«

»Klar, Martin hat mich bereits informiert.«

»Dann sprechen wir später. Wir haben uns zum Abschluss deiner Zeit etwas einfallen lassen.«

»Da bin ich aber gespannt.«

»Soll ich es verraten?«

»Ich glaub, ich ahne es. Ihr wolltet mich, wenn ich mich nicht irre, mit verschiedenen technischen Verfahren vertraut machen. Stimmt's?«

»Hast du also nicht vergessen?«

»Okay, dann bis später. Ach ja, ich habe 'nen Kuchen mitgebracht. Ist das in Ordnung?«

»Klar, Kuchen geht immer.«

»Okay, wir legen gleich los.«

Lisa zog sich endlich aus und trank hastig von dem Kaffee, den Martin ihr inzwischen hingestellt hatte.

»Aufmerksam, danke. Also ehrlich, an die Arbeit mit euch könnte ich mich glatt gewöhnen, wenn da nicht meine Liebe zum Meer wäre. Bin eben ein echtes Küstenkind. Aber jetzt endlich die Info vom gestrigen Tanzabend.«

Mit wenig Sätzen beschrieb Lisa das Beisammensein mit Weber und verschwieg nicht, dass die Tanzlehrer sich anfangs sicher waren, dass sie Adam Weber vor sich sahen.

»Ja, aber am Ende zweifelten sie wieder, weil er ihnen mit keinem Blick verriet, dass er die Tanzlehrer kannte.«

»Entweder ist er geschickt und kann sich gut verstellen oder er ist doch Robert Weber und du hast dich geirrt.«

»Um ganz sicherzugehen, habe ich die Gelegenheit genutzt und sein Glas mitgenommen.«

»Ist das schon im Labor?«

»Nein. Würdest du dich darum kümmern? Du kennst die Leute besser als ich.«

»Okay, ich bringe es weg. Das Ergebnis wird trotzdem erst in zehn bis vierzehn Tagen da sein.«

»Das ist mir klar. Ich fahre aber beruhigter nach Rostock, wenn ich weiß, dass eine Untersuchung auf den Weg gebracht wurde.«

Martin zögerte nicht lange, nahm das Glas und verließ das Büro.

Lisa begann, ihr letztes Protokoll in Berlin zu schreiben. Sie würde nicht lange brauchen, alles war sehr gegenwärtig. Es stellte sich nur ein Problem: Sie musste gut begründen, warum sie an Adam Webers Identität zweifelte. In ihren Augen war er in die Rolle seines Bruders Robert geschlüpft. Aber genau an dieser Stelle blieb das dicke Fragezeichen.

Lisa kontrollierte ihre Formulierungen und war zufrieden. Nebenbei streifte ihr Blick über den Schreibtisch und fiel auf die vielen Utensilien, die sich in den wenigen Tagen angesammelt hatten. In aller Ruhe sammelte sie die Dinge ein, die sie mitgebracht hatte. Nun gab es für sie keinen Grund, in das Büro zurückzukehren. Ihr blieben wenige Stunden und ihre Zeit im LKA wäre Geschichte. Martin und Frank würde sie nachher zum verabredeten Termin bei Clemens Dreyer treffen. Der letzte Tag war voll besetzt, nicht nur die Kollegen hatten etwas mit ihr geplant, sondern auch Lisa wollte ein paar Dankesworte an sie richten. Zudem musste sie sich am Nachmittag auch von Stolberg verabschieden. Lisa wollte ihn bitten, dass er sie über Weber weiter auf dem Laufenden hielt.

Im großen Konferenzraum des siebten Bereichs stellte sie ihre persönlichen Gegenstände ab sowie die selbstgebackene Käsetorte. Anschließend ging sie zu Clemens Dreyer ins Büro. Der lächelte sie freundlich an.

»Dein vorletzter Tag, Lisa, wirklich schade. Hätte dich gern länger hierbehalten.«

»Das Kompliment gebe ich gern zurück. Ich habe mich bei euch gut aufgenommen gefühlt, danke dafür. Aber ich werde an der Küste gebraucht. Dort haben wir eine noch dünnere Personaldecke als ihr.«

»Ich schätze eure Arbeit in Rostock viel zu sehr, als dass ich dich abwerben würde. Aber wiederkommen darfst du gern zu jeder Zeit. Oder vielleicht begegnen wir uns einmal irgendwo an der Küste.«

»Ein Besuch dort würde dir sicher gefallen.«

Dreyer lächelte und wurde gleich wieder dienstlich. »Du weißt, dass wir dich heute nach der Dienstbesprechung offiziell verabschieden werden. Aber jetzt lasse ich dich nicht länger zappeln. Morgen früh wirst du einen Vertreter von Interpol kennenlernen. Dass dich diese Arbeit besonders interessiert, hat Martin mir gesteckt.«

»Stimmt, wie die internationale Zusammenarbeit funktioniert, wollte ich längst mal erfahren«, freute sich Lisa. »Und wann wollen wir meinen mitgebrachten Kuchen verspeisen? Er soll mein kleines Dankeschön von der Küste sein und ist nach altem mecklenburgischem Rezept gebacken.«

»Das hört sich gut an, den nehmen wir uns gleich nach der Dienstbesprechung vor. Ich rufe Walter Althaus an, er kann sich deinen Kuchen auch schmecken lassen. Er wollte es sich ohnehin nicht nehmen lassen, dich zu verabschieden.«

Lisas letzte Dienstbesprechung in diesen Räumen ging zu Ende. Clemens Dreyer fand ein paar lobende Worte für Lisa, verlor aber zu ihrem Erstaunen kein einziges Wort zum Vorfall im *El Gato*, geschweige denn zu Lisas Vermutung des Identitätstausches. Es sah ganz so aus, als wäre der Fall für ihn abgeschlossen. Martin ließ es sich dagegen nicht nehmen, in der offiziellen Runde Lisas Arbeit zu erwähnen.

»Frank und ich hatten mit Lisa einige Tage länger zu tun und ich spreche auch in seinem Namen«, sagte er, dabei sah er Frank direkt an, der nur nickte, »dass eine Frau im Team einige Vorteile bietet.«

Alle im Raum schmunzelten.

Martin ließ sich nicht beirren und sprach weiter: »Ich meine vor allem ihren kriminalistischen Spürsinn. Die Sache mit Adam Weber ist nicht vorbei und Lisa hat uns erst auf eine mögliche weitere Straftat aufmerksam gemacht. Lisa, wir werden dich auf alle Fälle auf dem Laufenden halten, versprochen!«

Lisa dankte Martin und war froh, dass er die Nachforschung zur Identität von Weber an dieser Stelle nicht unter den Tisch fallen ließ und die Angelegenheit ansprach.

Vom Nachmittag blieb nicht viel übrig. Fast hätten die Kollegen Lisas mitgebrachten Kuchen vergessen. Sie erinnerte daran, und während sie weiter über die Herangehensweisen ihrer Arbeit fachsimpelten, genossen die Kollegen den Käsekuchen. Lisa merkte an den überraschten Gesichtern, dass die Geste eines mitgebrachten Kuchens nicht allzu oft vorkam, umso mehr genossen alle den Mecklenburger Käsekuchen, den Lisa mit ein paar freundlichen Dankesworten krönte: »Danke, dass ihr mich kompromisslos aufgenommen habt, und überhaupt für das gute Miteinander. Mal über den Tellerrand zu schauen und die Arbeit eines großen Dezernats kennenzulernen, hat mir viel Neues gebracht.

Ihr vorletzter Arbeitstag war abwechslungsreich, aber auch emotional. Sie lernte einige neue Kollegen kennen, denen sie zuvor nie begegnet war, und bekam eine Vorstellung, in welche Größenordnung diese Behörde einzuordnen war. Doch die Anonymität in so einer Behörde war nichts für sie, umso mehr freute sie sich auf das Rostocker Kriminalkommissariat, das sie schon in wenigen Tagen wiedersehen würde.

Ihr fehlte der Rostocker Hafen mit dem Möwengeschrei und den Schiffen. Genauso die relativ kurzen Wege, und natürlich ihre Kollegen.

Inzwischen saß sie in der U-Bahn. Der letzte Tanzabend stand bevor und sie freute sich allmählich auf diesen. Lisa wollte sich allein wieder nur Max zuwenden und sich ganz der Musik und dem Tanz hingeben. Kein dienstlicher Auftrag, keine Recherchen. Lisa war gespannt, wie sich das anfühlen würde. Sie hatte mit Max vereinbart, bevor sie das letzte Mal in die Villa *El Gato* fuhren, einen Happen bei ihr zu essen. Sie hatte feine Kanapees zubereitet, dazu gäbe es einen kühlen Prosecco, der sie erfrischen und gleichzeitig in die richtige Stimmung versetzen sollte.

Als sie den Tisch deckte, klingelte es und Lisas Herz begann zu hüpfen.

20. Kapitel

Der letzte Tangoabend in Berlin

Das längst vertraute Bild erstreckte sich in der Ferne: Die hellen Lichter der Villa *El Gato*, sie vermisste sie jetzt schon. Das rot-bläuliche Licht würde erst viel später zu sehen sein, wenn die meisten gegangen waren. Lisa und Max würden sicher nicht dazugehören, denn den letzten Tangoabend wollten sie bis zum Ende auskosten.

Lisa trug ein schwarzes Kleid, das sie in einer kleinen Boutique in der Nähe ihrer Wohnung gefunden hatte. Dazu waren ihre Haare mit einem roten Band kunstvoll hochgesteckt, so wie Max sie am liebsten mochte. Das hatte er oft genug betont.

Da heute kein Kurs anstand, gingen sie mit den anderen in den großen Saal und fanden an einem der hinteren Tische einen Sitzplatz. Von hier aus war es möglich, den Abend ungestört zu genießen. Genau genommen hatten sie von hier aus den perfekten Blick über den gesamten Saal. Die Platzwahl war eine von Lisas Angewohnheiten, anstatt selbst im Fokus zu stehen, beobachtete sie lieber aus Distanz die anderen.

Nachdem auch Max sich gesetzt hatte, sahen sie sich im Saal um. Die Atmosphäre war wie vor dem Unglücksfall wieder ungezwungen. Lisa erkannte sogar einige bereits bekannte Gesichter. Aber zu den Tanzevents kamen wohl oft dieselben Tänzer und Tänzerinnen. Nicht zum Üben, ihnen war es vor allem wichtig, zu zeigen, was sie konnten. Neue alleinstehende Tänzer hatten es schwer, einen Partner zu finden. Für die meisten aber blieb es ein liebgewordenes Ritual, ihren Tango in angenehmer Atmosphäre zu tanzen.

Lisa und Max gehörten zwar nicht zur Stammbesetzung, aber man kannte sie und merkte, dass sie keine Anfänger mehr waren. Es gab sogar einige Tänzer im Saal, die ihnen freundlich zunickten.

Max sah sich um und dachte wohl an Adam. »Meinst du die Leute hier wissen, was mit Adam Weber wirklich passiert ist?«

»Ich glaube nicht. Wer sollte sie auch informiert haben? Die Kollegen halten sich bedeckt und es gab keine weiteren Zeugen der Tat.«

»Stimmt! Außerdem hatten Ava und Adam sich abgeschottet. Die Tänzer hier waren nichts anderes gewohnt.«

»Nun sind wir doch beim Fall. Schade, ich hatte gehofft, dass der letzte Abend nur uns gehört.«

»Das wird nicht ganz gelingen, das weißt du selbst. Immerhin hast du deine Zweifel ans Tageslicht gebracht und eine letzte Frage ist offengeblieben.«

»Du hast recht, solange wird es auch für uns ein Thema bleiben.«

»Wir waren zu nah dran.«

»Und sind es immer noch, sieh dich um.« Max sah Lisa an und sie nickte nur. Im selben Moment setzten argentinische Klänge ein. Wie sie von den anderen Malen wussten, gab es anfangs stets Musik aus der Konserve. Erst zur fortgeschrittenen Stunde wurde Livemusik gespielt.

»Wollen wir?«, fragte Max.

Lisa war dankbar, dass Max gleich die erste Chance zum Tanzen ergriff. Auf der Fläche gelang es ihnen schnell, alles ringsherum auszublenden. Lisa lag sicher im Arm ihres Freundes, während er einige neue kreative Drehungen mit ihr ausprobierte. Sie ließ sich auf seine Vorschläge ein und genoss die harmonischen Schwingungen, die der Tanz ihnen bot.

Nach drei Tänzen war Pause.

»Was hältst du von einem guten Rotwein?«, schlug Max vor.

»Meinetwegen, aber ein alkoholfreier Drink wäre auch okay.«

»Also dann ein bunter alkoholfreier Drink? Da mache ich mit. Habe morgen früh gleich eine OP.«

Max ging zur kleinen Bar in der Nähe und kam mit drei Gläsern zurück.

Lisa war erstaunt. »Erwartest du jemanden?«

»Ich habe so ein Gefühl.«

Lisa hatte zwar keine Ahnung, was er meinen könnte, hakte jedoch nicht weiter nach. Der Abend blieb einige Zeit ruhig und sie konnte mit Max den Abend zu zweit genießen. Das blieb bis zu dem Moment so, als am anderen Ende des Saals eine tumultartige Unruhe ausbrach.

Es war gerade Pause, so konnte Lisa den gesamten Raum überblicken. Sie traute ihren Augen nicht. Robert oder Adam Weber stand am anderen Ende des Saals und schaute sich suchend um. Einige Besucher, die ihn für Adam hielten, ließen es sich nicht nehmen, mit ihm ins Gespräch zu kommen. Aus der Entfernung hatte es fast den Anschein, als wäre ein Gespräch unter Bekannten im Gange. Soweit Lisa es einsehen konnte, schien sich Weber wohlzufühlen.

»Wir sollten uns nicht zu erkennen geben, damit er nicht gleich wieder verschwindet. Wir bekommen auch so raus, was er vorhat.«

»Hast du etwa mit Webers Auftritt heute Abend gerechnet?« Lisa musste diese Frage stellen, denn Max wirkte überhaupt nicht überrascht.

»Ich hatte gehofft, dass er kommt. Jetzt, wo er da ist, bestätigt er mir jedenfalls umso mehr, dass er nur Adam Weber sein kann. Bei seiner Liebe zum Tanz kann er Berlin kaum verlassen, ohne sich wenigstens einmal in diesem Saal zu drehen. Der Abschied gilt wahrscheinlich vor allem Ava.«

»Die ihn letztlich vergiften wollte, wobei er lediglich durch eine Verwechslung am Leben geblieben ist.«

»Ich denke, es ist sowas wie ein Abschied von seinem alten Leben.«

»Mitsamt den Gewohnheiten, die dazu gehörten? Interessant, deine Hypothese, aber was fehlt, sind echte Beweise.«

»Die wird es vielleicht mit der DNA-Auswertung geben.«

»Oder, wenn wir Glück haben, heute schon.«

Lisa sah Max skeptisch an. »Du bist gerade dabei, mich mit deiner positiven Energie zu übertreffen.«

»Dich kann ich nicht übertreffen!« Er nahm einen kräftigen Schluck aus dem bunten Glas und ergänzte: »Ich trinke schon mal auf dich und deine gute Intuition, die uns überhaupt in diese Richtung gebracht hat. Aber auch darauf, dass du nicht nur im Job dranbleibst, sondern auch in unserer Beziehung. Es wird bestimmt nicht immer alles harmonisch und rundlaufen zwischen uns.«

Lisas Gesicht errötete, da passte es, dass die Musik gerade einsetzte. Doch bevor sie Max um diesen Tanz bat, meinte sie souverän: »Meine Geduld ist grenzenlos, komm, lass uns tanzen.«

»Na gut, dann lass uns deine Geduld gleich unter Beweis stellen.« Max schmunzelte und zog Lisa schwungvoll auf die Tanzfläche. Sie fanden schnell ihren Rhythmus und beinah wäre Adam Weber aus ihrer Gedankenweltverschwunden, wenn er nicht zufällig genau in ihrer Blickrichtung aufgetaucht wäre.

Lisa machte einen Schritt zur Seite und konnte Weber so aus unmittelbarer Nähe beobachten, ohne von ihm entdeckt zu werden. Weber zeigte mit seiner Tanzpartnerin zwar nicht die Brillanz wie mit Ava, aber Lisa erkannte sofort, dass hier jemand mit Erfahrung tanzte. Das war ganz klar kein Anfänger, das war ein Mann, der die Regeln des Tangos beherrschte. Und heute stellte er sich nicht so an wie einen Tag zuvor mit Susanna.

Max und Lisa hatten genug gesehen und tanzten in seine Richtung, um sich offen zu zeigen. Als sie genau neben ihm standen, konnte Max es nicht unterlassen, ihn direkt anzusprechen. »Heute klappt es mit dem Tango ja deutlich besser als gestern. Sie scheinen ein sehr gelehriger Schüler zu sein.«

Weber sah Max erschrocken an. Er wurde rot, und Schweiß trat augenblicklich auf seine Stirn. Leise brachte er ein paar stammelnde Worte heraus, die bei der Lautstärke der Musik unverständlich blieben.

Max und Lisa ließen den Mann mit seiner Unsicherheit allein. Lisa war sich jetzt absolut sicher und nahm sich vor, ihren letzten Tag im Dienst zu nutzen und Weber als den Mann zu überführen, der er wirklich war: *Adam* Weber.

Nachdem sie sich von Weber entfernt hatten, konnte Lisa endgültig den Gedanken an ihn loslassen. Es gab keine Zweifel mehr. Doch eine Frage blieb: Warum übernahm Adam Weber die Identität seines toten Bruders?

21. Kapitel

Lisas letzter Tag im Landeskriminalamt

Wie am Vortag mit Dreyer besprochen, sollte Lisa ihren letzten Tag direkt in der Schaltzentrale im siebten Dezernat verbringen. Clemens Dreyer nutzte die Gelegenheit für ein letztes persönliches Gespräch.

Begrüßt wurde Lisa am Morgen im Büro von Clemens Dreyer und Martin. Dreyer sprach als erster von dem, was er für diesen Tag vorbereitet hatte. »Wir haben nicht vergessen, dass es dir wichtig ist, die Arbeit von Interpol kennenzulernen. Aus diesem Grund wird nachher ein Mitarbeiter von dort zu uns kommen. Du kannst ihn nach Herzenslust löchern und deine Fragen loswerden.«

Lisa sah Dreyer dankbar an und meinte etwas verlegen: »Erstaunlich, dass du das behalten hast, hatte es ja nur kurz erwähnt.«

»Was wir möglich machen können, das machen wir. Und außerdem«, fügte er rasch hinzu, »wird das nicht alles für heute sein. Wir haben eine Menge mit dir vor. Nach diesem Gespräch wird Martin dich mit unseren neuesten technischen Gerätschaften bekanntmachen, und dann wäre da auch noch Adam Weber!«

Martin drängelte, um sie auch zu sprechen: »Mir ist es wichtig, dass du zum Schluss deiner Zeit bei uns einen kurzen Überblick unserer technischen Möglichkeiten erhältst. In eurem letzten Fall in Rostock hattet ihr mit Cyberkriminalität zu tun, und vor allem in diesem

Bereich hat sich die Kriminaltechnik in den letzten Jahren kolossal entwickelt. Mit unserer modernen Technik lassen sich digitale Spuren beweissicher konservieren und für die Ermittler vor Ort professionell aufarbeiten.«

»Stimmt, unser letzter Fall hatte sich vor allem mit frauenfeindlichen Gruppen im Netz beschäftigt. Unser Spezialist Jens hatte einige von ihnen im Darknet aufgespürt.«

»Genau deshalb wollen wir dich mit den neuesten technischen Möglichkeiten konfrontieren.«

Lisa sah beide Männer dankbar an und war beeindruckt, was die Kollegen hier anstellten, damit sie so viel wie möglich an neuem Wissen mit nach Hause nehmen konnte.

Unmittelbar nach dem kurzen Gespräch ging Martin mit ihr zwei Etagen höher zu den Fachabteilungen.

Martin schlug Lisa vor, ihr zunächst bestimmte Gerätschaften im IT-Bereich zu zeigen, mit denen sie Tätern auf die Spur kamen.

»Ich würde aber auch gern den forensischen Bereich mal kennenlernen«, kam spontan aus Lisa heraus.

»Leider können wir dir keinen direkten Zugang zum forensischen Bereich ermöglichen. Dazu müssten wir Vollkörperanzüge anziehen, und unzulässige Personen haben ohnehin keinen Zutritt, weil die Ergebnisse wegen eventueller Verunreinigung nicht mehr verwertbar wären.«

Wenigstens gingen sie an den Räumen vorbei. Lisa konnte durch eine Glastür blicken und begutachtete, wie die Mitarbeiter in Schutzanzügen an Mikroskopen arbeiten.

»Zellspuren aus Blut und Speichel geben Auskunft über die Identität, das sogenannte DNA-Identitätsmuster entsteht. Hier haben wir die modernsten Gerätschäften dafür. Du solltest wenigstens mal gesehen haben, dass wir hier eine solche Abteilung haben.«

Lisa war begeistert und sah mit Interesse den hier arbeitenden Kollegen von weitem über die Schulter, denn das war im Moment genau die Methode, mit der sie Adam Weber überführen würden.

Martin und ein Kollege vom »Chemischen Museum« machten mit ihr genau dort eine Führung. Lisa erfuhr Neues über Drogen und wie diese getarnt ins Land geschmuggelt werden.

Hinter der letzten Tür, die sie betraten, verbargen sich eine Menge Computer, Mikrofone und ähnliche Gerätschaften, die standen regelrecht aufgereiht. Sie waren im IT-Bereich angekommen.

»Hier geht es unter andrem um Tonträgerauswertung.«

»Verstehe, also um Stimmen am Telefon oder auf ähnlichen Tonträgern zu identifizieren?«

»Genau.«

»Die Stimme eines Erpressers etwa?«

»Zum Beispiel werden hier Audioaufzeichnungen untersucht. Das sind besonders hochwertige und hochpreisige Gerätschaften, die werden benötigt, um Stimmanalysen durchzuführen, also um Stimmen gegenüberzustellen oder Hintergrundgeräusche zu analysieren.«

Lisa stand unter dem Eindruck der Besichtigung und hätte beinah vergessen, was heute alles auf ihrem Plan stand.

Martin erkannte, wie sehr Lisa von seiner Vorstellung beeindruckt war, und freute sich. »Ich denke, dass ihr in Meck-Pom ähnlich gut ausgestattet seid. Der einzige Unterschied ist, dass unsere Behörde größer ist und ein weitaus größerer Radius zu unserem Aufgabengebiet zählt.«

»Und dass ihr wahrscheinlich entsprechend mehr Leute zur Verfügung habt.«

»So sieht es aus. Ich denke, dass sich die Bereiche nicht groß unterscheiden.«

»Bei uns wird in letzter Zeit der Präventionsarbeit große Bedeutung beigemessen.«

»Stimmt«, bestätigte Lisa. »Vor allem in Zeiten der ständig wachsenden Cyberkriminalität werden wir oft auch von Schulen angefragt.«

»Das ist gut und kann in der Prävention schon bei den Jüngsten helfen. Aber natürlich gehört auch Kriminalstatistik dazu. Du hast Doktor Walter Althaus kennengelernt. Er ist auf diesem Gebiet unser Fachmann.«

»Interessant, was du mir heute vorgestellt hast, da nehme ich einiges mehr an Wissen mit nach Rostock.«

»Das war auch so beabsichtigt«, griente Martin.

»Und dann heute noch das Gespräch mit den Kollegen aus dem Bereich der internationalen polizeilichen Zusammenarbeit. Du hast Dreyer wohl von meinem Wunsch berichtet, etwas von Interpol zu erfahren? Jedenfalls finde ich es gut, dass ich nachher diese Möglichkeit bekomme.«

»Ist doch klar, wenn du schon mal da bist! Weiß aber nicht, wie lange der Kollege Zeit hat. Deine war ohnehin viel zu kurz. Da musst du wohl noch einmal zu uns kommen.«

»Das mache ich gern.«

»Und dann hast du sogar in einem Fall ermittelt. Chapeau!«

»Der aber leider nicht ganz abgeschlossen ist. Da fällt mir ein, ich muss mit euch über das gestrige Erlebnis und meine daraus resultierende Schlussfolgerung sprechen.«

Martin sah Lisa stauend an. »Eine Wende?«

»Erzähl ich nachher, aber vorher gebe ich gern ein Kompliment zurück. War echt dufte mit euch, so sagt das wohl der Berliner, oder? Jedenfalls passte alles. Unsere Zusammenarbeit hätte nicht besser sein können. Du und auch Frank habt Anteil daran, dass der Giftmord relativ schnell aufgeklärt werden konnte. Herzlichen Dank, Martin, auch dafür, dass ich euer uneingeschränktes Vertrauen hatte, und zwar vom Anfang bis zum Ende unserer Zusammenarbeit.«

»Du machst mich ganz verlegen. Jetzt ist aber gut mit deinem Lob.«

Lisa hatte zum Thema Technik für den heutigen Tag genug gesehen. Nun wollte sie endlich mit ihren Kollegen über das sprechen, was sie am Abend zuvor erlebt hatte.

Sie gingen zurück ins Büro. Dreyer erwartete sie bereits ungeduldig. »Hatte eben einen Anruf vom Kollegen Stolberg aus Kreuzberg. Er wollte dich dringend sprechen, Lisa.«

»Okay, ich rufe gleich zurück.«

Sie ging in den Nebenraum und rief Stolberg an. Der war augenblicklich am Telefon.

»Hallo Lisa, rate mal, wer vor wenigen Minuten bei uns war?«

»Das ist nicht schwer, ich denke Weber.«

»Richtig! Aber welcher, dürfte nicht klar sein, oder? Sitzt du?«

»Ja?«

»Adam Weber hat uns die Ehre gegeben!«

»Und warum auf einmal? Bisher war das doch allein meine Vermutung.«

»Ganz einfach, er hat sich selbst als Adam Weber geoutet. Zuvor mühte er sich ab, mir zu erklären, warum er die Rolle seines Bruders übernahm. Ziemlich abstruse Gründe.«

»Oh, das ist wirklich eine große Überraschung, mit der ich nie gerechnet hätte. Das scheint außerdem ein Wink des Schicksals zu sein. Erspart uns viel Zeit und unnötige Recherchen.«

»Jetzt möchte ich aber nicht zu viel vorweggreifen. Immerhin warst du es, die an seiner Identität gezweifelt hat.«

»Stimmt, gut, dass du mir vertraut hast.«

Stolberg überging Lisas Aussage. »Habe Weber um 14 Uhr zu uns ins Kommissariat bestellt, schaffst du es, beim Verhör dabei zu sein? Heute ist schließlich dein letzter Tag in Berlin.«

Lisa stockte, weil sie an den Termin mit dem Mann von Interpol dachte, der extra ihretwegen kam. Doch Stolberg und Webers Aussage waren wichtiger, deshalb fügte sie rasch hinzu: »Es gäbe zwar einen anderen Termin, aber der ist nicht so wichtig. Ich komme also nach Kreuzberg. 14 Uhr ist gut, ich bin auf seine Gründe absolut gespannt. Bis später!«

Lisa legte auf und konnte sich ein kraftvolles »Yeah« nicht verkneifen. Sollte die Lösung auf einmal so einfach sein? Was war in den Mann gefahren, dass er sich auf einmal outete? Wahrscheinlich waren Max und sie ihm zu nah gekommen und er wollte mit seiner Offenbarung in die Offensive gehen.

Clemens Dreyer und Martin standen auf einmal vor ihr. Sie mussten Bruchstücke der Unterhaltung im Nebenraum mitbekommen haben. Lisa lief auf und ab, sinnierte vor sich hin. Die beiden rissen Lisa aus ihren Gedanken und Dreyer hakte nach: »Stolberg hatte wohl eine besondere Neuigkeit für dich?«

»So wie du von der Rolle bist«, scherzte Martin.

»Sorry, tut mir leid. Ich muss mich erst mal sammeln. Adam Weber hat sich vorhin bei der Kreuzberger Kripo gemeldet.«

»Adam Weber? Also doch! Was hat ihn dazu gebracht, sein Versteckspiel zu beenden?«

»Das ist nicht klar und Stolberg hat mich gebeten, beim Verhör dabei zu sein. Was meint ihr? Um 14 Uhr soll das Verhör sein. Er will sich umfassend äußern. Kriegen wir das hin? Mit seiner Aussage bleibt uns eine Menge Zeit erspart.«

Martin sah Lisa achtungsvoll an. »Da darf ich dir wohl gratulieren? Du hast mit deiner Vermutung richtiggelegen. Im Gegenteil zu mir.«

Dann fügte er lächelnd hinzu: »Ihr Fischköppe seid zwar manchmal maulfaul, aber dafür habt ihr eine gute Menschenkenntnis, auf die man sich verlassen kann.«

Lisa freute sich, dass sich die Geschichte mit den vertauschten Zwillingen noch am letzten Tag beim LKA auflösen sollte. Schnell weihte sie Dreyer und Martin darüber ein, was sich am Abend zuvor in der Villa zugetragen hatte. Höchstwahrscheinlich hatte ihre Begegnung Weber dazu bewegt, sich zu offenbaren.

»Gestern sind wir Weber beim Tangoevent begegnet. Wir waren zuerst ziemlich irritiert und sind ihm dann aber gehörig auf den Pelz gerückt. Nicht nur, dass er Tango tanzte, er tat dies in gekonnter Weise wie ein Profi.«

»Das ist interessant. Also hat er gestern erst gemerkt, dass er sich verraten hat und Leugnen keinen Sinn mehr macht?«

»Genau so war es, denke ich. Aber spätestens am Montag wird euch Stolberg informieren. Ich bin jedenfalls froh, dass das Thema heute abgeschlossen werden kann. Und warum der Mann seine Identität gegen die seines Bruders tauschen wollte, ist eine ganz andere Geschichte.«

»Die interessiert uns natürlich auch«, meinte Martin.

Clems Dreyer hörte sich den Dialog seiner Kollegen still an und äußerte seine eigene Meinung: »Wer konnte auch damit rechnen, dass dieser Fall in eine ganz andere Richtung geht, alles sah anfangs recht klar aus.«

»Aber eines bedaure ich, das Treffen mit dem Mann von Interpol wird ausfallen müssen.«

»Stimmt, er wollte um 13:30 Uhr hier sein.«

»Clemens, kannst du ihm ohne Probleme absagen?«

»Kein Problem, wir haben ohnehin andere Dinge zu bereden.«

»Gut, dann brauche ich wenigstens kein schlechtes Gewissen haben.«

»Alles gut, Lisa. Du sollst uns doch in guter Erinnerung behalten. Es gibt keinen Grund für ein schlechtes Gewissen, ganz im Gegenteil«, fügte Dreyer hinzu und verließ Martin und Lisa, um in sein Büro zurückzukehren.

Lisa setzte sich mit Martin an den großen Tisch im Beratungsraum. Dabei fiel ein zufälliger Blick auf die Uhr an der Wand. Erschrocken stellte sie fest, dass die Zeiger unaufhaltsam weiterrückten. Es war längst 12:30 Uhr und sie musste sich gedanklich auf das Verhör vorbereiten.

Martin spürte, dass sie allein bleiben wollte, um sich besser zu konzentrieren. Er suchte nach passenden Worten zum Abschied, was ihm offensichtlich schwerfiel. »Lisa, du weißt, wir haben eine Menge auf dem Tisch. Ich muss los. Lass uns einfach mal telefonieren. Mach's gut und grüß mir die Küste.«

»Abschiede, wie ich sie verabscheue. Aber zu jedem Anfang gehört nun mal ein Ende. Vielleicht treffen wir uns wirklich mal in Rostock, Warnemünde oder Graal-Müritz.«

»Ruf einfach an, du hast meine Nummer. Würde mich freuen, wenn wir uns in deiner Heimat sehen.« Martin reichte ihr die Hand, dann ging auch er.

Lisas letzte Stunde beim LKA war angebrochen. Sie spürte fast die gleiche Anspannung wie am ersten Tag, als sie ihr neues Arbeitsgebiet kennenlernen sollte. Lisa war dankbar für die Tage, die sie hier verbringen durfte. Dabei hatte sie viele positive Erfahrungen sammeln können. Vor einigen Tagen hatte sie sich sogar für einen winzigen Moment vorgestellt, für immer ein Teil dieser Gemeinschaft zu sein. Aber jetzt freute sie sich auf ihre Kollegen in Rostock. Auch das hatte sie in dieser kurzen Zeit für sich wiederentdeckt: Vertrauen, Zuverlässigkeit und ein gutes kollegiales Miteinander sind die perfekte Basis, um Freude an seiner Arbeit zu haben. Zwar hatte sie einiges davon hier erfahren, aber es war anders. Sicher lag es daran, dass Rostock ihre Heimat war und sie sich dort blind auskannte.

Jetzt zum Abschluss fehlte Lisa nur das Tüpfelchen auf dem I. Sie musste unbedingt erfahren, welches abstruse Spiel Adam Weber plante und vor allem, warum? Ihre Notizen waren fertig und sie ging zu Clemens

Dreyer, um sich von ihm zu verabschieden. Der schien sie erwartet zu haben.

»Hatte eben ein Gespräch mit dem Kollegen von Interpol. Der sagte mir, dass er dich in Rostock anrufen kann, du könntest ihn über diesen Weg genauso intensiv löchern und all deine Fragen bei ihm loswerden.«

»Danke, das ist nett von ihm. Überhaupt danke für alles! Mein Einsatz in eurer Behörde hat mir eine Menge Neues vermittelt. Und dass ihr mir freie Hand in der Sache mit dem Tänzer gelassen habt, verdient einen extra Dank.«

»Das Lob gebe ich gern zurück. Du kannst zu jeder Zeit zu uns kommen. Aber jetzt beeile dich, um nach Kreuzberg zu kommen. Das ist ja nicht um die Ecke, ein gutes Stück bleibt dir mit der Bahn.«

»Kein Problem! Ich kenne mich inzwischen recht gut aus.«

Dann zögerte Lisa nicht lange, nahm ihre Tasche und machte sich rasch auf den Weg. Fast lautlos verließ sie den Raum und damit das siebte Dezernat.

Große Abschiedszeremonien mochte sie ohnehin nicht. Viel lieber würde sie später einmal von Rostock aus die Kollegen anrufen.«

22. Kapitel

Kriminalkommissariat Kreuzberg

Ungewöhnlich lange musste Lisa auf die nächste U-Bahn warten, dadurch verlor sie Zeit und kam abgehetzt im Kreuzberger Kriminalkommissariat an. Stolberg kam ihr nervös entgegen. Weber war längst da, nur Lisa fehlte.

»Gut, dass du endlich da bist, der Mann ist ungeduldig. Ich hoffe, dass er genauso gesprächsbereit sein wird wie vorhin am Telefon.«

»Sorry, ich habe den Fahrplan nicht im Kopf, nun werde ich ihn auch nicht mehr brauchen.«

»Ich weiß, dass heute dein letzter Tag in Berlin ist. Wollen wir hoffen, dass es heute zum erfolgreichen Abschluss kommt.«

»Wie ist er drauf?«, fragte Lisa kurz.

»Ich würde sagen, gefasst, allerdings heißt das lange nicht, dass er die Wahrheit sagen wird.«

»Meinetwegen können wir gleich beginnen.«

Hauptkommissar Arno Stolberg bat Lisa, ihm zu folgen. Sie betraten einen relativ kleinen Verhörraum. Hier fanden gerade einmal ein Tisch und drei Stühle ihren Platz. Auf dem ovalen Tisch stand ein Aufnahmegerät. Für Lisa bestätigte sich erneut der Eindruck, dass Stolberg ohne großen technischen Aufwand arbeitete. Ihr konnte es recht sein, Hauptsache, am Ende stimmte das Ergebnis. Sie mussten Weber ja nicht überführen, er hatte sich freiwillig gemeldet. Obwohl seine Freiwilligkeit höchstwahrscheinlich daher rührte, dass er am Tag zuvor in die Enge getrieben wurde. Aber das machte dieses Verhör einfacher.

Weber saß auf der Seite zum Fenster und blickte hinaus. Erst als Lisa mit Stolberg den Raum betrat, stierte er sie mit weit aufgerissenen Augen an.

Lisa nahm wahr, dass ihre Gegenwart Weber unsicher machte, und für einen kurzen Moment fragte sie sich, ob sie beim Verhör dabei sein sollte. Doch sie wischte den Gedanken schnell weg. Immerhin war sie die Ermittlerin, die Adam Weber persönlich erlebt hatte, und dieses Wissen würde ihnen vielleicht helfen.

»Herr Weber, Sie mal an anderer Stelle zu treffen als im *El Gato*? Ich hätte jedenfalls nie damit gerechnet, dass wir mal dienstlich miteinander zu tun haben.«

Stolberg mischte sich mit ein: »Dann dürfen wir jetzt gespannt sein, was Sie uns als Grund für diesen Identitätsdiebstahl verraten. Denn nichts anderes ist es. Frau Liebich ist dabei, weil sie die Einzige ist, die Sie bereits vom Tanzen her kennt.«

Lisa hatte aufmerksam zugehört und bestätigte Stolbergs Worte mit ihrem anschließenden Statement. »So ist es, und als ich vor wenigen Tagen Ihrem Tangotanz zusah, war ich ziemlich beeindruckt. Na ja, von Ihnen beiden natürlich! Ohne Ava, Ihre talentierte Tanzpartnerin, wäre der Anblick schließlich nur halb so gut gewesen.«

»Hören Sie mir bloß mit der auf! Wegen dieser Frau ist alles aus dem Ruder gelaufen.«

Lisa freute sich insgeheim, dass es ihr gelungen war, den Mann aus seiner Komfortzone zu locken.

Adam Weber rutschte nicht nur unruhig auf seinem Stuhl umher, genauso machten sich winzige Schweißperlen auf seiner Stirn breit, die er umständlich und nervös mit einem Tuch wegwischte.

Lisa nahm darauf keine Rücksicht und machte in der harten Tonart weiter. »Vielleicht sind Sie sogar am Tod Ihres Bruders nicht so unschuldig, wie Sie tun, und haben deshalb den Rollentausch vollzogen? Wir werden Ihnen jedenfalls sehr gut zuhören und jede Ungereimtheit herausfinden! Noch einmal lassen wir uns nicht an der Nase herumführen.«

»Richtig, das können wir Ihnen versprechen«, ergänzte Stolberg. »Da Sie freiwillig zu uns gekommen sind und bereits am Telefon sagten, dass Sie Adam Weber sind, hören wir uns natürlich zunächst an, was Sie uns in dieser Angelegenheit selbst mitzuteilen haben.«

»Das erwarte ich auch von Ihnen, und zwar mit allem Respekt. Schließlich habe ich mit dem Mord an meinem Bruder nichts zu tun.«

»Na dann legen Sie los, wir sind ganz Ohr«, äußerte sich Lisa ein wenig zu provokant. Für diese Bemerkung sah Adam Weber Lisa mit wütendem Blick an.

Er besann sich. »Ich beginne am besten mit dem Tag, an dem Robert vergiftet wurde.«

»Wenn es der Wahrheit entspricht, bitte.« Auch Stolberg konnte sich einen skeptischen Unterton nicht mehr verkneifen.

»Ich konnte Robert am Tag des Unglücks nicht erreichen und machte mir Gedanken. Ich wusste nur, dass er am späten Nachmittag zu Ava ging. Er hatte mehr erreicht, als ich es bei Ava je geschafft habe, und darauf war er stolz.

Natürlich meinte sie mich, aber er wollte, was er vor einigen Tagen in meinem Namen begann, auch vollenden. So äußerte er sich jedenfalls mir gegenüber. Darüber war er sogar froh, denn sie zu besuchen hatte ich nie erreicht. Als ich ihn später am Abend nicht erreichen konnte, machte ich mir Gedanken. Wir waren eigentlich in der Villa verabredet und wollten Ava im Doppelpaket überraschen.«

Lisa unterbrach Weber: »Verabredet? Das stellten Sie, als sie in der Rolle Ihres Bruders verhört wurden, ganz anders dar.«

»Nein, nicht anders. Ich erzählte neulich lediglich aus Roberts Sicht. Das, was ich von ihm wusste und was wir abgesprochen hatten.«

»Sie besprachen zuvor jeden Schritt mit Ihrem Bruder? Selbst das, was er mit Ava plante?«

»Wieso nicht? Er war extra meinetwegen nach Berlin gekommen, weil er merkte, dass ich mich verändert hatte, wie er mir mehrfach sagte. Daraufhin erzählte ich ihm ein wenig von Ava und unserem Tangotanz, wohl auch von meinem Verliebtsein. Daraufhin wollte er die Frau, die mich offensichtlich negativ verändert hatte, unbedingt kennenlernen. Er musste prüfen, ob sie mich überhaupt verdient hatte.«

»Aha, und wie sollen wir uns diese Prüfung vorstellen?«

»Das war für uns immer ein leichtes Spiel. Bis dahin hatten wir mehrfach einiges ausprobiert. Jeder von uns kannte selbst die winzigste Schwäche, aber auch die Stärke des anderen. Ich meine damit, dass wir schon in unserer Kindheit die Rollen tauschten. Wir täuschten unsere Eltern, die Schule, Lehrer und Schüler. In unserem Rollentausch hatte mal ich und mal er nachgeholfen, damit jeder an sein Ziel gelangen konnte. So war es eine Kleinigkeit, unsere Identität zu tauschen. Jeder übernahm den Part des anderen. Also, Robert übernahm meine Rolle, und als Adam bemühte er sich in seiner Art um Ava, wie ich es nie fertiggebracht hätte. Allerdings immer erst nach dem Tanz, denn tanzen konnte er nicht. Das machte ich lieber selbst, sie sollte schließlich keinen Verdacht schöpfen. Er wusste von mir, wann unsere Tanz-Session vorbei war, und verfolgte Ava bis nach Hause oder rief sie spät in der Nacht an.«

»Und das geschah alles mit Ihrer Zustimmung?« Lisa konnte das nicht glauben.

»Wie schon gesagt, er wollte mir helfen. Wie er es allerdings konkret anstellte, wusste ich anfangs nicht. Erst später sprach Ava mich nach dem Tanzen an. Ich sollte aufhören, sie zu verfolgen. Da wusste ich, dass er sie mit seiner Taktik mürbe machen wollte.«

»Was heißt Taktik? Stalking? Das ist strafbar!«

»Es ist doch nichts passiert. Annäherung mit Entfernung, was ist dabei? Das tat er, um sicherzugehen, dass sie keinen Verdacht schöpfte.«

Lisa schaute skeptisch zu Stolberg, der sofort ihren Blick verstand.

»Und damit waren Sie einverstanden, dass er sich auf diese Weise Ava Anderson näherte? Das glauben Sie doch selbst nicht!«

»Warum so skeptisch, Herr Kommissar? Das rührt von den Spielen aus unserer Kindheit. Haben Sie Kinder? Dann sollten sie wissen, dass die heutzutage ganz andere Sachen draufhaben.«

Lisa fand die saloppe Art, die Adam Weber hier an den Tag legte, befremdlich. Sie hatte nichts mit dem höflichen Verhalten zu tun, wie Adam Weber beim Tanzen rüberkam. Der Adam hier schien frech und sarkastisch zu sein.

Sie kamen irgendwie nicht weiter, und wieder zweifelte Lisa, aber dieses Mal in die andere Richtung. Wer war dieser Mann? Wirklich Adam Weber? Mussten Sie doch auf die DNA-Auswertung warten oder kämen Sie heute zu dem richtigen Schluss?

»Ich finde es legitim, dass mein Bruder mir auf seine Weise helfen wollte«, echauffierte sich Adam. »Das sollte halt ein Test sein, ob Ava die richtige Frau für mich ist. Er mochte sie von Anfang an nicht und wollte mich von seiner Meinung überzeugen.«

»Und Sie wollen uns erklären, dass Sie keine Chance hatten, sich selbst davon zu überzeugen?« Stolberg unterbrach den Dialog zwischen Lisa und Adam Weber, nachdem er einen Blick auf seine Uhr geworfen hatte. »Wir sind bisher kein Stück weitergekommen, was Ihren Identitätstausch betrifft. Es ist an der Zeit, dass wir endlich darüber sprechen.«

Lisa fügte hinzu: »Ich stimme meinem Kollegen zu. Die fragwürdigen Spielchen mit der Tänzerin fangen langsam an, uns zu langweilen.«

Adam Weber verließ seine relaxte Haltung auf dem Stuhl und setzte sich aufrecht hin. Er musste sich konzentrieren, jedenfalls sah es so aus, als ob er schwer nachdachte, bevor er im ernsten Ton weitersprach. »Wie Sie wahrscheinlich wissen, hatte mein Bruder Frau, Kind und seinen geliebten Hund. Ich wollte für seine Familie da sein und seinen Platz in Kempen einnehmen. Schließlich ist alles meinetwegen passiert. Mit meiner Handlung wollte ich das Leid der Familie mildern und einfach für sie da sein. Damit meine ich vor allem, Verantwortung für die Familie übernehmen. Gleichzeitig hätte ich Berlin verlassen, denn Tango wird für mich in der Zukunft tabu sein. Die Tanzszene war bisher zwar alles, was ich hatte, doch sie brachte mir kein Glück.«

»Der Familie hätten Sie auch mit Ihrer wahren Identität helfen können. Was also ist der wirkliche Grund für den Tausch? Tischen Sie uns keine Märchen auf«, meinte Lisa. Etwas an dem Mann missfiel ihr, und das waren nicht nur seine zweifelhaften Aussagen. Sie musste unbedingt herausbekommen, was es war, das ihn so stark verändert hatte. Sie machte eine leise Bemerkung, die Stolberg knapp verstand. Daraufhin sagte er: »Für die Beantwortung dieser Frage geben wir Ihnen eine kurze Denkpause.«

Beide verließen, wie gerade abgesprochen, den Verhörraum und überließen den Mann sich selbst.

»Etwas an den Aussagen gefällt mir überhaupt nicht. Das klingt alles nach einer konstruierten Story. Er sagt nur das, was ihn unschuldig wirken lässt. Was meinst du?

»Genauso geht es mir auch, Lisa. Wir haben etwas übersehen.«

»Nur was?«

»Ich denke, wir haben während unserer Recherchen die Person Robert ganz aus den Augen verloren.«

»Stimmt, weil wir ihn eine Zeit lang nur als den trauernden Bruder angesehen haben und auch kein Grund bestand, ihm zu misstrauen.«

»An der Stelle sollten wir ansetzen. Mit der Frau von Robert Weber muss endlich Kontakt aufgenommen werden. Weiterhin die Familienverhältnisse prüfen, und damit meine ich nicht nur das Vermögen, sondern auch Vorstrafen.«

»Das ganze Programm ansetzen?«

»Ja, das ganze Programm! Dabei ist aber auch klar, dass wir heute nicht mehr weit kommen.«

»Schade! Ich fange am besten gleich an, mich von dem Gedanken zu verabschieden, heute zu erfahren, mit welchem Weber wir es wirklich zu tun haben.«

»Wir stehen, was den Mann angeht, praktisch wieder so gut wie am Anfang.«

»Nicht ganz. Gib uns ein paar Tage Zeit, um Robert Webers Frau zu sprechen. Ich denke, über diesen Weg kommen wir weiter.«

»Außerdem hat so mancher Hund sein Herrchen erkannt, bevor es ein anderer entdeckt hat.«

»Richtig, Lisa, da gibt es ja auch einen Hund.«

»Das sollte eigentlich ein schelmischer Witz sein. Sicher wissen wir schon vorher, was los ist und wer welche Schwachpunkte zu verbergen hat. Das ist der Weg, hinter die Kulissen zu schauen und zu erfahren, wer am ehesten ein Interesse hatte, von der Bildfläche zu verschwinden.«

»Und nach Ava Andersons Übergriff bot sich demjenigen die einmalige Chance, seine alte Identität abzulegen.«

»Was machen wir jetzt mit dem Mann?«

»Für eine Nacht könnten wir ihn hierbehalten, aber das würde uns nicht weiterbringen. Lassen wir ihn besser laufen und in der Zwischenzeit recherchiere ich. Habe am Wochenende ohnehin Dienst und nehme mir Zeit dafür.«

»Ich fahre morgen zurück zur Küste, du hältst mich aber bitte auf dem Laufenden. Wäre natürlich bis zum Ende gern dabei, aber in Rostock gibt es auch eine Menge zu tun und meine Kollegen erwarten mich.«

»Alles klar, der Rest wird wahrscheinlich eine Formsache sein. An einer Stelle wird er sich verraten.«

»Spätestens der Blick hinter die Kulissen wird uns Auskunft geben.«

»In jedem Fall hast du mit deiner Intuition das Fass erst ins Rollen gebracht, und jetzt bleiben wir dran, bis die Wahrheit ans Licht gekommen ist.«

Sie gingen in den Verhörraum zurück. Weber sprang auf und seine Stimme überschlug sich fast. »Sie können mich hier nicht länger festhalten. Ich habe Ihnen gesagt, was ich weiß. Jetzt würde ich gern nach Hause gehen. Schließlich habe ich nichts getan und niemand ist zu Schaden gekommen.«

»Sie können nach Hause, Herr Weber. Allerdings bitten wir Sie, die Stadt nicht zu verlassen, bis unsere Ermittlungen abgeschlossen sind.«

Weber stand wortlos auf, ging zur Tür und blieb stehen. Er drehte sich um und rief den Beamten zu: »Nicht ich habe ein Verbrechen begangen, sondern meine Tanzpartnerin Ava, bitte verwechseln Sie das nicht!«

Stolberg und Lisa sahen sich irritiert an. Stolberg fand über diese Unverfrorenheit als erster seine Sprache wieder. »Sie ahnen wahrscheinlich nicht, dass es sich bei Ihrem Verhalten der Täuschung auch um eine Straftat handelt.«

Die Worte erreichten Weber gerade, bevor er die Tür hinter sich geschlossen hatte.

»Wie strafbar das ist, wird er früh genug erfahren, und seine Arroganz wird ihm bestimmt auch vergehen.«

»Schade nur, dass ich diesen Fall nicht mehr bis zum Ende begleiten werde.«

»Wichtig ist, dass alle ihre Strafe bekommen. Obwohl Ava den Mann nicht töten wollte, ist und bleibt es eine Straftat mit tödlichem Ausgang.«

»Schade eigentlich, dass beide nie wieder zusammen tanzen werden. Sie waren ein Traumpaar, das muss ich schon sagen.«

»Leider sind das nur Äußerlichkeiten und man kann in keinen Menschen wirklich hineinsehen.«

»Das ist das richtige Wort, um mich zu verabschieden. Unsere Zusammenarbeit war mir eine Freude und ich hoffe, dass du mich über deine Recherchen weiter auf dem Laufenden hältst.«

»Na klar, dass versteht sich von selbst. Jetzt mach dich aber auf den Weg, deine letzten Stunden in Berlin kannst du sicher besser verbringen als in unserer Dienststelle.«

»Danke Arno, dass auch du mir vertraut hast. Falls du mal an der Ostseeküste bist, ruf einfach durch.«

Lisa überreichte ihm ihre persönliche Visitenkarte, zog ihre Jacke an und winkte Stolberg ein letztes Mal von der Tür aus zu.

23. Kapitel

Abschied von Berlin

Max hatte für den letzten Abend in Berlin vorgeschlagen, in dasselbe italienische Restaurant essen zu gehen wie am Abend, als sie angekommen war.

Wenn Lisa pünktlich sein wollte, musste sie sich ranhalten. Um 19 Uhr waren sie verabredet, und die Zeiger ihrer Uhr liefen rücksichtslos weiter. Es war 17:30 Uhr.

Während der U-Bahn-Fahrt lief das Gespräch mit Adam Weber wieder und wieder vor ihrem geistigen Auge ab. Was hatten sie übersehen? Oder fehlten tatsächlich nur einige Recherchen über die Zwillingsbrüder, die Aufschluss über den Grund des Identitätstausches von Weber gaben? Sie würde mit Ungeduld Stolbergs Rückruf erwarten, denn in Rostock konnte sie in der Angelegenheit nichts mehr tun. Jetzt wurde es allmählich Zeit, einige Gänge runterzuschalten. Sie wollte Max auf keinen Fall mit ihren dienstlichen Fragen überfrachten. Der letzte Abend sollte ganz und gar ihnen allein gehören.

Ein Lächeln erschien auf ihrem Gesicht. Wie gut, dass sie ihren Freund gleich in die Arme schließen konnte. In der Großstadt käme sie sich ansonsten nach so einem unzufriedenstellenden Arbeitstag besonders allein und verlassen vor.

Wenig später kam Lisa pünktlich im Restaurant *Ristorante Piccolo Mondo* an.

Max hatte es hinbekommen, dass sie sogar denselben Tisch wie beim ersten Treffen bekamen. Lisa sah ihn schon aus der Ferne, obwohl er sich sofort erhob, als er sie erblickte. Da war sie wieder, diese leichte Aufgeregtheit und Nervosität, die sie am ersten Abend schon gepackt hatte. Dabei war ihr inzwischen vieles vertrauter mit diesem Mann, der sich auf sie freute. Sie sah ihn und verspürte die Wärme und Verbundenheit, die längst zwischen ihnen entstanden war.

Als Max vor ihr stand, nahm er sie in den Arm und küsste sie ungehemmt. Im Verlauf des Abends verstand Max es spielend, Lisa von den Gedanken an Adam Weber wegzubringen. Er vermied es bewusst, sie über den letzten Arbeitstag auszufragen. Obwohl er offensichtlich gern gewusst hätte, wer der Mann nun wirklich war. Lisa würde ihm später alles erzählen. Jetzt musste er warten.

Am Samstagabend kamen beide spät in Graal-Müritz an. Obwohl die Uhr bereits auf 22 Uhr zuging, ließen sie das Auto vor der Tür stehen, um sofort zum Strand zu laufen. Der Wind zeigte seine milde Seite, doch reichte er aus, um sich etwas durchpusten zu lassen. Genau danach stand Lisa der Sinn. Müde und gleichzeitig froh über das Erreichte in Berlin standen Lisa und Max auf der Seebrücke und blickten gemeinsam auf das Meer. Um diese Uhrzeit waren sie ganz allein. Nur der blinkende Leuchtturm in der Ferne war bei ihnen. Inzwischen wusste auch Max, dass der am Darßer Ort in Prerow stand. Ohne ein Wort zu verlieren, saugten sie die frische Meeresluft tief auf und genossen den Blick.

Es ging auf Mitternacht zu und sie mussten sich fortreißen von dem Ort, an dem sie sich vor einigen

Wochen zum ersten Mal begegnet waren. Jeder hing seinen eigenen Gedanken nach, dann nahm Max Lisas Gesicht und küsste sie zärtlich.

Lisa ließ diese vertrauensvolle Geste geschehen. Max hatte so schnell ihr Herz erobert, und Berlin trug einen erheblichen Anteil dazu bei.

Beide fragten sich nicht, wie es bei der Entfernung ihres Wohnortes weitergehen sollte. Es würde weitergehen, das war für sie klar.

Auf dem Weg nach Hause sah Max auf der gegenüberliegenden Seite ein Schmuckgeschäft. Das *New Trend & Classic* war um diese Zeit natürlich geschlossen. Er würde am nächsten Tag zurückkommen, um endlich einen Gedanken in die Tat umzusetzen. Er wollte ein Zeichen setzen und ihrer Beziehung eine Verbindlichkeit geben.

Max hoffte, in dem Schmuckgeschäft zur Seebrücke einen besonderen Ring für sein Vorhaben zu finden. Lisas Geburtstag war ein guter Anlass dafür.

Epilog

Sieben Tage Dienst in Rostock lagen hinter Lisa. Besonders Peter Heilmeyer war insgeheim stolz auf seine Kollegin, die Courage und Eigenverantwortung in Berlin gezeigt hatte. Ihnen blieb allerdings wenig Zeit, darüber ausgiebig zu sprechen, denn ein aktueller Fall nahm sie viel zu stark in Anspruch. Alle waren froh, sie wieder in ihrer Mitte zu wissen, Lisa war längst ein fester Bestandteil im Team und keiner wollte mehr auf sie verzichten.

Im Rostocker Kommissariat ging es hoch her. Eine Einbruchsserie hielt die Beamten in Atem und jeder war mit vollem Einsatz dabei.

Die Woche verging, ohne dass Lisa überhaupt Zeit blieb, einen Gedanken an Adam Weber zu verschwenden. Bis ihr Handy klingelte. Lisa erkannte an der Vorwahl, dass der Anruf aus Berlin kam. Max' Nummer kannte sie auswendig. Er war es nicht.

»Arno Stolberg hier«, meldete sich der Anrufer.

»Arno, mit dir habe ich heute nicht gerechnet, wisst ihr etwa schon Neues?«

»Genau, deshalb rufe ich an. Wir haben ihn.«

»Wie? Wen habt ihr?«

»Den Grund, den Adam Weber nutzte, um die Gunst der Stunde für seinen Identitätstausch hinzukriegen.«

Lisa setzte sich, um ihre Gedanken in Richtung Berlin, *El Gato* und Adam Weber zu sammeln. Tatsächlich konnte sie die Gespräche mit Weber wie einen Film vor ihrem inneren Auge abrufen und die Geschehnisse im *El Gato* wurden lebendig.

»Hast du überhaupt Zeit?«, fragte Stolberg schnell.

»Na klar, die nehme ich mir. Meine Leute wollen schließlich genau wie ich wissen, was der Mann zu verbergen hat. Also schieß los, ich platze sonst vor Neugier.«

»Wir haben etwas gebraucht, um an die Beweise zu gelangen, denen Weber nicht mehr widersprechen konnte. Aber eins nach dem anderen. Wie immer forschten wir zuerst im engeren Familienkreis.«

»Und? Was war mit der Gattin des Bruders?

»Sie zeigte sich relativ gefasst. Tiefe Trauer sieht anders aus, das bemerkten die Kollegen, die vor Ort waren, sofort. Dem Anschein nach interessierte sie sich viel zu intensiv für ihren Schwager Adam.«

»Seltsam, oder?«

»Fanden die Kollegen auch. Sie berichtete lediglich von einer Herzschwäche, die den schnellen Tod ihres Mannes begünstigt haben könnte.«

»Ja gut, das hat euch nicht wirklich weitergebracht.«

»Stimmt nur zum Teil. Nachdem unsere Kollegen in Kempen auf die Frau von Robert Weber einfühlsam eingegangen waren, wurde sie etwas gesprächiger. Dabei ließ sie sich deutlicher über den von ihr so schmeichelhaft beschriebenen Schwager aus. Von dem war sie geradezu beeindruckt. Er soll gute Manieren haben und ein echter Frauenversteher soll er in ihren Augen auch sein. Doch dann gab den Kollegen ein Begleitsatz zu denken. Sie meinte, dass er in geschäftlichen Dingen kein Glück hatte und das Antiquitätengeschäft kurz vor dem Bankrott stand. Nicht nur einmal hatte er sich von ihrem Mann Geld geliehen. Das soll wohl dieses Mal auch wieder der Fall gewesen sein, und das war der Grund, weshalb er zu ihm nach Berlin fuhr.«

»Das ist interessant. Ich erinnere mich, dass Adam Weber meinte, der Bruder kam nur, weil er feststellte, dass mit ihm etwas nicht stimmte und er Ava kennenlernen wollte.«

»Genauso habe ich die Aussage auch in Erinnerung. Wir haben ihn mit der Aussage seiner Schwägerin und dem Stand seiner Konten konfrontiert.«

»Und?«, fragte Lisa ungeduldig.

»Vor allem die Beweise der Banken waren erdrückend. Er ist praktisch bankrott. Dieser Schmach wollte er sich entziehen und den Tod seines Bruders nutzen, um seine Schulden ein für alle Mal loszuwerden.«

»Und der Schwägerin war es wahrscheinlich auch recht, diesen Frauenversteher zu übernehmen?«

»Das sieht zumindest so aus, aber entzieht sich ehrlich gesagt unserer Kenntnis und wäre außerdem Privatsache.«

»Ist schon bekannt, welche Strafe ihm zusteht?«

»Die Sache liegt bei der Staatsanwaltschaft. Mehr als eine Geldstrafe wird dabei sicher rauskommen.«

»Ich muss schon sagen, da habe ich mich von einem tollen Tanzpaar blenden lassen. Die ganze Geschichte beweist einmal mehr, dass man sich niemals von Äußerlichkeiten leiten lassen sollte.«

»Lisa, du musst nicht so hart mit dir ins Gericht gehen. Ohne dein beständiges Nachhaken wäre uns der Betrug nicht aufgefallen. Das verdient unsere Anerkennung. Clemens Dreyer wird sich sicher auch bei dir melden. Er hat dich nämlich für eine Auszeichnung vorgeschlagen.«

»Ach was, das gehört doch zu meinen Aufgaben«, meinte Lisa irritiert.

Arno Stolberg machte eine winzige Pause, bevor er weitersprach: »Hoffentlich habe ich jetzt nichts verraten, was eigentlich eine Überraschung sein sollte.«

»Alles gut, Arno, falls es so ist, ich kann schweigen wie ein Grab.«

Beide lachten aus voller Kehle und versprachen, in Verbindung zu bleiben.

Personen

Team in Rostock

Lisa Liebich, Protagonistin und Kriminalkommissarin
Peter Heilmeyer, Hauptkommissar und Lisas Chef
Olli, Olaf Wilke, Heilmeyers rechte Hand
Jens Teichmann, IT-Spezialist

Team in Berlin

Dr. Walter Althaus, Spezialist für Internetplattformen beim LKA
Clemens Dreyer, Chef des 7 Dezernats im LKA
Martin Meyer, Beamter im LKA, Dezernat 73/ Fahndung
Frank Nickel, Beamter im LKA, Dezernat 73/ Fahndung
Arno Stolberg, Hauptkommissar in Kreuzberg

Ava Anderson, Tänzerin
Adam Weber, Tänzer
Robert Weber, Adams Bruder
Hannah Ritter, Tänzerin und Avas Freundin
Francesco und Susanna, Tanzlehrer im *El Gato*
Dr. Maximilian Schäfer, Lisas Freund
Fritz Eininger, Eigentümer der Villa *El Gato*
Silke Peters, ehemalige Chefin einer Partnervermittlung in Rostock

Persönliche Worte

Das Meer bleibt vielen Menschen ein Leben lang als Sehnsuchtsort bestehen. Alle Sinne werden dort gleichermaßen angesprochen, und das bedeutet meist einen starken Kontrast zum Alltag. Wir genießen den salzigen Geruch, und wer beim Schwimmen je Salzwasser in den Mund bekam, wird diesen Geschmack nie mehr vergessen. Ein Blick über das Meer gibt uns das Gefühl, in die Unendlichkeit abzuschweifen. Die verschiedenen Farben des Wassers und die Reflexion darauf wirken beruhigend und mindern Stress. Sand zwischen den Zehen und aufbrausende Wellen, die sich zurückziehen, beruhigen uns. Ja, und das Rauschen der Wellen wirkt sogar wie Meditationsmusik.

Aber auch das Meer als Naturgewalt zu erleben, beeindruckt und lässt uns demütig zurück. Wir werden am Meer plötzlich klein. Diese Erlebnisse helfen uns, den Alltag ruhen zu lassen, einfach abzuschalten und loszulassen. Ab und an sich rauszunehmen aus dem alltäglichen Geschehen. All das birgt einen unglaublichen Frieden in sich, und in der Ruhe lässt sich wieder das Ganze erkennen. Ein früher Sonnenaufgang gepaart mit Vogelgezwitscher und dem Morgennebel, der wie ein Schleier auf dem Wasser liegt, ist, als würde die Nacht den Tag heiraten.

Ich habe meinen Sehnsuchtsort gefunden und gegen die Großstadt eingetauscht, um hier bis zum Ende zu bleiben. Meine Inspirationen zum Schreiben erhalte ich gratis dazu.

Die vorliegende Trilogie ist mit diesem Teil beendet, aber nicht Lisa Liebichs Geschichte.

Nachdem mir viele Leser mitteilten, dass sie weiter am Leben der jungen Kommissarin interessiert sind, werde ich Sie, liebe Leser, mit weiteren neuen Fällen in Rostock vertraut machen.

Dabei bitte ich um etwas Geduld. Gewähren Sie der jungen Frau etwas Privatleben.

Wer weiß, wie sich ihr Weg entwickeln wird?

Passen auch Sie in der Zwischenzeit gut auf sich auf!

Ihre Marion Petznick

Danksagung

Nachdem der letzte Satz in diesem Buch geschrieben war, fiel es mir wie Schuppen von den Augen: Der dritte Teil ist fertiggestellt und ich habe immer noch kein Wort über meine Unterstützer an diesen Büchern verloren.

Und natürlich gab es eine Vielzahl Unterstützer. Ohne sie hätte diese Ostsee-Krimi-Reihe nie in dieser Qualität in Ihre Hände, liebe Leser, gelangen können.

So ein Buch ist immer das Gemeinschaftsprodukt Vieler. Zwar ist meine Fantasie die Grundlage für das Geschriebene, auch habe ich es persönlich niedergeschrieben und keinen Ghostwriter beauftragt. Ich möchte mich bei einigen Personen herzlich für ihr Vertrauen, ihre Mitarbeit oder auch ideelle Unterstützung bedanken.

Da sind B. Bedey und S. Thoms, Geschäftsführer vom selbigen Verlag zu nennen. Sie konnte ich ohne große Worte für mein Projekt gewinnen. Sie vertrauten mir. Nie zuvor hatte ich bisher einen Verlag gefunden, deren Mitarbeiter so effizient, konsequent und professionell mit dem Autoren zusammenarbeiten. Danke Katharina Breu, Verlagsleiterin der edition krimi. Mein Dank gilt vor allem auch Angellika Bünzel, der Lektorin für alle Teile dieser Ostsee-Krimi-Reihe. Wir fanden schnell zu einer gemeinsamen, guten und fruchtbaren Zusammenarbeit. Danke Helga K., meiner fleißigen Testleserin. Und zum Schluss ein großer Dank an meinen Lebenspartner, der mir seit vielen Jahren den Rücken freihält und Verständnis für Krimis entwickelt hat, obwohl er sie gar nicht mag. Und zuallerletzt ein Dank an Sie, liebe Leser. Sie haben mich ermuntert weiterzumachen, obwohl ich »nie Krimis schreiben wollte«.

Die Autorin

© Melanie Rath

Marion Petznick studierte Pädagogik und Kulturwissenschaften, später leitete sie die Pressestelle der Hochschule für Musik Hanns Eisler in Berlin. Schreiben war früh ein Hobby, das sie durch ein Fernstudium in Hamburg mit »Der großen Schule des Schreibens« intensivierte.

Inzwischen hat sie verschiedene Bücher in den Genres Sachbuch, Kinderbuch und Regionalkrimi veröffentlicht.

Marion Petznick
DIE LAST DER LUST
Ein Ostsee-Krimi

kartoniertes Buch
304 Seiten
13,00 EUR [D]
ISBN 978-3-946734-87-1
lieferbar

Ebook epub
ISBN 978-3-946734-95-6
Ebook PDF
ISBN 978-3-948972-16-5

Lisa Liebich hat ihr Jurastudium gegen eine feste Stelle im Team des Rostocker Kommissariats eingetauscht. Kurz nach dieser Entscheidung ist ihr Spürsinn gefragt, ein Fall konfrontiert sie und ihre Kollegen mit finsteren Machenschaften im Darknet.

Die Ermittlerin stößt auf eine Gruppe, die nach dem besonderen Kick Ausschau hält, indem Frauen gedemütigt und Opfer brutal misshandelt werden. Aber schreckt die Gruppe auch vor Mord nicht zurück? Die Frage stellt sich, als eine Frauenleiche gefunden wird.

Günter Wendt

DIE LETZTE FÄHRE GING UM FÜNF

Ein Krimi von den Halligen

kartoniertes Buch
216 Seiten
12,00 EUR [D]
ISBN 978-3-946734-89-5
lieferbar

Ebook epub
ISBN 978-3-946734-97-0
Ebook PDF
ISBN 978-3-948972-07-3

Eigentlich sollte es ein ruhiger, erholsamer Urlaub auf der Hallig Grienoog im nordfriesischen Wattenmeer werden. So dachte es sich jedenfalls Kommissar Kollerup aus Husum. Doch die beschauliche Idylle wird recht bald gestört – zuerst von einem landesuntypischen Hurrikan und dann von einem toten Wattführer. Zusammen mit Onne, dem kauzigen Bewohner der Hallig, übernimmt Kollerup notgedrungen die Ermittlungen. Jeder ist verdächtig: Hotelgäste wie Angestellte. Wenigstens kann sich keiner durch Flucht entziehen, denn die letzte Fähre ging um fünf.

Günter Wendt

DIE LETZTE SENDUNG LIEF UM ZEHN

Ein Helgoland-Krimi

kartoniertes Buch
ca. 240 Seiten
13,00 EUR [D]
ISBN 978-3-948972-53-0
ET: März 2022

Ebook epub
ISBN 978-3-948972-54-7
Ebook PDF
ISBN 978-3-948972-55-4

Ein Radiomoderator wird während einer Livesendung auf Helgoland ermordet.

Hauptkommissar Kollerup übernimmt die Ermittlungen und findet auf der Hochseeinsel ein Geflecht aus Intrigen und Feindschaften vor.

Alle Hinweise führen zu einem Hamburger Millionär, der auf der Insel kein Unbekannter ist. Bereits vor zehn Jahren hat er versucht, ein Projekt zu verwirklichen, dass die Insel seitdem spaltet: Hauptinsel und Düne zu verbinden, um auf dem neu gewonnen Land ein Luxusressort zu errichten. Doch hat er wirklich etwas mit dem Mord zu tun?